큰소리치지 않고
아들 키우는
100가지 포인트

1판 1쇄 인쇄 2017년 5월 10일
1판 1쇄 발행 2017년 5월 15일

지은이 루펑청
옮긴이 박미진
펴낸이 임종관
펴낸곳 미래북
편 집 정광희
본문디자인 디자인 [연:우]
등록 제 302-2003-000026호
주소 서울특별시 용산구 효창원로 64길 43-6 (효창동 4층)
마케팅 경기도 고양시 덕양구 화정로 65 한화 오벨리스크 1901호
전화 02)738-1227(대) | 팩스 02)738-1228
이메일 miraebook@hotmail.com

ISBN 978-89-92289-93-1   03820

미래북
miraebook

Prologue
큰소리치지 않는 것은 교육의 지혜

아들을 둔 엄마라면, 우선 아들이 당신의 말을 잘 듣는지 한 번 생각해보세요. 자, 아들이 말을 잘 듣지 않으면 어떻게 하나요? 아이의 의견을 무시하나요? 어찌할 바를 몰라 맥이 빠지나요? 아니면 매를 드나요? 큰소리로 아이를 옥박지르나요? 남자아이들은 대개 과하게 까불거나 장난이 심해서 엄마의 화를 돋우는 경우가 많습니다.

"엄마 화나게 할래?", "몇 번이나 말했어!", "넌 왜 이렇게 말을 안 듣니!", "엄마 말 좀 들어!", "이럴 거면 나가!", "혼나고 싶어?", "너 엄마한테 좀 맞아야겠어!"

남자아이를 키우는 과정에서 이미 많은 엄마들이 골머리를 앓고 있다는 사실은 부정할 수가 없지요. 어떻게 해야 아이를 바르게 키울 수 있을지, 세상의 모든 엄마들은 끊임없이 고민해야 합니다.

기세등등하게 목소리를 높인다고 아이가 말을 잘 듣게 될까요? 꼭 그렇지만은 않습니다. 우격다짐으로 복종하게 만들면 아이는 이를 진심으로 받아들이지 않습니다. 스스로 이해할 수 있게 해야 볼멘소리가 나오지 않아요. 아이는 이성적으로 납득을 해야만 기꺼이 엄마의 말에 따르게 될 겁니다. 그런데 엄마가 자신의 감정을 다스리지 못할 때마다 소리를 지른다면, 본보기를 보일 수 없음은 물론 엄마를 향한 신뢰감에도 나쁜 영향을 미쳐 앞으로의 교육이 더욱더 힘들어지겠지요.

마음을 다스리는 사람만이 미래를 다스릴 수 있는 법입니다. 아이를 양육하는 문제도 마찬가지입니다. 엄마는 아이를 교육하는 과정에서 반드시 자신의 마음가짐을 먼저 컨트롤할 수 있어야 합니다. 자신의 마음에 먼저 힘을 쏟아야 애먼 사람에게 화풀이를 하지 않게 되겠지요.

큰소리를 치지 않아야 아들을 훌륭하게 키울 수 있습니다. 엄마의 심리 상태가 평온해야만 아이를 이성적으로 대할 수가 있으니까요. 엄마가 내리는 모든 결정, 아이에게 건네는 말 한 마디 한 마디, 아이를 향한 행동과 눈빛은 하나같이 신중하게 고려할 고민의 산물입니다. 물론 엄마를 향한 아이의 궁금증도 모두 만족시켜줄 수 있어야겠지요. 그러면 아이는 자연스럽게 엄마를 믿고 따를 것입니다.

어떤 엄마들은 이렇게 반문합니다. "큰소리를 치지 않는다고요? 지독히도 말을 안 듣고 못된 장난만 치는 아들에게 과연 그렇게 할 수 있을까요?" 당연히 그렇게 할 수 있습니다. 아니, 그렇게 해야만 합니다. 아이에게 언성을 높이지 않는 것은 아주 지혜로운 교육 방식일 뿐만 아니라 지극히 인본주의적인 교육 이념이라고 할 수 있습니다. 동시에 이런 교육 방식은 우리 아이를 진심으로 존중하고 격려하는 훌륭한 방법이지요. 이런 교육을 받은 아이는 엄마에게서 깊은 애정과 긍정적인 기대감을 느끼고 점점 자신감이 붙게 됩니다. 그리고 스스로 문제를 해결하고 어려움을 헤쳐 나갈 용기와 힘을 가진 아이로 자라납니다. 남자아이들은 엄마의 논리적이고 이성적인 교육을 생각보다 쉽게 받아들입니다. 그러나 아이에게 목소리를 높이고 손찌검을 하는 등의 강압적인 방식은 반발심만 불러일으키게 되죠. 자칫하다가는 반항으로까지 이어지게 될 겁니다. 그런 아이에게 잘못을 뉘우치는 행동은 기대하기가 어렵겠지요. 엄마의 따뜻한 마음과 합리적인 태도가 무작정 소리를 지르는 것보다도 훨씬 긍정적인 효과를 부르는 셈입니다.

세상의 모든 엄마는 자기 자신이 좋은 엄마가 되기를 바랍니다. 그런데 어떻게 해야 이 소망을 실현할 수 있을까요? 내 아들에게 큰소리를 치지 않는 것을 기본으로 삼아야 더 지혜로운 엄마가 될 수 있습니다. '아이에게 큰소리치지 않기' — 이는 엄마들을 일깨우는 일종의 경고입니다. 아이에게 큰소리를 치지 않으면 모자관계가 더욱 돈독해지고 가족관계 또한 화목해집니다. 아이에게 큰소리를 치지 않으면 엄마는 괜히 진이 빠질 일도 없고, 아이는 점점 반듯하고 훌륭하게 성장하겠지요.

이 책에서 소개하는 '큰소리치지 않고 아들을 양육하는 지혜로운 방법'은 모든 엄마들에게 지금까지와는 전혀 다른 길을 열어주고, 색다른 놀라움과 즐거움을 선사할 것입니다. 일단 이 교육법의 정수를 이해하고 받아들여 실천에 옮겨 보세요. 아들을 건강하고 행복하게 키우는 일이 훨씬 쉬워질 것입니다. 그리고 우리 아이는 똑똑하고 바른 성품을 지닌, 진취적이고 책임감 있고 경쟁력을 갖춘 최고의 아들이 될 수 있을 것입니다.

루펑청

| 차례 |

Prologue

PART 1
큰소리치지 않기, 엄마가 꼭 터득해야 할 교육의 지혜

100 POINT OF EDUCATION

아들을 키우는 엄마들 대다수가 아이를 야단칠 때 큰소리로 윽박지르는 방식을 고집한다. 그 원인과 이유는 첫째, 평소 말하는 습관이며 둘째, 순간적인 충격 요법의 효과를 노리는 심리이다. 그러나 이런 방식은 아이에게 당혹감을 주고 자존심에 심각한 타격을 입힐 뿐, 아이의 올바른 성장에는 눈곱만큼의 도움도 되지 않는다. 오히려 큰소리치지 않고 아이를 타이르는 것이야말로 아이의 잠재력을 극적으로 이끌어 낼 수 있는 가장 적절한 방식이다. 큰소리치지 않기. 이는 아들을 둔 엄마라면 반드시 터득해야만 하는 교육의 지혜이다.

1

큰소리치지 않는 것은
엄마의 사명이다

요즘 육아계에서는 '큰소리치지 않는 육아'의 중요성을 이야기하는 목소리가 갈수록 커지고 있다. 이들은 특히 엄마가 자신의 내면을 먼저 다스려야지, 아이를 억압하고 통제하려 해서는 안 된다는 점을 강조한다.

그렇지만 분명히 이런 의문을 품는 엄마도 있을 것이다. 아이에게 소리를 지르지 않는 방법만이 능사일까? 아이를 가르치고 잘못을 지적하는 일에 굳이 조용조용해야만 할 필요가 있을까? 어떤 상황에서는 따끔하게 혼을 내는 것이 조곤조곤 이야기하는 것보다 훨씬 효과적이지 않을까? 아이에게 큰소리치지 않는 교육 방식은 도대체 무엇이 좋다는 것일까? 왜 그것을 사명으로 삼으라는 것일까?

의문이 생긴다면 차분하게 생각해 보자. 내 사랑스러운 아들에게 소리를 지르는 이유는 무엇인가? 보통 언제 아이를 야단치게 되는가? 아이를 꾸짖은 후에 결과는 어떠했는가?

엄마가 냉장고를 열자 아지(阿吉)가 쪼르르 달려왔다. 까치발을 하고 서서 달걀을 쓰다듬는가 싶더니 갑자기 하나를 꺼내려고 했다. 그러자 엄마는 큰소리로 아지를 혼냈다. "아이고, 달걀 꺼내지 마! 깨뜨리려고!" 아지는 엄마의 꾸지람에 깜짝 놀라 손이 움츠러들고 말았다.

아지의 엄마는 왜 소리를 질렀을까? 아들이 달걀을 깨뜨릴까 봐 불안했기 때문이다. 그럼 엄마는 다음에도 큰소리로 아지를 혼낼까? 분명히 그럴 것이다. 큰소리를 한 번 지르는 간편한 방법으로 원하는 결과를 얻었으니까.

아이가 화를 돋울 때, 엄마들은 참지 못하고 노발대발하며 자신의 감정을 아이에게 모두 쏟아 낸다. 몇 번이나 타일러도 행동이 고쳐지지 않는데, 무슨 수로 화를 참는단 말인가?

우리가 소리를 지르는 이유는 바로 내 마음에 들지 않는 아이의 행동이다. 이때, 엄마는 점점 감정이 격해져 목소리가 커지고 말하는 속도도 빨라지며 얼굴도 험상궂게 일그러진다. 끓어오르는 분노와 아이를 통제해야 한다는 생각은 우리를 소리치게 만든다. 그렇다면 이런 엄마의 행동에 아이는 어떻게 반응할까?

우리가 아이를 큰소리로 꾸짖으면, 아이는 이에 따르거나 반항한다. 이때 아이가 곧바로 말을 들으면, 엄마는 즉시 편리함의 단맛에 빠져든다. 그래서 자기도 모르게 아이를 나무라는 빈도가 늘어나고 강도도 점점 강해진다. 하지만 남자아이가 복종하는 모습을 보인다고 해서 마음까지 바뀌었다고 생각하는 것은 금물이다. 아이가 입으로는 알았다고 하면서 딴생각을 품는다면, 참을성이 한계에 도달하는 순간에는 생각지도 못한 방식으로 불만을 표시할 지도 모른다. 그때, 엄마가 마음의 상처를 받게 되리라는 사실은 말할 필요도 없다. 아이가 반항하는 원인이 자신의 잘못된 훈육 방식 때문이라는 것을 전혀 깨닫지 못한 상태이기 때문이다. 그렇게 엄마는 아이를 타이를 수 있는 기회를 영원히 잃을 것이고, 아이는 당연하다는 듯이 질풍노도의 반항기로 접어들게 된다. 정말 두려운 것은 아이가 이런 반항 심리를 가지고 가족, 친구, 선생님 등 주변 사람을 대하다가 모두에게 '눈엣가시' 같은 존재가 되는 것이다.

반면에 엄마의 꾸중을 진심으로 받아들이는 아이도 있지만, 그런 아이들은 엄마가 다시 자기에게 호통을 칠까 봐 전전긍긍하며 새로운 자극을 두려워하는 아이가 된다. 또 잘못을 할까 봐 두려워 스스로 성장을 거부하는 것이다. 그래서 점차 소심한 겁쟁이가 되어 결국에는 아무것도 책임지지 못하는 나약한 사람으로 성장한다.

큰소리를 쳐서 아이를 가르치는 방식은 반항아와 겁쟁이를 낳을 뿐이다. 이것이 바로 우리 엄마들이 큰소리치지 않기를 사명으로 삼아야 하는 근본 원인이다. 우리는 이제 스스로를 믿고 또 내 아이에게 큰소리치지 않을 수 있다고 믿어야 한다. 또, 아이가 단번에 내 말을 잘 듣게 되기를 무리하게 바라지 말고 먼저 내 감정을 다스리는 법, 부드럽고 상냥한 태도로 아들을 대하는 법을 익히려고 노력해야 한다. 이 과정은 당연히 길고 지루할 수 있다. 혹은 바라는 대로 이루어지지 않을지도 모른다. 하지만 스스로를 바꾸려는 의지로 계속해서 자신을 채찍질한다면 아이에게 고함을 지르는 횟수가 줄어들고 그 정도도 점점 약해질 것이다.

내가 바뀌면 내 아들도 바뀐다. 언젠가는 우리도 큰소리 한 번 내지 않고 '엄친아'를 키워내는 상냥하고 우아한 엄마가 될 것이다.

큰소리치지 않는 엄마가
열 명의 선생님보다 낫다

엄마와 선생님. 남자아이에게는 이 두 가지 역할이 모두 중요한 영향을 미친다. 그러나 선생님이 아무리 중요하더라도 엄마만큼 중요할 수는 없다. 좋은 엄마는 좋은 선생님보다 낫고, 큰소리치지 않는 엄마는 선생님 열 명보다 낫다.

굳이 엄마와 선생님을 비교하지 않더라도, 엄마는 아이에게 두말할 필요 없이 중요한 존재이다. 아이가 태어나 유치원에 가기 전까지 선생님이라는 역할은 빈자리일 뿐이다. 하지만 엄마는 늘 아이와 함께하기 때문에 아이는 학교에 들어갈 때까지 오로지 엄마의 영향력 아래 특정한 사고방식과 습관을 형성하게 된다. 이런 관점에서 보자면 엄마는 아이 인생에서 가장 처음 등장하는 선생님이나 다름없다. 그래서 엄마가 큰소리치지 않는 교육 방식을 잘 알고 실천했을 때, 아이에게는 다른 사람을 대하거나 살아가는 데 필요한 훌륭한 기초가 마련될 것이다.

자녀 교육을 선생님에게만 의지하는 엄마들도 많다. 하지만 선생님의 능력에는 한계가 있고, 몇십 명의 아이들로 구성된 반을 이끄는 선생님이 모든 아이들을 세세하게 관리하기는 힘들다. 그렇다면 아이에게 열 명의 선생님을 두기보다는 차라리 스스로가 좋은 엄마가 되는 편이 훨씬 낫다. 어떤 선생님을 만날지는 내 마음대로 되는 일이 아니지만, 어떤 엄마가 될지는 순전히 나에게 달려 있기 때문이다.

• 아이의 곤란함을 따뜻하게 위로하라 •

학교에서 친구와 싸워 선생님께 야단을 맞은 하오하오(浩浩)는 기분이 몹시 좋지 않았다. 집에 돌아온 하오하오의 낯빛이 어두운 것을 보고 엄마가 무슨 일이 있었는지 물었다. 하오하오는 학교에서 일어난 일을 전부 엄마에게 말했다. 친구하고 장난을 치다가 실수로 좀 세게 치는 바람에 서로 주먹을 주고받다가 싸움을 하게 되었다는 이야기였다.

차분하게 이야기를 들은 엄마는 하오하오에게 말했다. "그래서 기분이 안 좋았구나. 다음에 친구랑 장난치고 놀 때는 너무 심하지 않게 조심하자. 다 같이 기분이 나빠질 수 있으니까. 이제부터 조심하면 돼. 걱정 마. 선생님이 뭐라고 하신 것도 당연한 거야. 괜찮아. 자, 이제 손 씻고 과일 먹자."

아이가 선생님에게 야단을 맞고 돌아왔을 때, 진정으로 필요한 것은 엄마의 위로와 격려이다. 엄마마저 네가 잘못했다고 꾸짖는다면 아이는 무력감을 느낄 수밖에 없다. 그리고 엄마가 자신을 이해하지 못한다는 생각에 무척 견디기가 힘들 것이다. 엄마는 아이 스스로 상황을 잘 극복할 수 있도록 언제나 따뜻함을 잃지 말아야 한다.

• 엄마의 권위를 잃지 마라 •

어느 날, 우강(吳剛)이 신이 나서 엄마에게 말했다. "엄마, 오늘 학교에서 성금 모금을 했어요. 어제 엄마가 10위안을 주셨잖아요. 그래서 내가 10위안을 내려고 하는데……."

엄마는 말이 채 끝나기도 전에 우강을 나무랐다. "10위안을 전부 다 냈어? 조금만 냈으면 이번 주에 또 용돈 안 받아가도 되잖아!"

그러자 우강도 소리를 질렀다. "아니야, 내가 10위안을 내려는데 선생님이 나한테 2위안만 내라고 하셨다고요. 2위안만 내도 마음을 전할 수 있다고 하셨단 말이야!" 말을 마친 우강은 저쪽으로 달려가 버렸다.

우강의 선생님은 훌륭한 분이다. 학생의 가정환경까지 생각해 올바른 방법을 제시했기 때문이다. 그런데 엄마의 교육 방식은 선생님의 그것과는 확연히 비교된다. 이는 아이로 하여금 선생님을 더 좋아하고 엄마에게서 멀어지게 만든다.

만약 엄마가 자신의 처지에 따라서 남을 도와야 한다는 이치를 차근차근 설명해주었다면, 우강이 귀 기울여 듣는 것은 물론 엄마를 더욱 존경하게 되었을지도 모른다. 그런데 급하게 소리만 질러대니, 우강이 엄마의 말을 듣고 싶지 않은 것은 당연하다. 결국 얻고 싶은 결과를 얻지도 못한 채, 서로 상처만 받고 말았다. 결국 아들이 엄마를 의존할지 배척할지를 결정하는 것은 우리의 태도, 즉 아이를 교육하는 방식에 달린 것이다.

3

100 POINT of EDUCATION

아들이라는 거울로
자신을 돌아보라

거울로 나를 비추어 본 경험은 누구나 있다. 옷을 단정하게 입었는데 거울 속 모습이 헝클어져 있을 리는 만무하다. 거울은 보이는 모습 그대로를 비추기 때문이다. 그런데 우리 삶 속에도 나를 그대로 비추는 거울이 있다는 것을 아는가. 바로 내 아이 말이다.

올해로 열 살이 된 리샹(李翔)은 도대체 물건을 제자리에 두는 법이 없다. 책가방은 신발장 아니면 식탁 주변이나 자기 방에 내키는 대로 던져둔다. 옷이며 신발, 양말도 아무데나 벗어두어서 바쁜 아침 시간에 물건을 찾느라 시간을 낭비하기 일쑤다.

게다가 책이며 준비물 챙기는 것을 걸핏하면 잊어버려서 선생님께 매번 핀잔을 듣는다. 엄마도 이런 리샹이 못마땅할 수밖에 없다. 그래서 기분이 좋을 때는 한두 마디 잔소리로 그치지만 기분이 상한 날에는 리샹에게 냅다 소리를 지른다. "가서 물건 똑바로 정리해!"

그러면 리샹이 마지못해 정리를 하지만, 집안 곳곳에는 어디든 리샹의 물건이 제멋대로 흩어져 있다.

아들을 둔 가정에서는 흔한 일이다. 그런데도 엄마들은 아들을 탓하기 전에 먼저 스스로를 돌아보지 못한다. "내 아들이 왜 저러는 것일까? 좋은 습관을 기르지 못한 원인이 어디에 있을까?"

리샹의 엄마를 살펴보았다. 그녀 역시 심심찮게 물건을 잃어버린다. 휴대전화를 집에 놔두고 출근하기도 한다. 핸드백 속에는 온갖 잡동사니가 들어있어서 무얼 찾으려면 바닥까지 뒤집어 탈탈 털어내기 전에는 도저히 찾을 수가 없는 지경이다. 옷장 속의 옷도 한데 뭉쳐서 엉망진창이 된 지 오래이다. 그야말로 그 엄마에 그 아들인 셈이다.

안타깝게도 엄마들은 아들에게서만 문제를 찾는다. 그 문제가 바로 엄마의 모습을 그대로 투영한 것이라고는 생각하지 못한 채 말이다. 자신을 돌아볼 생각은 않고 아들이 실수를 했다 하면 불호령을 내리니, 아들은 그저 엄마가 화내는 것을 참아낼 수밖에 달리 방법이 없다.

· 아들의 언행에서 스스로를 돌아보라 ·

취안취안(泉泉)은 중간고사를 망쳤다. 엄마는 잔소리를 하기 시작했다. "하루 온종일 노는 것만 알았지, 공부라고는 담을 쌓고……." 처음에는 잠자코 있던 취안취안도 엄마가 잠시도 쉬지 않고 자신을 책망하자 버럭 소리를 질렀다. "누가 하루 온종일 노는 것만 안대? 내가 공부를 안 했어?"

엄마는 소스라치게 놀랐다. 아들이 자신에게 그렇게 말대꾸를 하리라곤 상상도 못했기 때문이다. 화가 머리끝까지 난 엄마는 취안취안에게 손찌검을 하고 말았다. "누가 엄마한테 그러라고 가르쳤어?"

누가 아들에게 엄마한테 이런 말을 하라고 가르칠 수 있을까? 과연 누가? 바로 엄마 자신이다.

엄마가 어떻게 아이를 대하느냐에 따라 아이가 엄마를 대하는 방식도 달라진다. 엄마가 아이를 대하는 모든 상황은 '가르치는' 동시에 '배우는' 과정이다. 우리가 아이에게 자기도 모르는 사이 가르침을 주듯이, 아이 또한 자기도 모르는 사이 엄마의 행동을 배우게 된다

아이의 말과 행동거지가 적절하지 않다고 생각되거나 엄마를 전혀 존중하고 있지 않다고 생각된다면, 성급하게 혼을 내지 말고 자신의 말과 행동거지가 아이와 닮아 있지는 않은지 생각해 보라. "콩 심은 데 콩 나고 팥 심은 데 팥 난다."는 말처럼 본인이 심은 콩이 열매를 맺었다면 스스로를 탓해야 한다. 이제 유일한 해결 방법은 내가 어서 빨리 바뀌는 것뿐이다.

• 아들을 통해서 자신을 깊이 알아가라 •

매사에 부주의하고 다른 사람의 말에 자꾸 끼어드는 아들을 둔 엄마는 곰곰이 생각했다. '나는 꼼꼼하고 남의 말을 자르지도 않는데, 내 아들은 왜 그런 걸까?'

그런데 사실 이 엄마도 성미가 급하기는 마찬가지였다. 말도 빠르고 걸음걸이도 빠르고 일처리도 다급하게 서두르는 경향이 있었다. 아이는 언제나 부랴부랴 서두르는 엄마의 모습을 그대로 보고 배웠다. 그래서 아

이가 남의 말이 끝나기를 기다리지 못하고, 무슨 일이든 빨리 끝내려고 대충대충 하는 것이었다.

겉보기에는 조금 다른 두 사람이지만, 공통적인 원인은 역시 다급한 성격이었다.

아들이 보이는 행동의 특성은 모두 엄마에게서 그 원형을 찾을 수 있다. 표현 방식이 상이할 수는 있지만 그 근본 원인은 하나다. 이는 추호도 의심의 여지가 없는 사실이다. 혹시 여전히 이 말에 의문을 품는 사람이 있다면, 그 사람은 자기 자신에 대해 깊이 알지 못한 사람이다. 또한 아이의 행동과 자신의 성격에 어떤 관련이 있는지도 전혀 눈치채지 못한 사람이다. 어느 날 갑자기 그 연관성을 알게 된다면, 아이는 또 무슨 죄인가! 그저 착하게 엄마가 가르치는 바를 보고 배운 것뿐인데 이를 질책하고 나무라다니, 얼마나 억울하겠느냐 말이다.

그러므로 우리는 아들을 혼내기 전에 한 번만 더 참고 자신을 돌아보아야 한다. 이 작은 거울을 통해서 나의 문제가 무엇인지를 먼저 돌아보는 것이다. 이 과정에서 나의 잘못을 깨달으면, 아들에게는 당연히 소리를 지를 필요가 없다.

이 점을 똑똑히 기억하자. 내 아들을 혼내는 말 한 마디, 한 마디가 바로 나 자신을 부정하는 말이라는 것을.

4

100 POINT of EDUCATION

시키지 않아도 따르도록
본보기를 보여라

리허허(李禾禾)는 중국 외무부 장관을 역임한 리자오싱(李肇星)의 아들이다. 2001년에 학년 수석으로 미국 펜실베이니아대학교를 졸업하고 하버드 경영대학원으로 진학했다. 리자오싱의 아내 친샤오메이(秦小梅) 여사는 자녀교육에 있어서는 행동으로 모범을 보이는 것이 가장 효과적이라고 생각했다.

허허가 다섯 살 때, 친샤오메이 여사의 친구가 큰 좌절을 겪게 되어 눈물을 흘리며 전화를 걸었다. 그녀는 친구를 위로하며 말했다. "그만 울어, 눈물 닦고. 무슨 일이든 해결할 방법은 있잖아." 그로부터 얼마 지나지 않아 허허의 유치원 선생님이 이런 말을 전했다. "친구들이 울고불고 집에 가겠다고 떼를 쓸 때마다 허허가 이런 말을 하더라고요. '그만 울어, 이제 곧 토요일이니까 집에 가서 엄마 아빠랑 만날 수 있잖아.' 그렇게 친구를 달래면서 친구들 눈물을 닦아준다니까요." 친샤오메이 여사는 이 말을 듣고 자신이 친구를 달래던 모습이 허허의 마음속에 깊이 각인되었다는 사실을 알게 됐다.

또 한 번은 그녀가 친구들과 이야기를 나누다가 '고맙다'는 말을 수차례 반복했다. 다음날, 무슨 물건을 건네받을 때마다 허허는 엄마에게 똑같이 말했다. "정말 고마워요, 엄마!"

이런 일을 겪자 친샤오메이는 부모의 언행이 아이에게 얼마나 큰 영향을 끼치게 되는지 자연스럽게 깨닫게 됐다. 아이들은 무엇이든 받아들이고 학습하는 능력이 대단히 강하기 때문에 '본보기 교육'의 힘을 결코 과소평가해서는 안 되며, 엄마가 바르고 곧게 행동한다면 아이들을 올바르게 가르치는 것은 아주 손쉬울 뿐만 아니라 심지어는 따로 교육이 필요하지 않을 수도 있다는 사실을 알게 된 것이다.

그렇다. 우리 아이의 행동, 습관의 형성 과정은 대뇌를 이용한 사고 작용이 아니라 감각 기관을 통한 자연스러운 습득과 표출의 과정이다. 그 발단은 바로 부모, 특히 엄마의 행동과 습관이다. 엄마의 '어떤' 행동을 보고 아이는 '어떤' 것을 느끼며 그래서 '어떤' 행동을 하게 된다.

옛말에 "윗물이 맑아야 아랫물이 맑다."고 하였다. 우리가 모범을 보인다면 아이는 억지로 강요할 필요도 없이 바른 행동을 그대로 배울 것이다. 반대로 나도 못하는 것을 아이에게만 하라고 주문한다면 목이 터져라 소리를 지른다 한들 절대 따르지 않을 것이 뻔하다. 아이에게 큰소리를 지르고 이거 하라, 저거 하라고 억압하는 대신 자신의 언행과 생활 습관을 어떻게 개선할 수 있을지에 집중한다면, 부모의 역할은 그것으로 족하다.

• 본보기 교육의 힘에 주목하라 •

러시아의 저명한 교육자 안톤 마카렌코(Anton Makarenko)는 이런 말을 했다. "어떤 말을 하고 가르치고 시킬 때만 아이를 교육한 다고 생각하지 마십시오. 생활의 모든 순간, 심지어 부모들이 집에 있지 않을 때도 우리는 아이를 가르치는 중입니다. 옷을 어떻게 입는지, 다른 사람에게 어떤 말을 하는지, 남에 관해 무슨 말을 하는지, 기쁠 때 어떻게 하고 불쾌할 때는 어떻게 하는지, 친구와 적을 어떻게 대하는지, 웃을 때 어떤 표정을 짓는지, 신문을 어떻게 읽는지. 이 모든 것들이 아이들에게는 대단히 큰 의미가 됩니다." 옳은 말이다. 몸소 실천해서 본보기를 보이는 것은 조용한 교육 방법이지만 가장 강력하며 가장 효과적인 교육 방법이다.

책읽기를 무척이나 좋아하는 초등학교 3학년짜리 남자아이가 있다. 이 아이는 매일 꼬박꼬박 두 시간씩 책을 읽지 않으면 도저히 견디지 못할 정도로 책을 좋아한다. 사실 책읽기는 아이의 엄마가 가장 좋아하는 일이기도 하다. 엄마는 매일 시간만 있으면 책을 집어 든다. 그래서 아이에게 한 번도 책을 읽으라고 한 적이 없었지만, 아이는 스스로 책을 사랑하게 됐다.

이런 일은 우리 주변에서도 비일비재하다. 틈만 나면 드라마를 보는 엄마는 자기 아들을 공부시키기 위해서 언제나 닦달을 해야 한다. 하지만 책과 공부를 좋아하는 엄마는 공부의 '공' 자도 꺼내지 않지만 아이가 자연스레 책을 좋아하게 된다. 참교육의 정수는 바로 모범을 보이는 것, 그 이하도 그 이상도 아니다. 지금 당장 '윽박지르기 교육'을 '본보기 교육'으로 바꾸도록 노력해 보자.

자오강(趙剛)은 학교 친구들의 별명을 제멋대로 지어서 부른다. 그래서 모두들 자오강을 꺼린다. 자오강의 엄마도 집에서 이웃 사람, 회사 동료, 친구들을 별명으로 부른다. 상대방을 정식 이름으로 부르는 경우는 아주 드물다. 그래서 자오강에게 친구들을 별명으로 부르는 것은 아주 당연한 일이 됐다.

아이들은 좋고 나쁜 것, 옳고 그른 것에 관해 명확한 개념이 잡혀 있지 않다. 어떤 말을 해서는 안 되는지, 무슨 행동을 해서는 안 되는지 알지 못한다. 그래서 은연중에 부모들이 말하고 행동하는 것이 곧 도리라고 판단한다. 아이의 인생관과 가치관이 모두 부모의 언행에서 비롯되는 것이다.

거짓말을 밥 먹듯이 하는 엄마를 둔 아이에게 정직함을 기대할 수는 없다. 부모에게 효도하지 않는 엄마가 아들에게 효도를 바라는 것 역시 무리이다. 남한테 소리만 빽빽 지르는 엄마를 보고 자란 아들에게 조용히 부모의 말을 경청하라는 잔소리가 과연 통할까? 아이에게 바라는 모습이 있다면, 우리가 먼저 그런 사람이 되어야 한다.

5
100 POINT of EDUCATION

화기애애한
집안 분위기를 조성하라

집안 분위기란 눈으로 보고 손으로 만질 수는 없지만 모든 가족 구성원이 이를 느낄 수 있다. 아이들도 예외는 아니다. 아들을 묘목에 비유한다면 집안 분위기는 아들을 잘 자라게 하는 토양이라고 할 수 있다. 우리가 그 토양에 양질의 거름을 섞어 준다면 묘목은 더욱 무럭무럭 자라날 것이다.

가족의 분위기를 주도하는 사람은 누구인가? 당연히 부모이다. 집안 분위기는 어떻게 만들어지는가? 부모의 말투와 행동거지를 통해 만들어진다. 부모가 집안에서 고래고래 소리를 지르면 분위기는 금세 얼어붙고 아이는 어색함을 느낄 수밖에 없다. 반대로 부모가 상냥하고 다정다감하면 분위기는 화목해지고 아이 또한 마음이 편안해진다. 집안 분위기란 아이가 자라는 동안에 필요한 정신적인 자양분인 셈이다.

집에서 늘 큰소리가 오간다면 아이는 수업이 끝나도 집으로 돌아가고 싶지 않을 것이다. 이는 대단히 위험한 일이다. 여러 사회 현상을 잘 살펴보면, 학습 의욕이 떨어지거나 질 나쁜 행동을 저지르는 청소년 상당수가 불우하고 어두운 가정환경에서 자랐다는 것을 알 수 있다.

가정환경은 아이의 생활, 건강, 학습뿐만 아니라 감성, 성격, 인품 등의 부분에도 영향을 미친다. 그러므로 엄마들이 여성 특유의 부드러움과 상냥함을 발휘해, 화기애애하고 화목한 가정환경과 분위기를 만들어야 한다.

• 가족 구성원끼리 관계를 원만히 하라 •

샤오난(小南)의 아빠는 매일 늦게 퇴근하기 때문에 샤오난과 엄마에게 관심을 쏟을 수가 없다. 그래서 샤오난의 엄마는 늘 불만에 가득 차 있다. 아빠와 엄마가 밤늦게까지 말다툼을 하는 날이면 샤오난은 혼자 방에 틀어박혀 그저 울기만 한다.

다음날이면, 샤오난은 공부에도 집중하지 못하고 멍하니 넋이 나간 아이 같다. 엄마마저 기분이 좋지 않아 샤오난에게 화를 내기 일쑤이고, 그럴수록 샤오난은 집에서 편안함을 느끼지 못한다.

결혼한 여성은 집안에서 아내, 며느리, 엄마 등 여러 역할을 맡게 되고, 남편, 시부모, 아이 등 각기 다른 가족 구성원과 다양한 관계를 맺으며 살아간다. 그 과정에서 서로 마찰이 일어나는 것은 불가피하다. 하지만 적어도 가정환경이 아이에게 미치는 영향을 고려하는 엄마라면, 아이에게 짜증을 내거나 화를 내지 않고 아이와 소통하는 방식으로 문제를 해결해야 한다. 아이에게 욕을 퍼붓고 소리를 지르는 것은 문제를 해결하기는커녕 모순을 극대화시킬 뿐이다. 가정불화가 일어났을 때, 가장 소외받고 가장 쉽게 상처받는 사람은 바로 우리 아이들이다. 그러므로 아이가 몸도 마음도 건강하게 자라기 위해서는 엄마와 가족들이 똘똘 뭉쳐 화목한 분위기를 위해 힘써야 한다.

·안정적인 학습 환경을 조성하라·

소리를 지르는 것은 일종의 감정 표현법이다. 사람들은 분노를 표현할 때, 또는 감정이 격해지거나 흥분했을 때에도 소리를 지른다. 하지만 어떤 이유든 엄마가 소리 지르는 횟수가 많아질수록 우리 아이의 마음은 안정되지 못하고 들뜨게 된다. 그러므로 우리는 집안의 평화로운 분위기를 위해서 의식적인 노력을 기울여야 한다.

가오(高) 부인은 성격이 쾌활하고 사람들과 어울리는 것을 좋아해 친구들을 자주 집으로 초대했다. 모였다 하면 다함께 웃고 떠들며 이야기를 나누고 노래를 부르는 등 시끌벅적하다보니, 부인의 아들은 책상 앞에 앉아도 글자가 눈에 들어올 리가 없었다. 엄마의 즐거운 모임이 끝난 후에 겨우 숙제를 시작하려 하면 금세 자야할 시간이 됐다. 그래서 숙제를 다 못한 아들은 학교에서 선생님께 자주 야단을 맞았다.
이런 일이 반복되자 아들은 이제 엄마가 모임을 할 때면 아예 책을 펴지 않았다. 어른들이 밖에서 즐겁게 노는 사이, 자기도 방에서 빈둥거리며 시간을 보냈다. 학교 성적은 계속해서 떨어졌고, 급기야 중간고사 성적이 반에서 꼴찌를 다투게 됐다. 그러자 가오 부인은 아들을 꾸짖었다.
"어쩜 이렇게 공부를 안 하니?"

남자아이들은 왜 얌전히 공부하지 못할까? 부모가 적절한 학습 환경을 마련해주지 못해서이다. 아들의 학습에 신경 쓰는 엄마라면 아들이 안심하고 공부에 집중할 수 있는 조건을 먼저 만족시켜야 한다. 텔레비전을 시끄럽게 틀어 놓는 행동, 큰 소리로 이야기를 나누며 주위를 소란스럽게 하는 행동, 가오 부인처럼 집에서 모임을 벌이는 행동이 아이의 학습 환경에 모두 부정적인 영향을 미치는데, 어떻게 아이 탓만을 할 수 있을까?

아이가 가정에서 화목함과 즐거움을 느낄 수 있게 하자. 그래야 아이가 성장에 필요한 정신적 에너지를 충분히 흡수하고, 건강하고 올바른 인격을 형성해 나갈 수 있다. 그렇다면 자연히 학업에도 열정을 쏟을 수 있을 뿐만 아니라, 다방면으로 다재다능한 인재로 성장할 수 있을 것이다.

6

육아서적을 탐독해
육아 지식을 쌓아라

육아 경험이 전혀 없는 초보 엄마가 있었다. 첫 아들이 태어난 직후, 곧바로 일을 해야 했기에 할 수 없이 보모를 쓰게 됐다. 퇴근을 해서도 아이와 함께 있는 시간이 너무 적었고, 아이는 잠도 보모와 함께 잤다. 보모는 아이를 돌보는 데는 성실하였지만 과묵한 스타일이어서 아이에게 말을 잘 걸지 않았다.

시간이 지날수록 초보 엄마는 자기 아이가 또래에 비해서 말하는 능력이 뒤쳐진다고 느꼈다. 그래서 육아에 관한 서적을 찾아보게 되었고, 몇몇 책에서 중요한 사실을 발견했다. 아이가 태어나서 세 살까지가 언어 능력 발달에 가장 중요한 시기이며, 부모가 자주 아이에게 말을 걸어야 아이의 언어 능력이 잘 발달한다는 것이었다. 만약 이 시기를 놓친다면, 언어 표현 능력을 끌어올리기 위해서 몇 배의 노력이 든다고 했다.

초보 엄마는 그제야 자신의 결정에 후회할 수밖에 없었다. 그렇지만 늦

게라도 알게 된 것이 아예 모르는 것보다는 나았다. 그날 이후 초보 엄마
는 아들과 함께 재미있는 놀이를 하고 노래를 부르며 시간을 보냈다. 그
러자 아이의 언어 표현 능력이 전보다 눈에 띄게 나아졌다.

엄마가 된다고 해서 저절로 육아에 정통하는 것은 아니다. 우리는 경험
이나 습관, 또는 생각하는 바에 따라서 아들을 교육하지만, 우리의 경험
이 언제나 옳거나 과학적이라고 할 수는 없다. 그러므로 이미 교육에 정
통한 엄마가 아닌 이상, 엄마도 공부를 해야만 한다.

우리 주변에는 이미 수많은 육아서적이 있다. 이들은 전문가에 의해 검
증된 교육 방식과 가정에서 활용 가능한 육아 상식 등 다양한 정보를 제
공하며, 아이를 올바르게 키우는 데 나침반이 되어준다. 엄마들 역시 그
런 육아서적을 읽고 공부해서 육아에 관한 소양을 키워야 훗날 잘못된
양육이 초래하는 불상사를 막을 수가 있다.

자, 그렇다면 우리가 육아서적에서 배워야 할 것은 무엇인가?

• 아들의 발달 단계를 이해하라 •

두 살이 된 웨이웨이(瑋瑋)는 최근 한동안 무언가를 깨무는 버릇이 생겼
다. 아빠의 손이나 엄마의 팔뚝을 깨무는 식이다. 엄마는 그럴 때마다 아
이를 크게 나무랐다. 사람을 깨무는 것은 잘못된 행동이기 때문이다. 하
지만 웨이웨이는 행동을 고치지 못하고 계속해서 사람을 깨물었다.

엄마가 아이의 성장 발달 단계를 이해하지 못한다면 사람을 깨무는 행
위 역시 이해할 수 없으며 아이를 혼내게 된다. 사실 이맘때 아이는 입으

로 주변 환경을 탐색하는 데 아주 민감하다. 이때는 무독무해하고 깨끗한 고무 재질의 장난감이나 딱딱함의 정도가 다른 다양한 먹거리를 준비하여 입에 물도록 해야 한다. 이 시기를 넘기면 깨무는 버릇은 자연히 사라진다.

이런 발달 단계에 관한 지식은 어디서 얻을 수 있을까? 두말할 필요도 없이 육아서적이다. 육아서적으로 지식을 쌓게 되면 내 아이가 어느 단계를 겪고 있는지 단번에 알 수가 있다. 그렇게 아이의 상황을 이해하고 나면 쓸데없이 소리를 지를 일도 없을 뿐더러 아이가 민감한 시기를 잘 극복하도록 엄마가 도울 수 있다.

· 좋은 방법을 책에서 배워라 ·

육아나 자녀 교육 서적을 집필한 사람들은 실제로 자녀들을 우수한 인재로 키워낸 부모이거나 학생들에게 사랑받는 선생님, 교육에 능통한 전문가들이다. 그들은 책을 통해 우수한 교육 방법과 교육에 관한 감회, 잘못된 교육 방법과 반성을 털어놓는다. 그리고 이는 자녀를 키우는 부모들의 귀감이자 본보기가 된다. 책 속에는 우리 생활과 아주 밀접하게 관련된 내용과 함께 우리 집의 실사판 같은 사례들이 다양하게 제시되어 있다.

그래서 아들을 키우는 가장 적합한 방법은 전문 서적의 도움으로 얼마든지 찾아낼 수가 있다. 그 방법을 찾는다면 엄마가 길을 잘못 드는 일도 줄어들 것이고, 배운 만큼 실력이 쌓여 아이를 더 훌륭하게 키울 수 있다.

육아서적을 읽을 때 이것 하나만은 꼭 알아야 한다. 책 속에 열거된 예시와 방법들은 사람들에게 교훈을 주기 위한 일종의 본보기일 뿐, 맹목적으로 답습한다고 해서 무조건 똑같은 효과를 얻을 수는 없다는 점이다. 동일한 방법이라도 그 대상이 다르면 얻을 수 있는 효과 또한 다르다. 그러므로 우리는 대상의 눈높이에 맞는 교육을 해야 한다. 또한, 똑같은 방법을 똑같은 대상에게 적용하더라도 누가 교육을 하는지에 따라서 결과는 천차만별이다. 즉, 한 아이와 엄마의 상호 작용은 세상 어디에도 없는 유일무이한 것이다.

어떻게 아이를 가르쳐야 하는지에 관해 셀 수 없이 많은 책에서 다양한 이야기를 하지만, 사실 하나같이 가장 기본으로 강조하는 것은 '공감하는' 마음가짐이다. 우리는 아이를 키우면서 아이의 감정과 느낌에 공감하고 아이에게 무엇이 필요한지를 이해하도록 노력해야 한다. 엄마가 아이 마음속에서 울려 퍼지는 마음의 소리를 들었을 때야 비로소 어떤 교육을 해야 하는지 아이디어가 샘솟을 수 있고, 내 아이에게 가장 알맞은 방식이 무엇인지 찾을 수가 있다. 그리고 이때 이루어지는 교육은 두말할 필요도 없이 효과만점이다. 육아나 교육 서적을 통해 엄마로서의 마음가짐을 바로잡는 것, 이는 가장 기본 중의 기본이다.

7

아빠를 적극적으로
끌어들여라

육아는 절대 엄마 혼자만의 책임이 아니며 아들에게 아버지의 역할은 육아에서 결코 소홀히 해서는 안 되는 부분이다. 아들의 관심사는 점차 엄마에서 아빠로 옮겨가기 마련이다. 남자아이는 잠재의식 속에 '남자로서 내가 갖추어야 할 것은 무엇인가'라는 의문이 조금씩 생겨날 때, 주변의 남성에서 그 답을 찾으려 한다. 이때 아빠가 아들과 함께하지 못하거나 신경을 써주지 못하면, 아들은 자신의 궁금증에 대한 해답을 찾지 못해 방황하고 방향성마저 잃게 된다.

미국의 자녀교육전문가 조쉬 맥도웰(Josh McDowell)은 수많은 조사를 통해서 이런 사실을 발견하였다. 엄마에 비해서 아빠는 자녀들을 교육할 때 사소한 일에 초점을 두지 않기 때문에 일정 범위 내에서 아이가 자주적으로 자랄 수 있다는 것이다. 큰 틀 안에서 아이를 자유롭게 양육하는 방식은 아이가 자신의 지식과 능력을 발휘해 문제를 해결하게 한다. 그래서 아이의 의지력과 문제 해결 능력을 충분히 단련시켜 주는 것이다.

사실 아빠는 아들에게 지적 수준의 향상뿐만 아니라 성격, 체력, 감정의 형성과 발전에 지대한 영향을 미친다. 만약 아빠가 평소 아이와 자주 접촉하지 않으면 아이의 성장이 더뎌지고 균형 잡힌 신체 발달에 문제가 생기기도 한다. 게다가 아빠의 애정을 듬뿍 받지 못하는 아이는 쉽게 초조함을 느끼고 겁이 많으며 자존감도 낮고 스스로를 컨트롤하는 능력도 떨어진다. 전문가들은 이런 현상을 '부정(父情) 결핍 증후군'이라고 한다.

아들에게 미치는 아빠의 영향을 그 누구도 대신할 수 없다면 우리는 아빠를 교육의 중심으로 끌어들여야 한다. 그래서 남성 특유의 독립성, 과감함, 용감함, 강건함을 아이에게 물려주어 아이가 건강하고 독립적인 '사나이'로 성장하도록 노력해야 한다.

• 아빠가 아들과 시간을 보내게 하라 •

아빠와 함께 놀고 싶지 않은 아들은 없다. 아들 대부분은 아빠를 우상이라고 생각한다. 우상의 관심을 받는 아이의 마음은 그 어느 때보다도 행복하고 기쁠 것이다. 그러므로 우리는 남편이 바쁘더라도 자주 아들과 놀아주고 충분히 소통할 수 있도록 끊임없이 권유해야 한다. 굳이 거창한 활동을 하지 않더라도, 아빠는 존재만으로 아들에게 큰 힘이 되어준다.

평소 잠자리에 들기 전에 아빠가 귀가하는 것만으로도 아들은 안전하다는 느낌을 받고 편안하게 잠이 든다. 또한 잠들기 전 머리맡에서 몇 마디 안부 인사를 나누는 것만으로도 부자 사이의 거리감은 훨씬 줄어든다.

• 아빠가 아들과 함께 식사를 하게 하라 •

아빠가 집으로 돌아오기만을 눈이 빠지게 기다린 아들이 아빠에게 한 시간 일을 하면 얼마를 벌 수 있냐고 물었다. 아빠가 한 시간 일을 하면 20달러 정도를 벌 수 있다고 대답하자, 아들은 10달러만 빌려 달라고 하였다. 자신의 10달러에 아빠에게 빌린 10달러를 합쳐 아빠의 한 시간을 살 수 있다고 생각한 아들은 아빠와 한 시간 동안 맛있게 밥을 먹고 싶다고 말했다.

누군가와 함께 밥을 먹으면 없던 정도 생겨난다. 이는 부자(父子) 사이에도 예외가 아니다. 남편이 자주 아들과 함께 식사를 하고 평소 생활에 관해 이것저것 이야기를 나누도록 엄마들이 각별히 신경 쓰도록 하자. 이런 상호 작용을 통해서 아들은 아빠가 자기에게 관심이 있다고 느끼게 되고, 아빠의 생각도 은연중에 아들에게 이해시킬 수가 있다.

• 교육 방침의 일관성을 유지하라 •

두 사람이 함께 자녀교육을 하다 보면 생각지도 못한 곳에서 대립할 때가 있다. 그래서 우리는 평상시에 자녀 교육에 관해 자주 의견을 나눔으로써 최대한 교육 방식의 일관성을 유지해야 한다. 그렇지 못하면 아들은 누구 말을 들어야 할지 몰라 혼란을 겪게 된다.

부모들이 지켜야 할 원칙은 다음과 같다. 첫째, 상대방이 아이를 교육할 때, 간섭을 하거나 반대하지 않는다. 둘째, 아이가 보는 앞에서 잘못을 들추며 상대방을 깎아내리지 않는다. 셋째, 마찰이 생기면 상대방과 허심탄회하게 이야기를 나누고 의견을 조율한다. 두 사람이 이 원칙만 잘 지키며 노력하더라도 아이를 함께 키우는 일이 더욱 순조롭게 진행될 것이다.

PART 2
큰소리치지 않기로
아들의 마음을 얻어라

100 POINT OF EDUCATION

아무리 아들을 사랑하더라도 좋은 교육 방식이 수반되지 않는다면 관심과 사랑을 제대로 전
달할 수가 없다. 사람은 누구나 상대방이 자신을 이해하고 사랑해주기를 원한다. 우리 아이
역시 예외일 수 없다. 혼내고 야단치지 않는 엄마, 그런 엄마만이 아들의 마음을 활짝 열고
그 비밀스러운 속내를 이해할 수가 있을 것이다.

8

아이 내면의 소리에
귀 기울여라

열네 살짜리 남자아이가 있다. 벌써 몇 번이나 가출을 한 아이는 엄마와의 관계를 이렇게 설명한다. "저는 엄마하고 아무 얘기도 안 해요. 제가 뭐라고 하든 이해하려 하지도 않고 매번 제가 잘못했다고만 하거든요. 한 번은 제가 엄마한테 이렇게 말했어요. '엄마, 공부하기가 싫은……' 그런데 제 말을 다 듣지도 않고 엄마가 이렇게 말하더라고요. '내가 너 잘되라고 이 고생을 하면서 학교에 보내는데 너는 공부하기가 싫다는 말이 나오니?' 하고 싶은 얘기가 더 있었는데 엄마는 제 말을 들을 생각도 안 했어요. 그래서 저도 엄마한테 솔직하게 얘기 안 해요."

위와 같은 사례는 아주 흔하다. 많은 아이들이 우리 앞에서 속마음을 꽁꽁 싸매고 감추려 든다. 그 이유는 바로 우리가 아이 내면의 소리에 귀를 기울이지 않고, 언제나 '내가 말하니 너는 들어라'는 식으로 아이들의 입을 막아버리기 때문이다.

부모가 아이의 말을 듣지 않았을 때 아이가 입는 자존심의 상처는 성인이 되어 몇 년이 지난 후에나 치유된다는 심리학자들의 연구 결과가 있다. 아이에게 일방적으로 명령하는 소통 방식은 당장 뜯어고쳐야 한다. 아무리 말을 잘하는 연사라도 남의 말을 경청하는 사람만 못한 법이다. 앞으로 아이 내면의 목소리에 귀를 쫑긋 세워 그 마음을 활짝 열게 만들어 보자.

· 아들에게도 말할 기회를 주어라 ·

"엄마, 오늘 학교에서 무슨 일이 있었냐면……."
"알았어, 알았어. 쓸데없는 소리 좀 그만하고 얼른 가서 숙제해!"

우리 주변에서 자주 일어나는 대화이다. 아들이 하고 싶은 말을 끝맺기도 전에 엄마는 말을 자른다. 그러면서 또 아들이 입을 꾹 닫고 말을 하지 않는 것도 질색을 한다. 사실, 이 답답한 상황은 애초에 아들에게 어떤 말도 할 기회를 주지 않은 엄마로 인한 것이다.

영국의 교육자 허버트 스펜서(Herbert Spencer)는 이런 말을 남겼다. "아이에게 말할 기회를 주고 그 말을 귀 기울여 들어라. 이런 부모가 아이를 더 잘 이해할 수 있다. 아울러 아이의 잘못된 생각과 행동을 즉시 고치고 바로잡는다면 아이는 건강하고 행복하게 성장할 수 있다." 무엇보다 확실한 것은 자신의 생각을 자유롭게 표현할 기회를 주어야 아이가 부모에게 마음을 연다는 것이다. 그렇게만 된다면 우리는 아이를 더욱 깊이 이해할 수 있고 필요할 때 도움을 줄 수도 있다.

마음을 차분하게 가라앉히고 먼저 아들의 이야기를 듣는 성실한 청자(聽者)가 되어보자. 그렇다면 아들은 엄마를 무한히 신뢰하게 될 것이고 속마음도 점점 더 표현하게 될 것이다.

· 아들의 말을 참을성 있게 들어라 ·

아이의 말을 경청하자. 상대방을 존중하는 가장 기본적인 원칙이 바로 중간에 말을 끊지 않고 끝까지 참을성 있게 듣는 것이다.

어느 날, 일곱 살 꼬맹이 빈빈(彬彬)이 학교에서 친구와 다투고 집에 돌아와 씩씩대며 엄마에게 있었던 일을 이야기했다. 엄마는 빈빈 곁에 앉아서 잠자코 이야기를 들었다. 그렇게 한참을 이야기하던 빈빈은 제풀에 화가 풀리고 말았다. 그리고 돌연 무언가 생각난 듯이 장난감을 챙기면서 엄마에게 말했다. "엄마, 애들하고 밑에서 놀기로 했어요. 나갔다 올게요." 그러고는 여느 때처럼 신이 나서 밖으로 뛰어나갔다.

빈빈의 심리 상태가 순식간에 이렇게 큰 변화를 보인 것은 순전히 엄마의 공이다. 짜증났던 일을 모두 쏟아내어 기분이 풀릴 때까지 그저 가만히 아들의 이야기를 들어주었던 것이다.

사실 아이의 감정 표현 대다수는 엄마의 동의나 도움을 얻으려는 행위가 아닌 단순한 배설 행위이다. 그럴 때는 함부로 말을 가로막지 말고 인내심 있게 들어줌으로써 아이의 마음을 달래고 감싸 안아야 한다.

9

엄마의 잘못을 꼬집는
행동을 허락하라

아들이 우리에게 "엄마, 엄마가 잘못했어요!" 하고 말할 때, 많은 엄마들이 "어디 감히 엄마한테 그런 소리를!" 하고 면박을 줄 것이다. 이 말은 곧 '나는 네 엄마야. 너는 엄마를 그렇게 지적할 자격이 없어!'라는 뜻을 포함하고 있다. 엄마들이 이렇게 말하는 이유는 아들의 입을 막고 자신의 체면을 지키기 위해서이다.

그렇지만 이런 방법으로는 체면을 지킬 수도 없는데다가 오히려 아들에게 자신의 잘못을 시인하지 않는 나쁜 태도만 가르치게 된다. 그러나 반대로 엄마가 아들의 말을 인정하고 허락한다면 아이는 엄마를 더욱 신뢰하고 존중하게 될 것이다.

유가(儒家)의 경전인 《효경(孝經)》〈간쟁장(諫諍章)〉에 이런 구절이 나온다. "부유쟁자, 즉신불함우불의(父有爭子, 則身不陷于不義)." 이 말은 '부모의 잘못을 간언하는 자식은 의롭지 못한 일에 빠지지 않는다'는 뜻이다.

샤오저(小澤)가 엄마와 길을 건널 때였다. 도로가 한산한 것을 본 엄마가 샤오저의 손을 잡아끌며 무단횡단을 하려고 했다. 그때, 샤오저가 엄마 손을 잡아당기며 말했다. "엄마, 빨간불이야!"

그러자 엄마가 대답했다. "괜찮아, 차가 별로 없으니까 건너도 될 거야. 얼른 가자."

"엄마, 빨간불일 때는 멈추고 초록불일 때 건너라고 했잖아. 지금 빨간불인데 왜 건너?"

엄마가 잠시 머뭇거리더니 샤오저에게 말했다. "아들아, 고마워. 엄마가 그러면 안 되는 거였어. 앞으로는 그러지 않을게."

엄마의 말을 듣고 샤오저는 무척 기뻐했다. "그럼 우리 이제 신호 잘 지켜요. 약속!"

엄마가 샤오저의 말을 듣고도 길을 건넜다면 결과는 어떠하였을까? 이번에는 아무 일이 일어나지 않았을지도 모른다. 하지만 엄마를 보고 배운 샤오저가 나중에 혼자 신호를 지키지 않고 길을 건너려 하지 않을까? 그때는 무슨 일이 생길지 장담할 수 없다. 다행히 엄마가 즉시 자신의 잘못을 인정한 덕분에 샤오저는 신호를 지켜야 한다는 규범과 실수를 인정하는 올바른 태도를 배울 수 있었다.

사실, 아들이 엄마를 지적하는 것은 그만큼 용감하다는 뜻이기도 하고 옳고 그름을 제대로 판단할 만큼 똑똑하다는 뜻이기도 하다. 이는 남자아이가 독립적인 인격을 형성하는데 필수적인 덕목이다. 그러니 아이가 혹시 우리의 잘못을 꼬집더라도 이를 저지할 것이 아니라 쿨하게 인정하고 실수를 바로잡는 대범한 엄마가 되자.

세상에 완벽한 사람은 없다. 그러므로 아들에게 완벽하기 위해 스트레스 받지 않아도 된다. 우리가 실수를 하는 모습은 그 자체로 아이에게 가감 없는 세상의 모습이 된다. 또한 실수를 하더라도 적절하게만 대처한다면 오히려 아이에게 좋은 교육 기회가 된다. 그러므로 아이 앞에서 내 잘못을 덮으려고 하지 말자. 솔직한 모습을 보이고 아이가 이를 자유롭게 이야기할 수 있게 하자.

복재수간(福在受諫). '복이란 다른 사람의 충언을 받아들이는 데 있다'는 뜻이다. 이처럼 남의 충고를 아량 넓게 받아들이는 사람은 덕이 있고 복이 충만한 사람이다. 그러므로 아이가 충고를 했을 때, 체면을 차리기 위해 변명거리를 찾지 말고 그저 허심탄회하게 받아들이자.

예를 들면 이렇게. "고마워, 엄마가 확실히 잘못했구나. 앞으로는 주의할게." 간단한 말이지만 이 한마디로 아이는 엄마를 크게 신임하게 된다.

혹시 아이가 오해를 한 것이라고 하더라도 성급하게 아이의 의견을 부정하지 말자. 일단 끝까지 이야기를 듣고 나서 왜 그러한지를 알려주는 것이 좋다. 그래도 아이가 이해하지 못한다면 아이와 함께 다른 대안을 궁리해 보자. "네 생각에는 어떻게 해야 할 것 같니?" 이런 대화를 통해서 아이는 옳고 그름을 판단하는 능력을 더욱 향상시킬 수가 있다.

• 충고하는 방법과 태도를 알게 하자 •

우리야 얼마든지 아들의 충고를 받아들일 수 있다고 해도, 다른 사람에게 충고하는 방법과 태도를 정확하게 가르치는 것을 등한시해서는 안 된다. 아이가 제대로 충고하는 법을 잘 알게 된다면 부모와 자식 간의 관계만 돈독해지는 것이 아니라 타인과의 원만한 인간관계에도 도움이 되기 때문이다.

유가의 계몽서인 《제자규(弟子規)》에 이런 구절이 있다. "친유과, 간사갱, 이오색, 유오성(親有過, 諫使更, 怡吾色, 柔吾聲)." '부모에게 잘못이 있으면 자식은 고치도록 간해야 하고, 이때 태도는 기쁜 얼굴과 부드러운 음성이어야 한다'는 말이다. 다른 사람에게 충고를 할 때는 때와 장소를 잘 가려야 하며 완곡하고 부드러운 태도여야 한다는 사실을 아이에게 잘 알려주자.

10

잘못을 용감하게 인정하고
사과하라

아들에게 실수를 저질렀거나 약속을 지키지 못했을 때, 또는 아들에게 상처를 주었을 때, 엄마들도 잘못을 인정하고 사과해야 하지 않을까? 많은 엄마들이 이렇게 말한다. "잘못했다고 사과하면 엄마의 권위를 잃지 않을까요? 그 후로는 어떻게 아이를 다스리죠?"

우리도 평소 아이에게 잘못을 했을 때는 당당하게 잘못을 인정하고 고쳐야 착한 아이라고 가르치지 않는가. 그런데 본인이 잘못을 저질렀는데 인정하기는커녕 그럴듯하게 꾸며 합리화한다면 아이는 어떻게 생각할까? 그리고 어떻게 행동할까?

몸소 실천하는 본보기 교육은 말로만 떠드는 것보다 훨씬 효과가 크다. 우리가 자신의 잘못을 인정하고 사과하는 모습을 보인다면, 아이의 마음 속에는 이런 생각이 싹트게 될 것이다. '엄마도 잘못했다고 사과했으니까 나도 잘못하면 그렇게 해야겠지?'

어느 날, 엄마가 학교로 샤오위(小宇)를 마중 나갔을 때였다. 교문 한쪽으로 핀 꽃들을 본 샤오위가 엄마에게 물었다. "엄마, 이 꽃 이름 알아요?" 엄마가 꽃을 힐끗 보더니 대답했다. "몰라."

그러자 샤오위가 꼼짝도 하지 않은 채 서서 엄마를 바라보며 말했다. "엄마, 나한테 제대로 말해주세요."

엄마는 그 말에 정신이 번쩍 들었다. 본인이 생각하기에도 방금 전 샤오위에게 한 대답은 건성 그 자체였다. 샤오위 역시 엄마의 표정과 말투에서 아예 대답할 의지조차 없다는 것을 다 알아챘다. 그제야 엄마는 진심을 다해 이야기했다. "샤오위, 미안하구나. 엄마가 샤오위에게 제대로 말해주지 않았어. 사과할게." 그리고 꽃을 다시 한 번 들여다본 후 말했다. "엄마는 이 꽃이 무슨 꽃인지 잘 모르겠어. 그럼 우리 꽃 파는 아주머니한테 한 번 물어보자."

그리고 두 모자는 꽃집으로 갔다. 꽃집 아주머니와 즐겁게 이야기를 나누고 돌아가는 길에 화분을 하나 사서 샤오위에게 돌보라고 하자 샤오위는 뛸 듯이 기뻐했다.

이처럼, 아들 앞에서 자신의 실수를 순순히 받아들이고 사과하는 모습은 엄마의 자존심이 망가지는 일이 전혀 아니다. 오히려 아들에게 엄마의 멋진 모습을 보여줄 수 있는 기회이다. 미국의 심리학자 줄리 드닌(Julie DeNeen)은 이런 말을 하였다. "부모가 잘못을 했거나 아이와의 약속을 지키지 못했을 때 잘못했다고 말할 수 있다면 아이의 자존감을 높이는 데 도움이 되는 동시에 아이가 타인을 존중하는 습관을 기르게 할 수 있다."

그러므로 부모라도 잘못을 저지르고 아이의 믿음을 저버렸을 때는 용감하게 잘못을 시인하고 즉시 사과해야 한다.

• 엄마라는 타이틀을 내려놓자 •

아이를 키우다 보면 엄마도 실수를 한다. 그럴 때는 엄마라는 이름을 잠시 내려놓고 인간 대 인간으로 자신의 잘못을 인정해야 한다. 중국 옛 말에도 이르길 "사람은 성현이 아니므로 실수가 없을 수 없다. 잘못이 있 더라도 깨닫고 이를 고치면 된다."고 하였다. 그렇지만 많은 엄마들이 자 신의 역할에만 빠져 아이에게 잘못했다는 한 마디를 하지 않으려고 한다. 혹시라도 엄마로서 체면이 깎이고 위엄을 잃을까 두려운 것이다.

그러나 실상은 전혀 그렇지 않다. 아들에게 "미안해. 엄마가 잘못했어. 네가 용서해주렴."이라고 말하는 것은 오히려 자신의 잘못을 시인하는 것이 수치스러운 일이 아님을 직접 보여주는 좋은 예이다. 또한 아들의 마음속에서 엄마를 존중하는 마음이 진심으로 피어나게 만드는 소중한 기회이다.

• 적절한 사과 방법을 찾자 •

모든 아이들은 본인만의 특성과 개성이 있다. 또한 연령도 각자 다르기 때문에 그에 알맞은 사과 방법 또한 모두 다르다. 나이가 아주 어린 남자 아이에게는 엄마가 직접 그 자리에서 잘못을 사과하고 용서를 구하는 행 동을 하는 것만으로 충분하다. 철이 좀 든 아이라면 직접 마주보고 이야 기하는 것 외에도 간단한 쪽지나 편지로 마음을 전하는 방법이 있다. 잘 못을 시인하는 태도와 더불어 실수하게 된 원인을 설명하고 잘못된 행동 을 고쳐 나가는 과정까지 보여준다면 금상첨화다.

사실 어떤 사과 방법을 쓰든 가장 중요한 것은 이 모든 과정을 통해서 아들이 사과하는 태도를 깨우치고 학습하게 되는 것이다.

엄마들 대부분이 자신의 잘못을 인정하기가 부끄러워서 그 자리에서 사과를 하지 못하거나 대충 얼버무리며 넘어가려 한다. 하지만 아이는 이런 우리의 행동과 태도에서 이 사과가 진실하지 못하다는 것을 이미 느낀다. 게다가 이런 태도는 아이가 올바른 판단력과 가치관을 기르는 데 전혀 도움이 되지 않는다.

그러므로 엄마들은 자신의 실수를 알아챈 즉시, 사과를 해야 한다. 진지한 태도로 진심을 다해 소통해야 한다. 아들의 머리를 쓰다듬는다든지 어깨를 가볍게 다독인다든지, 살짝 안아주는 방법도 나쁘지 않다. 이런 제스처를 통해 아이는 우리의 진심을 더욱 가까이서 느끼고 사과를 흔쾌히 받아들일 것이다.

11

100 POINT of EDUCATION

아들 마음속의
우상이 되기 위해 분투하라

　마음속에 자신만의 영웅이나 우상을 품는 것은 남자아이에게 흔하게 나타나는 심리 현상이다. 아이는 부모님이나 만화 영화에 등장하는 히어로, 위인전 속의 역사 인물 등을 자신의 우상으로 삼는다. 그렇지만 그중에서 가장 최고의 우상은 바로 엄마이다. 그래서 엄마의 인품과 행동, 세상을 대하는 관점과 방법 등은 아들에게 직접적으로 혹은 간접적으로 큰 영향을 미친다.

　아들의 눈에 엄마는 무엇이든 못하는 것이 없는 존재이다. 엄마만 있다면 세상에 무서울 것이 없다. 모르는 문제가 있어도 엄마는 언제나 참을성 있게 하나하나 대답해주고, 무슨 일이 생기면 가장 먼저 달려와 해결해주는 것도 엄마이다. 몸이 아플 때 엄마는 항상 곁에서 돌봐주고, 배가 고플 때도 맛있는 음식을 해준다. 그러니 엄마가 하는 모든 것들이 갓 세상을 알아가는 어린 아들에게 숭배의 대상이 되는 것도 무리는 아니다.

그러나 아들이 점점 자라 인지 능력이 발달하게 되면 마음속 우상의 자리는 다른 사람으로 대체되기도 한다. 영웅이나 유명한 스타에 열광하게 될 수도 있다. 이는 아이가 다른 사람의 행동을 자신을 성장시키는 양분으로 삼기 시작한다는 것을 의미한다. 그러나 이는 동시에 아들이 이제 긍정적인 습관이 아닌 불량한 습관과 행동을 보고 따라하게 된다는 의미이기도 하다. 살림을 엉망으로 하는 엄마를 보고 자란 아들은 방을 깨끗하게 정리하지 못하고, 아무 생각 없이 길거리에 쓰레기를 버리는 엄마를 보고 자란 아들은 환경의 소중함을 알지 못하며, 신호등을 무시하고 걷는 엄마를 보고 자란 아들은 교통 규범을 잘 지키지 못하는 것 등이 그 예이다.

　　엄마는 언제나 아들 마음속의 우상이어야 한다. 바른 언행으로 아들에게 좋은 영향을 주고 무슨 일이든 솔선수범하여 아들이 나쁜 점을 본받지 않도록 해야 한다. 결국 엄마들은 최선을 다해서 아들 마음속의 영웅이 되고 눈치채지 못하는 사이에 아이의 말과 행동 하나하나를 좋은 방향으로 이끌어야 한다.

· 아이의 생각을 존중하라 ·

"엄마는 제 생각은 아예 들으려고 하지도 않아요. 무슨 일이든 다 엄마가 하고 싶은 대로 해요."

"제가 조금만 잘못해도 엄마는 매일 제 탓만 하고 엄청 뭐라고 해요."

"엄마는 언제나 저한테 이거 공부해라 저거 배워라 하는데, 사실 저는 하나도 재미가 없어요. 그런데 할 수 없이 전부 엄마가 시키는 대로 해야 해요."

아이들의 말을 가만히 들어 보면, 자녀를 교육할 때 우리가 얼마나 잘못된 교육 방법을 택하고 있는지 알 수 있다. 엄마의 생각대로, 아들이 하고 싶지 않은 일을 억지로 떠미는 것이다. 그런 방법은 좋지 못하다. 아이의 성장 단계와 성격을 잘 고려해서 그에 가장 적합한 교육 방법을 선택을 하는 엄마가 되어야 아들의 마음속에서 우상의 자리를 차지할 수 있다.

• 시시각각 자신의 행동을 바르게 하라 •

우상이라는 말에 숨겨진 뜻을 알고 있을 것이다. 아이가 어린 시절부터 가장 많이 따르고 모방하는 대상, 그 우상은 바로 엄마이다. 아이들은 일상의 매 순간, 엄마가 하는 행동을 하나하나 기억한다. 그리고 보고 들은 모든 것을 자기도 모르게 모방한다. 우리가 만약 이 신성하고 중요한 역할을 제대로 해내지 못한다면 아이에게 신뢰받고 존경받을 수 있을까?

부모들은 시시각각 자신을 돌아보고 바른 말과 행동으로 아이에게 긍정적인 영향을 주어야 한다. 내 아이가 했으면 하는 행동을 먼저 하고, 아이가 하지 않았으면 하는 행동은 나부터도 절대 피해야 한다.

12

100 POINT of EDUCATION

아들과 함께 시간을
자주 보내라

한 바링허우(八零後) 세대*의 엄마가 인터넷 게시판에 올린 글이 젊은 부
모들에게 폭발적인 공감을 얻었다.

"우리는 중국의 외동 정책 1세대로 즐거움을 추구하고 독립성과 개성을
신념으로 삼고 살아왔다. 그런데 2세대라는 특수부대가 태어나자 생활의
모든 것이 그들을 중심으로 바뀌었다. 우리의 생활은 어떻게 되었나? 영
화관에서는 이미 우리 1세대가 자취를 감추었고, 음악회나 콘서트 또한
텔레비전으로만 즐길 뿐이다. 회식이나 모임, 저녁에 즐길 거리 또한 '자
녀들의 노예'가 된 우리에게는 사치가 됐다. 부모라는 막중한 책임을 떠
맡은 우리는 이제 하나로 단결해야 한다. 우리들의 행복과 자유를 위하
여 모두에게 외치는 바이다. 우리 모두 '힘을 합쳐' 아이를 키우자!"

● 바링허우(八零後)세대 – 1980년대 중국에서 출생한 세대를 이르는 말. 1가구 1자녀 정책으로 부모의
절대적인 관심 속에 응석받이로 자라난 세대로, 지금의 중국 사회를 이끄는 중심 세력이다.

중국에는 요즘 여러 가정이 그룹으로 모여 아이들을 일정한 기간 동안 돌아가며 돌보는 '함께 돌보기' 현상이 널리 퍼지고 있다. 이런 방식이 젊은 엄마들에게는 육아의 부담을 덜어주고 아이에게는 다른 친구들과 어울릴 수 있는 기회를 준다. 그러나 반면에 부모와 직접 교류할 시간을 뺏고 있는 것도 사실이다. 이는 부모와 자녀 관계가 화목해지고 아이의 심신이 건강하게 자라는 데 도움이 되지 않는다.

사실 아이는 우리가 비싼 장난감이나 맛있는 음식을 얼마나 많이 사주는지에 큰 관심이 없다. 그저 곁에 함께 있어 주기를 바랄 뿐이다. 중국의 동요 〈사랑한다면 안아주세요〉에도 "아빠, 엄마, 저를 사랑한다면 함께 있어 주세요."라는 가사가 있다. 이것은 아이들의 진심이다. 우리는 생활이 아무리 바쁘더라도 최대한 시간을 쪼개어 아이와 함께하고 무한한 관심과 애정을 쏟아야 한다.

· 일상에서 자주 함께 어울려라 ·

영국의 교육전문가 샬롯 메이슨(Charlotte Mason)은 이렇게 말했다. "수많은 부모들이 하루를 바삐 보내느라 아이를 돌볼 겨를이 없다. 그러다 어느 날 아이에게 관심을 기울이고 싶을 때는 정작 자신이 아이와 소통하는 법을 전혀 모른다는 것을 깨닫게 된다. 그때 부모는 이미 아이에게 대수롭지 않은 존재가 되어 버린 후이다."

아들과의 관계가 이렇게 악화되는 것을 바라는 부모는 없을 것이다. 그러므로 우리는 평소에 자주 아들과 함께 시간을 보내야 한다. 예를 들자면 집에서 함께 책을 읽거나 유익한 텔레비전 프로그램을 본다든가 퍼즐 맞추기나 목공 DIY를 함께 하면 좋을 것이다. 배드민턴이나 등산, 수영 등 야외 활동을 함께 하는 것도 좋다. 때로는 내가 어린 시절에 즐겼던 놀이를 가르쳐주고 추억을 공유한다면 아들과의 거리가 한결 가까워질 것이다.

덧붙여, 아들과 함께 할 때는 언제나 출발선을 아이의 관점에 두도록 노력해야 한다. 단순한 방관자나 보호자가 되지 말고 완전히 아이의 세계에 빠져들어 자연스러운 놀이 친구가 되어 보자. 천진난만한 아이가 되어 놀이의 즐거움을 함께 나누는 것이다.

· 놀이하며 가르쳐라 ·

아들과 시간을 자주 보낸다면, 함께 접하는 각종 사물이나 사건을 통해서 맞춤 교육을 진행할 수 있다. 그렇게 하면 아이는 편안한 상황에서 관련 상식을 습득할 수도 있고 어떻게 행동해야 하는지 등 인간으로서의 기본적인 도리도 배울 수도 있다.

예를 들어, 따뜻한 봄날에 아이를 교외로 데리고 나가 연을 날리다 보면 아이가 이런 생각을 품을 것이다. '왜 봄에는 연을 날리기가 좋을까? 연을 날리는 것과 바람의 방향, 바람의 세기는 무슨 관계가 있을까?' 이때 우리가 직접 설명을 곁들이거나 궁금한 문제를 스스로 찾아보라고 지도한다면 즐거운 놀이가 곧 교육이 될 것이다.

13

100 POINT of EDUCATION

엄마의 마음을
활짝 열어 보여라

아들의 마음속을 속속들이 알고 싶다면 마음을 열라고 강요만 할 것이 아니라 엄마의 마음부터 활짝 열어야 한다. 그렇게 해야만 엄마와 아들이 서로 진심으로 생각과 느낌을 공유하고 더욱 끈끈한 유대 관계를 형성한다.

하지만 현실에서는 많은 엄마들이 아들의 머리 꼭대기에서 군림하며 자신의 마음은 닫은 채, 아들에게는 무엇이든 다 솔직하게 이야기하라고 닦달을 한다. 그러나 이런 태도는 전혀 평등하지 않으며 두 사람의 소통에 방해가 될 뿐이다.

아들은 엄마가 어떻게 느끼고 생각하는지를 먼저 털어놓고 자발적으로 이야기해야 엄마를 신뢰할 수 있는 사람이라 여긴다. 공감의 과정이 없다면 모자 관계는 발전할 수가 없다.

웨이레이(維磊)는 천방지축으로 뛰어놀기를 좋아하는 아홉 살 남자아이다. 어느 날, 이웃에 사는 샤오밍(小明)의 엄마가 웨이레이의 엄마를 찾아왔다. 그리고 어제 웨이레이가 놀러왔다가 샤오밍의 변신로봇을 몰래 가져갔다는 이야기를 하는 것이 아닌가.

웨이레이가 학교에서 돌아오길 기다린 엄마는 곧바로 이 일을 캐묻지 않고 웨이레이와 일단 다른 이야기를 나누었다. 그러다가 이렇게 말문을 열었다. "엄마가 오늘은 갑자기 어렸을 때 잘못했던 일이 생각났어."

호기심이 발동한 웨이레이가 물었다. "엄마가 뭘 잘못했는데요?"

"한번은 학교에 친구가 너무너무 예쁜 머리핀을 갖고 온 거야. 그래서 아무도 몰래 집으로 가져갔어. 그렇지만 누가 볼까 봐 무서워서 머리에 꽂지는 못했지."

"그래서요?"

"그런데 할머니가 눈치를 채 버린 거야. 그래서 무슨 일이 있었는지 말씀드렸는데 이렇게 한 마디 하시더구나. '잘못을 뉘우치고 고치는 아이가 착한 아이란다.' 그 말을 듣고 나니 너무 부끄럽고 창피해서 다음부터는 절대로 다른 사람의 물건을 훔치지 않겠다고 다짐했어." 어린 시절의 이야기를 하던 엄마의 눈가가 촉촉해졌다.

이야기를 들은 웨이레이는 고개를 푹 떨구고 엄마에게 말했다. "엄마, 제가 어제 샤오밍 장난감을 훔쳤어요. 제가 잘못했어요."

그러자 엄마는 이렇게 대답했다. "잘못을 뉘우치고 고치는 아이가 착한 아이란다."

웨이레이는 고개를 들며 결심한 듯 말했다. "이제 다시는 남의 걸 훔치지 않을게요. 장난감도 샤오밍한테 돌려주고 용서해달라고 할 거예요."

엄마의 속 깊은 이야기는 이렇게 훌륭한 교육 효과를 가져온다. 엄마는 자신이 어린 시절에 했던 똑같은 실수담을 들려줌으로써 웨이레이가 스스로 도리를 깨닫고 잘못을 인정하게 만들었다. 이처럼 우리도 평소 아이에게 먼저 마음을 활짝 열고 눈높이에 맞는 대화와 소통을 하도록 끊임없이 노력하는 엄마가 되자.

• 아들도 엄마를 이해하게 만들어라 •

만약 아들에게 "엄마가 무슨 음식을 가장 좋아하는지 아니?"라고 묻는다면 대부분 시원하게 답변을 하지 못하겠지만, 엄마들은 아들이 무엇을 좋아하는지 정확하게 알고 있다. 이는 엄마들의 모든 관심사가 오로지 아들에게 집중되어 있기 때문이다. 그런데 아들을 더 깊이 이해하기 위해서는 아들도 엄마를 더 이해하게 만들어야 한다.

평소에 아들과 서로에 관한 대화를 많이 해야 한다. 예를 들자면 자기가 좋아하는 음식이나 좋아하는 옷, 좋아하는 음악, 가장 좋아하는 놀이 등등이다. 이런 대화를 자주 하다 보면 아들은 엄마를 더 폭넓게 이해할 수 있고 점차 엄마의 생활방식이나 사고방식, 습관에도 익숙해진다. 또한 이런 대화를 통해 아들은 부모라는 존재를 더욱 진실하고 생동감 있는 존재로 받아들이기 때문에 부모와 자녀의 관계가 더욱 끈끈해지기도 한다.

• 아들과 함께 마음을 나누어라 •

엄마의 안색이 좋지 않은 것을 본 리웨이(李威)가 걱정이 되어 물었다.

"엄마, 무슨 일 있어요?"

"어른들 일에 신경 쓰지 말고 방에 가서 숙제나 해." 엄마의 무서운 한 마디에 방으로 쫓기듯이 들어가던 리웨이가 이렇게 중얼거렸다. "엄마 는 항상 저래. 나한테는 무슨 일인지 다 말하라고 하면서 엄마는 아무 말 도 안 해주고. 진짜 불공평해. 나도 이제 아무 말도 안 할 거야."

리웨이는 엄마의 걱정을 함께 나누고 싶었지만 엄마는 냉담하게 마음 의 문을 걸어 잠갔고, 이는 리웨이의 마음까지 닫아 버리는 결과를 낳았 다. 미국의 교육자 스토너 부인(Winifred Sackville Stoner)은 "아이도 부모의 걱정과 근심을 알아야 하며, 이는 부모에게나 자녀에게나 현명한 교육 방 법이다."라고 말했다.

아이에게 솔직한 심정을 터놓고 함께 마음을 나누어 보자. 물론, 너를 낳느라 힘들었고 키우느라 고생이라는 등의 신세 한탄은 금물이다. 엄마 가 이런 말을 입에 올리면 아이가 공감하지도 못하는 것은 물론 스트레 스만 받게 되고, 결국에는 엄마와의 소통마저 피할 것이다.

14

아들의 입장에서
문제를 바라보라

미국의 한 교육자는 이렇게 말했다. "모든 사람은 자신의 시각과 입장에서 문제를 관찰하고 인식한다. 신분과 지위에 따라 도출되는 결론도 각자 다르다. 부모와 자녀 간의 세대 차이, 신분 차이는 소통에 영향을 미치는 주요한 원인이다. 만약 부모가 자녀의 입장에 서서 사고할 수 있다면 모든 문제는 막힘없이 해결될 것이다."

정말 그렇다. 우리가 아들을 교육할 때도 입장을 바꾸어 아이의 시선에서 생각하려는 노력을 기울여야 한다. 그래야 서로 공감할 수 있고 우리가 진심으로 아이의 생각과 요구 사항, 행동을 이해할 수 있으며 원하는 교육 효과를 얻을 수 있다. 더구나 이런 방식은 아이와의 심리적 거리를 확연히 줄여주기도 한다.

그렇다면 우리는 어떻게 아들의 입장에 설 수 있을까?

올해 열 살이 된 하오란(浩然)이 방과 후 집으로 돌아와 속상하다는 듯 말했다. "엄마, 이번 수학 시험은 별로였어요. 82점 받았어요."

"82점? 너 요즘 왜 그러니? 노는 데만 정신이 팔려가지고……. 이제 마음대로 밖에 나가 놀지마. 어서 들어가서 공부해!"

속사포같이 잔소리를 쏟아내는 엄마에게 하오란은 더 이상 아무런 대꾸도 할 수 없었다. 그래서 이번 시험은 선생님이 문제를 너무 어렵게 내서 반에서 80점을 넘은 학생이 다섯 명 뿐이었다는 사실도 엄마에게 말하지 못하였다.

이와 비슷한 경험이 있을 것이다. 아들과 이야기를 나누다가 한두 마디 말만 듣고 성급하게 단정 지은 경험 말이다. 그러나 내가 내린 결론이 사실과 다를 경우에는 아들이 하오란처럼 억울한 누명을 쓰게 된다.

아들과의 불필요한 충돌을 피하고 부모로서 신뢰와 존경을 받으려면 어른의 시각에서 독단적인 결론을 내리는 행동을 피해야 한다. 아들과 대화할 때는 언제나 아들의 시선에서 문제를 바라보고 말을 끝까지 차분하게 들어 상황을 제대로 판단하는 것이 중요하다. 괜히 섣부른 판단을 하지 않도록 하자.

아홉 살인 즈웨이(志偉)는 집으로 돌아와 가방을 내려놓자마자 씩씩대며 엄마에게 학교에서 있었던 일을 털어놓았다. "오늘 진짜 짜증났어. 리하오(李浩)가 내 장난감을 다 망가뜨렸어."

"어머, 걔가 그랬어? 정말 기분이 나빴겠네."

"응, 아빠가 생일 선물로 준 거 말이야."

엄마는 차분하게 즈웨이를 위로했다. "엄마가 생각해도 짜증났을 것 같아. 그래도 너무 화내지 마. 리하오도 일부러 그런 건 아닐 거야. 장난감은 다시 고칠 수 있잖아. 아니면 새로 사거나. 그런데 장난감 때문에 친구하고 사이가 안 좋아지는 건 너무 속상하잖니."

즈웨이가 잠시 생각하더니 대답했다. "응, 엄마. 알았어요."

심리학에서는 남자아이가 억울한 일을 당하거나 위축되었을 때 가장 필요한 것이 바로 엄마의 공감과 이해라고 말한다. 우리도 즈웨이의 엄마처럼 아이를 대해야 한다. 문제를 차분히 듣고 아들이 겪은 감정의 고통을 이해하려 노력하고 공감한 후에 아이가 가져야 할 바른 마음가짐을 일러주는 것이다. 이런 방법으로 즈웨이도 엄마의 말을 잘 듣게 되었고, 스스로 옳은 결정을 하게 되는 교육 효과를 얻을 수가 있었다.

만약 우리가 매사에 아들의 감정을 무시하고 엄마의 결정을 강요한다면 신뢰감을 줄 수 없음은 물론 반감만 사게 될 것이다. 그러므로 먼저 아들의 입장에서 문제에 접근하고 아들의 감정에 동화되어 문제를 해결할 수 있도록 도와주어야 한다.

· 어른의 편견을 버려라 ·

아이들은 저마다의 세계가 있고 자신의 생각과 사고방식을 가지고 성장한다. 남자아이들은 비교적 단순하고 순진한 편이다. 하지만 성인이 된 부모는 이미 그렇게 단순할 수가 없다. 세상의 풍파를 겪으며 복잡한 생각을 갖게 되어 지극히 단순한 일도 더 복잡하게 생각하기 마련이다. 만약 그런 어른의 시선과 관념으로 어린 아들을 대한다면 화목한 부모 자식 관계를 기대하기는 힘들 것이다.

어른이 가진 주관적인 편견을 버려야 한다. 스스로를 아이의 눈높이에 맞게 낮추고 아이의 시선과 생각으로 대하라. 그렇다면 아이의 진심에 한 발 다가설 수 있고, 알 수 없던 아이의 생각이나 행동도 전부 이해하게 될 것이다.

아이에게서
새로운 지식을 배워라

요즘 아이들은 과학기술이 급속도로 발전하는 정보화 시대에 태어났다. 그래서 새로운 사물을 받아들이는 데 능숙할 뿐만 아니라 최신 정보를 습득하는 속도 또한 우리와는 비교할 수 없이 빠르다. 예를 들어 첨단기술이 적용된 디지털카메라, 스마트폰, 컴퓨터 등을 처음 접했을 때, 우리는 어디서부터 손을 대야 할지 몰라 당황하지만 아이들은 순식간에 사용법을 알아낸다. 때때로 아이들은 어른보다 훨씬 더 잘 알고 빨리 배운다. 우리의 선생님이 된다고 해도 손색이 없을 정도로 말이다.

미국의 저명한 철학자 조지 미드(George Mead)는 당대의 청소년들이 현재 자신이 누리는 문화를 어른에게 되갚는 능력이 강하다고 하였다. 부단히 변화하는 사회를 이해하고 끊임없이 출현하는 신지식을 윗세대에 충실히 전달하고 공유하는 역할을 수행하는 것이다.

보위안(博遠)은 열두 살이다. 보위안의 엄마는 찻잎 소매상을 운영하고 있는데, 최근 외국인 손님이 자주 가게를 찾았다. 그런데 엄마는 영어를 하지 못해 외국인 손님과 대화를 나누는 데 어려움을 느꼈다.

하루는 집에 돌아온 엄마가 보위안이 영어 공부를 하고 있는 것을 보았다. 그래서 보위안에게 다가가 진지하게 물었다. "엄마도 영어를 배우고 싶은데, 어떻게 해야 할지 하나도 모르겠네. 네가 가르쳐 줄 수 있어?"

보위안이 엄마의 말에 신이 나서 말했다. "당연하지."

그날 이후로 엄마는 매일같이 보위안에게 영어를 배우고 단어를 큰 소리로 따라했다. 보위안은 엄마에게 영어를 잘 가르쳐주기 위해서 평소보다 더 열심히 영어공부를 했다. 그러자 영어에 대한 관심이 크게 늘어 성적까지 쑥쑥 올랐다. 엄마 역시 보위안의 도움으로 외국인 손님과 조금씩 대화를 나눌 수 있게 되었다. 더욱 기쁜 일은 두 사람이 함께 영어 공부를 한 덕분에 관계가 전과 비교할 수 없이 친밀해졌다는 것이었다.

엄마가 보위안에게 영어를 배우려고 노력하자 두 사람 모두 영어 수준을 높일 수 있었고 모자 관계도 훨씬 좋아졌다. 이처럼 아들을 존중하고, 아들을 통해 새로운 지식을 얻는 것을 두려워하지 말아야 한다. 그래야 아이만의 세계로 들어가 아이와 함께 동반성장할 수 있다.

· 내 아들의 장점에 주목하라 ·

공자가 이르길, "세 사람이 함께 길을 걸으면 그중에 반드시 한 사람은 내 스승이 될 만한 이가 있다."고 하였다. 그렇다면 당연히 내 아들도 좋은 선생님이 될 수 있을 것이다. 새로운 지식을 아이에게서 배우려 할 때

가장 중요한 원칙은 바로 아이의 우수한 점을 발견하고 칭찬하는 것이다. 그렇다면 아이에게 더 큰 발전을 위한 동기 부여를 하게 되고 새로운 학습 기회까지 제공할 수가 있다.

일단, 처음에는 아이에게서 본받고 배울 점이 있다고 스스로 굳게 믿어야 한다. 이런 마음을 먹으면 아이를 대할 때, 자연스럽게 장점을 발견하고 본받게 된다. 그리고 차차 아이에게서 많은 것을 배울 수 있을 것이다.

• 배움을 청할 때는 겸손해야 한다 •

"아들, 이리 와서 이거 어떻게 하는 건지 알려줘." 엄마가 짐짓 명령조로 아들을 불렀다. 아들은 엄마 곁으로 다가와 투덜거렸다. "엄마는 평소에도 나한테 이거 해라 저거 해라 시키면서 물어보는 것도 명령이네."

아들에게 무언가를 배운다면서도 이런 태도를 보인다면 아들은 당연히 엄마가 강압적이라고 생각할 수밖에 없다. 겉으로는 순순히 알려주더라도 속으로는 그다지 유쾌한 생각이 들지 않을 것이다. 그러므로 엄마들은 어른의 체면을 잠시 내려놓고 실제 선생님을 대하듯 진지하고 겸손하게 도움을 청해야 한다.

이렇게 말해 보면 어떨까? "아들, 엄마가 이걸 잘 모르겠는데 와서 엄마 좀 도와줄 수 있을까?" 아들은 엄마의 말에서 존중과 신뢰의 태도를 느낄 것이다. 그래서 엄마는 아들에게서 새로운 지식을 얻고, 아이는 무언가를 가르치는 과정에서 동기 부여와 함께 자아 성장의 동력을 얻을 수가 있다.

16

유머러스하고
재치 있는 엄마가 되어라

엄마가 아들을 대하는 태도와 방식은 다양하겠지만, 크게 이렇게 세 가지로 나누어 볼 수 있을 것이다. 온화하고 부드러운 태도, 강압적이고 무서운 태도, 그리고 재미있고 유머러스한 태도이다. 남자아이들은 보통 너무 상냥하거나 너무 사나운 엄마에게 거부감을 가질 수는 있지만 재미있고 유쾌한 엄마를 싫어할 수는 없다. 유머야말로 아들과 소통하는 가장 효과적인 방식이다.

아들의 입장에서 문제를 바라보고, 구체적이고 생동감 있는 표현을 사용해 엄마의 생각을 전달한다면 아들은 더욱 쉽게 그리고 즐겁게 엄마의 이야기에 귀를 기울인다. 아들이 잘못을 했을 때도 엄마가 재치를 발휘해 그 잘못을 바로잡아줄 수가 있고 슬퍼할 때도 훌훌 털고 활짝 웃게 할 수가 있다. 또, 자신감이 하락한 아들 역시 엄마의 유머 한 방이면 금세 자신감을 회복한다.

게다가 엄마가 평소에 아들과 재미있게 어울린다면 아들 역시 유쾌한 사람으로 성장하게 된다. 이는 아들이 살면서 부딪히는 어려움 앞에서도 언제나 낙관적인 자세를 유지하고 주변 사람들에게 긍정적인 영향을 미치게 하는데 도움이 된다. 유머러스한 아이가 즐겁고 적극적으로 인생을 살아가게 된다는 말이다.

이와 같은 이유로 엄마들은 스스로 재미난 사람이 되어 아들과 소통해야 한다. 그런데 어떻게 해야 재미있는 엄마가 될 수 있을까?

• 재치 있는 칭찬으로 아이를 북돋우라 •

모든 아이들은 엄마의 적극적인 격려와 칭찬을 원한다. 하지만 매번 똑같은 말로 아들을 칭찬하는 것은 소음 공해나 다름없다. 이미 식상한 칭찬으로는 아들이 아무런 감동도 받을 수 없기 때문이다. 그래서 아들을 향한 칭찬과 격려는 언제나 신선하고 생동감이 넘쳐야 한다.

이를테면, 장난감 놀이를 끝냈을 때도 딱딱하게 "그만하라"고 말하기보다는 이렇게 이야기하는 것이 어떨까? "장난감들도 집에 들어가서 코~ 자고 일어나야 다시 또 놀 수 있어요." 또, 아들이 스스로 방을 정리했을 때는 좋아하는 캐릭터를 이용해 이렇게 칭찬해 볼 수 있다. "후이타이랑(灰太狼)(회색 늑대, 중국의 유명 어린이 애니메이션 캐릭터_역주)이 도와주었을까? 정말 대단하다. 아주 말끔하게 정리 잘 했네." 이렇게 재치 있는 말로 아이를 치켜세우면, 아이는 자신의 행동에 큰 자부심과 즐거움을 느끼고 다음에 더 잘하려는 노력을 기울인다.

엄마가 초등학교에 갓 입학한 아들의 숙제를 살펴보다가, 세 문제 중에 한 문제를 풀지 않은 것을 발견하였다. 그래서 "숙제가 몇 문제였어?" 하고 물었다.

아이가 대답했다. "세 문제야."

"그런데 왜 두 문제만 풀었어?"

"1번 문제는 풀었고, 2번도 풀었어. 1 더하기 2는 3이니까, 다 한 건데?"

엄마는 아들이 숙제하기 싫어 엉뚱한 소리를 한다는 것을 알았지만, 더 이상 아무 말도 하지 않았다.

잠시 후, 엄마가 아이스크림 두 개를 사들고 와서 아들에게 말했다. "아빠가 하나를 먹고 엄마가 하나 먹을게. 너도 하나 먹어."

아들이 눈을 깜빡거리며 이해할 수 없다는 듯이 물었다. "두 개뿐인데, 내 것은 어디 있어?"

그러자 엄마가 대답했다. "1번 아이스크림에 2번 아이스크림을 더하면 1 더하기 2는 3이니까, 세 개 맞는데?"

엄마의 말을 들은 아들은 '피식'하고 웃고 말았다. 그리고는 남은 한 문제를 풀기 위해 얼른 방으로 들어갔다.

엄마는 짓궂은 아들의 성격에 장단을 맞추어 야단을 칠 때도 재치 있는 방법을 사용하였다. 그래서 아들이 알아서 숙제를 끝마치게 하고 둘 사이의 감정도 상하지 않게 문제를 잘 해결하였다. 이처럼 아들에게 훈육이 필요할 때도 딱딱하고 직설적인 명령이나 비난이 아닌 익살스러운 말투와 행동으로 얼마든지 잘못을 뉘우치게 할 수 있다. 그리하여 목적을 이루고 원하는 결과 또한 얻을 수가 있다.

진정으로 재치 있는 유머는 자연스러우면서도 상대방에 대한 존중과 배려가 녹아있음을 느끼게 하는 유머이다. 너무 오버해서 억지웃음을 주려다 자칫 잘못하면 아들은 엄마가 자신을 비웃거나 비꼬는 것이 아닌가 하는 인상을 받게 된다. 특히 감수성이 예민한 아이들은 더욱 그러하다.

아홉 살, 샤오롱(曉龍)이 머리부터 발끝까지 흙투성이가 되어 집으로 뛰어 들어왔다. 엄마는 그 모습을 보고 농담을 던졌다. "아이고, 세상에 뉘 집 아들이 이렇게 깨끗하대? 얼마나 깨끗한지 먼지가 어디 붙었는지 한 톨도 찾지를 못하겠어." 그러자 샤오롱은 엄마가 말을 다 끝맺기도 전에 화를 벌컥 내며 방으로 들어가 버렸다.

엄마는 재미있으라고 한 말이었지만, 샤오롱에게는 이 말이 빈정거림으로 들렸던 것이다. 별다른 의미 없이 던진 농담이 날카로운 검이 되어 아들에게 상처를 주게 해서는 안 된다. 혹시라도 그 정도를 지키기가 어려운 엄마라면 최대한 조심스럽게 유머와 재치를 발휘하도록 노력해 보자.

17
100 POINT of EDUCATION
몸짓언어로
소통하라

보통 아들과 소통한다고 하면 엄마가 이야기하고 아들이 듣는 장면을 연상할 것이다. 그리고 우리는 아이와 소통하는 방식으로 언제나 '말'을 떠올린다. 하지만 굳이 말을 하지 않고 몸짓이나 행동을 취하는 것만으로도 자신의 생각을 아이에게 전달할 수가 있다.

미국의 언어학자 앨버트 메라비언(Albert Mehrabian)은 연구를 통해 "커뮤니케이션의 93%는 말이 아닌 비언어의 형태로 진행되며, 언어 그 자체로 전달되는 것은 불과 7%에 그친다."고 밝혔다. 그리고 비언어 표현 93% 중에도 55%는 표정, 자세, 손짓 등 육체적인 부분이 담당하고 38%만이 음성·억양과 관련이 있다고 하였다. 이 연구 결과에 따르면 이런 공식이 도출된다.

커뮤니케이션 = 말의 내용 7% + 음성·억양 38% + 몸짓 55%

사람과 사람 사이의 소통에서 몸짓을 통한 표현이 아주 큰 작용을 하고 있는 것이다. 그러므로 아들의 마음을 파악하기 위해서는 비언어, 즉 몸 짓언어로 소통하는 법을 잘 알아야 한다. 생활 속에서 아래 몇 가지 몸짓 언어를 한 번 활용해 보자.

· 아이를 향해 활짝 웃어라 ·

프랑스의 문학가 빅토르 위고(Victor Hugo)는 이런 말을 했다. "웃음은 사람들의 얼굴에서 겨울을 몰아내는 태양이다." 맞는 말이다. 우리가 아 이를 향해 보이는 찬란한 미소에서 아이는 엄마의 무한한 사랑과 응원을 느낄 수가 있다.

평소에 아들을 대하면서 자주 활짝 웃어주자. 엄마가 미소 띤 얼굴로 대화를 이끈다면 아이는 기꺼이 자신의 솔직한 마음을 내보인다. 어떤 일 을 할 때에도 엄마의 부드러운 미소에 아이는 더욱 힘을 내고, 힘든 일이 있어도 포근한 엄마 미소가 함께한다면 점점 안정을 되찾을 수가 있다. 아이가 잘못한 일이 있을 때 역시 따스하게 웃으며 타이른다면 아이는 부끄러워서라도 최선을 다하는 모습을 보일 것이다.

· 아이를 따뜻하게 안아주어라 ·

한 설문조사에 따르면 조사에 응한 아이들 중 70%가 '부모님이 안아주 는 것을 좋아한다'고 답했다. 또 30%는 '인생에서 부모님의 포옹은 꼭 필 요하다'고 답했다.

아이가 어떤 일을 앞두고 있을 때, 힘내라고 자신감을 불어넣어주며 살

며시 안아주는 행동은 큰 도움이 된다. 슬픔에 잠겨있는 아이에게는 위로의 포옹을, 자신감을 잃은 아이에게는 응원의 포옹을 해 보자. 엄마의 따뜻한 포옹은 말로 하는 칭찬이나 격려, 위로보다 훨씬 더 강력하게 아들과의 거리를 좁힐 것이다.

· 어깨를 다독여라 ·

가끔 어깨를 툭툭 두드려주는 사소한 행동이 어떤 말보다 효과적일 때가 있다. 혹시 아이가 어떤 일에 좌절하고 실패를 경험했을 때, 엄마가 어깨를 두드려주면 아이는 금세 활력을 되찾는다. 반대로 좋은 성적을 거두었을 때 어깨를 두드려주면 아이는 엄마의 칭찬에 더욱 힘을 내고 노력을 쏟게 된다. 특히 남자아이에게는 엄마가 자주 어깨를 두드려주는 것이 무한한 힘을 이끌어 내는 좋은 스킨십이 될 수 있다.

· 두 손을 맞잡고 아이에게 다가가라 ·

아이의 손을 잡는 행동으로 우리는 존중과 응원하는 마음, 기대감 등을 모두 전할 수 있다. 아이 또한 마찬가지로 엄마의 손을 잡음으로써 자신에 대한 포용과 지지를 느낄 수가 있다. 아들이 울 때, 엄마가 살며시 손을 잡는 것만으로 관심과 따뜻함을 보여줄 수 있고, 고집을 부릴 때도 손을 맞잡으며 마음을 안정시킬 수 있다. 새로운 경험을 앞두고 있을 때는 가볍게 손을 잡아끌어 믿음을 심어줄 수 있다. 언제 어디서든, 아이의 손을 잡는 스킨십은 심리적인 거리감을 줄이는데 특효약이라는 것을 기억하자.

18
100 POINT of EDUCATION

야단치는 기술을
연마하라

"샤오레이(肖磊), 너 정말 엄마 창피하게 그럴래? 너는 하루라도 사고를 안 치면 좀이 쑤시지?"

"천머우(陳默), 점수가 이게 뭐니? 도대체 이해가 안 된다. 다른 애들이랑 똑같이 학교 다니고 똑같은 선생님한테 수업을 받고 시험도 똑같이 보는데, 왜 너만 성적이 이 모양이야?"

"왕샤오멍(王小蒙), 이게 방이니? 돼지우리지. 당장 정리 안하면 엄마가 네 장난감 싹 다 갖다 버릴 거야!"

엄마들은 아들이 잘못했을 때 주로 설교나 질타, 경고를 한다. 아들의 잘못된 행동을 빨리 고치고 싶은 의도는 좋다. 하지만 이런 방식으로 과연 효과를 얻을 수 있을까?

러시아의 교육자 안톤 마카렌코는 이렇게 말했다. "비판은 단지 수단이 아닌 일종의 예술, 지혜여야 한다." 우리는 아이의 실수를 교육으로 바로잡아야 한다. 적절한 비판을 하는 것도 무방하다. 하지만 설교를 늘어놓거나 힐난하고 위협하는 것이 아니라 아이가 잘 받아들일 수 있도록 지혜를 발휘해야만 한다.

· 다른 사람 앞에서 아들을 비난하지 마라 ·

어떤 엄마들은 아들에게 잘못이 있다면 언제 어디서든 그 자리에서 지적하고 혼을 내야 자신의 원칙과 태도를 분명하게 보여줄 수 있다고 생각한다. 또 어떤 엄마들은 다른 사람들이 있는 곳에서 혼내야 아들이 이를 잘 기억할 것이라 믿는다. 사실 이런 생각이나 방법은 아이를 바로잡을 수 없을 뿐만 아니라 오히려 아이가 성장하는데 방해가 되는 위험 요소이다.

어느 날, 자밍(佳明)의 집에 손님이 왔다. 엄마는 자밍에게 손님께 사탕을 갖다드리라고 했다. 그런데 자밍이 부주의한 탓에 사탕이 바닥에 쏟아졌고, 화가 난 엄마는 손님들이 보는 앞에서 자밍을 다그쳤다. "어떻게 다 큰 애가 사탕 하나도 제대로 못 갖다드리니?"
자밍이 풀이 죽어 고개를 푹 숙이자 손님이 민망해서 말을 거들었다. "아이가 아직 어려서 그런 건데요, 괜찮아요."
하지만 엄마는 멈추지 않았다. "애가 어쩜 이렇게 미련해!"
자밍은 부끄러워 쥐구멍에라도 들어가고 싶은 심정이었다. 그날 이후, 엄마가 시키는 일을 할 때마다 자밍은 너무나 긴장되고 무서웠다. 또다시 매서운 꾸중을 들을까 두렵기 때문이었다.

만약 자밍의 엄마가 그때 "괜찮아. 엄마랑 같이 치우자. 다음에는 조심해야 해." 하면서 자밍의 어깨를 다독여주었다면 결과는 완전히 달랐을 것이다.

스토너 부인은 이런 말을 하였다. "다른 사람 면전에서 아이의 단점을 들추는 부모는 부모자격이 없다." 조금 지나친 표현일지는 몰라도 우리는 그 속에 담긴 메시지를 분명히 알아야 한다. 우리가 남들 앞에서 아들을 깎아내리는 것은 아들에게 분명히 치욕을 안겨주고 자존심을 깎아내려 어린 마음에 상처를 남긴다.

아들을 질타하고 싶다면 적절한 때와 장소, 정도를 잘 고려해야 한다. 모두가 듣게 큰 소리로 면박을 줄 것이 아니라, 아들이 알아챌 수 있는 동작이나 눈짓 등 무언의 형식으로 암시를 한다든가, 사람들이 없는 곳으로 데려가 잘 알아듣게 타이르는 것이 좋겠다.

· 야단을 칠 때는 간단명료하게 말하라 ·

야단을 칠 때, 일장연설을 늘어놓는 엄마들이 많다. 이는 아이를 불안하고 짜증나게 만든다. 그러면 아이는 그때부터 엄마의 말을 귀담아듣지 않게 되고, 훈계는 당연히 무용지물이 된다. 이런 부정적인 방법으로는 아이의 잘못을 반복해서 강조하는 것 이외에 아무런 의미가 없다. 그러므로 아들을 야단칠 때는 간단명료하게 이야기하고, 적정 수준에서 그칠 줄도 알아야 한다. 아들이 엄마의 의도를 이해한 것만으로 충분하다.

항상 꾸물대고 시간을 지체한다고 해서 아들을 이렇게 다그치지는 말자. "또 그렇게 꾸물거리지, 왜 자꾸 늦니? 학교도 매일 지각하고. 나중에 어른이 되어서도 회사에 지각할래?" 대신 이런 말은 어떨까. "조금만 더

빨리 움직이자. 그러면 지각 안 할 거야." 간단명료한 말일뿐이지만 아이에게는 이미 충분히 위협적이다. 그러면 아이도 쉽게 엄마의 의도를 파악하고 금방 행동을 바로잡을 것이다.

• 야단치는 노하우를 습득하라 •

아들이 엄마의 비판을 기꺼이 수용하게 하기 위해서는 야단을 칠 때도 기술이 필요하다. 예컨대, '자기 학습 효과'가 있다. 아이가 잘못을 하더라도 서둘러서 야단부터 치거나 벌을 내리지 말고, 일단 충분히 긍정하고 잘된 점을 칭찬하여 스스로 반성하게 만드는 기술이다.

또한 '샌드위치 효과'가 있다. 이는 아이를 꾸중할 때, 부정적인 내용을 칭찬과 칭찬 사이에 끼워 넣는 방법이다. 아들을 이해하고 인정하는 긍정적인 말을 먼저 하고, 잘못을 깨닫게 한 후, 다시 격려해 부모의 신뢰감을 보여주는 식이다.

이런 노하우들을 잘 활용한다면 아이의 심리적인 방어기제는 순식간에 제거된다. 그래서 아이가 부모의 비판과 건의를 곧바로 수용하고 적절하지 못한 행동을 비교적 쉽게 고칠 수가 있는 것이다.

PART 3
큰소리치지 않고
관찰하는 남자아이 성장기

100 POINT OF EDUCATION

남자아이는 성장, 발육에서 여자아이와는 전혀 다른 생리적 특징을 보인다. 엄마들은 Y염색체, 남성호르몬인 테스토스테론, 남자들의 뇌구조 등에 관해 이해해야 한다. 그래야 아들의 영웅 심리나 넘치는 스태미나, 모험 심리에 휘둘리지 않고 불필요하게 언성을 높이지 않을 수 있다. 자, 그럼 지금부터 남자아이의 성장 과정을 한 번 들여다보자.

19

엄마가 알아야 할
Y염색체의 비밀

염색체는 인간의 유전 형질을 담고 있으며 분열간기세포의 세포핵 내에 존재한다. 체내의 모든 세포에는 23쌍, 즉 46개의 염색체가 있는데, 22쌍은 상(常)염색체이고 1쌍만이 성(性)염색체이다. 상염색체는 남자든 여자든 똑같다. 그리고 구성이 다른 성염색체가 인간의 성별을 결정한다.

성염색체는 X염색체와 Y염색체 두 가지로 구분된다. 남성의 성염색체 구성은 XY이고 여성의 성염색체 구성은 XX이다. 다시 말해 인간의 성별을 구분 짓는 Y염색체는 오로지 남성에게만 존재한다는 것이다. 그래서 Y염색체는 성별을 결정할 뿐만 아니라 남성에게만 존재하는 여러 가지 비밀을 푸는 열쇠가 된다.

연구에 따르면 Y염색체 속의 유전자는 전대의 수컷에서 후대의 수컷으로 전달된다고 한다. 즉, 아버지가 아들에게만 물려줄 수 있으며 남성에서 여성으로의 전달은 불가능하다. 그러니까 가족 구성원의 모든 남성은 똑같은 Y염색체를 가지고 있는 셈이다. 그러므로 Y염색체는 한 가족의 근본을 대표할 뿐만 아니라 한 집안, 한 집단을 구분 짓는 중요한 존재이다.

그렇다면 Y염색체의 이런 특징이 우리 엄마들에게는 무엇을 시사하는가? Y염색체를 가진 이 아이는 단순히 내 아들만이 아닌 이 가족의 희망이라는 점이다. 남부럽지 않게 키운 내 아들이 우월한 인품과 자질을 대대손손 이어나갈 수 있도록 엄마들은 노력을 아끼지 않아야 한다.

· 면역력을 높여라 ·

연구에 따르면 우리 몸의 면역 체계를 정상적으로 작용하게 하는 유전자는 전부 X염색체 속에 있다고 한다. 그런데 남성은 여성보다 X염색체가 하나 적기 때문에 상대적으로 질병에 대한 면역력이 약하고 전염병에 걸릴 확률도 더 높다.

그래서 엄마들은 평소 아들의 면역력을 높이기 위해 노력해야 한다. 물을 많이 마시게 하고 과일이나 채소도 자주 먹이자. 그리고 몸을 단련할 수 있는 육체적인 활동에 자주 참여시키고 잠을 충분히 자도록 해야 한다. 이런 사소한 습관들도 평소 계속해 나가면 부족한 점을 조금이나마 보완할 수 있을 것이다.

· 아들의 약점을 이해하라 ·

남자아이든 남자 어른이든 특히 취약한 면은 우리 생활에서 드러나게 마련이다. Y염색체가 3억 년 동안 진화하는 과정에서 크기가 점점 작아졌고 그 속에 포함하고 있는 유전자의 개수도 줄어들어 아주 연약한 염색체가 되었다는 사실은 이미 수많은 과학 연구에서 밝혀진 사실이다. 그래서 남자아이는 생각보다 쉽게 상처받고 정도는 다르지만 마더콤플렉스 또한 어느 정도 갖고 있다. 이것이 남자아이에게 엄마의 관심과 보살핌이 더욱더 절실한 이유이다.

그러므로 엄마들은 아들의 의식주 외에 심리적인 부분까지 세심하게 관리해야 한다. 아이와 끈끈하게 소통하고 끊임없이 애정을 쏟아서 Y염색체가 더 이상 나약함이 아닌 따뜻함, 애정으로 채워질 수 있도록 하자.

· 성별에 맞는 교육을 진행하라 ·

Y염색체가 아이의 성별을 이미 결정했기에, 엄마는 아들에게 점차 자신의 성별에 관한 인식을 심어주어야 한다. 아이는 18개월쯤이면 자신이 남성이라는 것을 인식하게 된다. 또, 사람들의 헤어스타일이나 생김새 등으로 그 사람의 성별까지 구분할 수 있다. 이때, 엄마들이 해야 할 일은 아들을 딸처럼 꾸미지 않는 것이다. 평범하게 남자아이처럼 입히고 꾸미되 탱크나 로봇 등 남성성이 강한 장난감을 가지고 놀게 하자.

교육 방식에 있어서는 너무 오냐오냐하며 보호하는 것보다는 안전한 범위 내에서 스스로 문제를 탐색하고 모험 정신을 발휘할 수 있도록 해주는 것이 좋다. 그렇게 하면 성장 과정에서 Y염색체가 자연스럽게 제 역할을 할 것이다.

20

100 POINT of EDUCATION

남자아이의 삶에 결정적인
영향을 미치는 남성호르몬

테스토스테론은 남성의 고환, 혹은 여성의 난소와 부신에서 분비되는 호르몬으로, 남성호르몬이라고도 불린다. 뼈와 근육의 밀도를 유지하고 운동 능력을 높이는 작용을 한다. 남성에게서만 분비되는 호르몬은 아니지만, 주로 남성적인 특징을 발현시키는 호르몬이다.

한 생물학자가 이런 실험을 했다.

허약하고 겁이 많은 원숭이에게 테스토스테론 소량을 주사한 후 변화를 살폈다. 뜻밖에도 주사를 맞은 허약한 원숭이가 무리의 우두머리를 도발하는 모습을 보였다. 이는 자연 상태의 원숭이 무리에서는 절대 나타날 수 없는 현상이었다. 원숭이들의 습성상 건장하고 힘이 센 원숭이만이 늙은 우두머리를 제치고 새로운 왕이 될 수 있기 때문이다.

하지만 주사를 맞은 원숭이는 조금도 두려워하지 않고 우람한 우두머리와 맞섰다. 더 놀라운 것은 이 원숭이가 싸움에서 승리하여 우두머리 자리까지 차지했다는 점이었다. 그러나 테스토스테론이 점차 효력을 잃어가자, 원숭이는 원래의 허약하고 겁이 많은 모습으로 돌아가 금세 우두머리 자리를 빼앗기고 말았다.

이 실험을 통해서 생물학자는 테스토스테론에는 믿을 수 없을 만큼의 힘이 숨어있다는 결론을 얻었다.

실제로 남자아이들은 테스토스테론의 작용으로 인해 활발하고 활동적이며 경쟁과 모험을 좋아한다. 게다가 가장 강건하고 용감하고 굳센 사나이가 되기를 갈망한다. 테스토스테론은 그만큼 남자아이들의 성장 발육에 지극히 중요한 역할을 하는 것이다.

· 남성호르몬으로 인한 몸의 변화 ·

테스토스테론은 아이가 엄마 뱃속에 있을 때부터 체내에서 형성되기 시작하기 때문에, 아이는 그때부터 이미 남성의 특징이 나타난다. 아이가 태어날 때, 체내의 테스토스테론은 이미 열두 살 아이의 그것과 비슷한 수치에 이른다. 그리고 아이의 신체 발육을 촉진시키며 양이 점점 줄어들어, 몇 달 후에는 출생 시의 1/15 정도가 된다. 그래서 아이가 아장아장 걸음마를 배우는 동안에는 행동이 여자아이와 거의 비슷하다.

남자아이가 네 살이 되면 체내 테스토스테론 수치가 두 배로 급격히 증가하고, 다섯 살이 되면 호르몬의 영향으로 싸움이나 위험한 행동에 강한 흥미를 느끼게 된다. 열한 살에서 열세 살 시기에는 다시 한 번 수치가 급상승하여 걸음마를 하던 시기의 약 여덟 배에 이르게 되고, 이때 아이의 키가 무서운 속도로 자란다. 또한 수염이 나고 울대뼈가 돌출하며 변성기가 오는 등 남성의 특징을 확연히 드러내게 된다. 열세 살 전후로 테스토스테론 수치가 최고치에 다다르며, 이후 성인이 되어 마흔쯤 되었을 때부터 수치가 하락하기 시작한다. 이처럼 테스토스테론은 남자의 일생에 걸쳐 지대한 영향을 미친다.

·문제는 남성호르몬임을 인식하라·

테스토스테론은 남자아이의 신체 발육을 돕는 동시에 여러 가지 문제를 일으킨다. 예를 들어 체력이 넘치는 남자아이는 끊임없이 달리고 뛰어오르고 장난을 친다. 또한 위험한 모험을 좋아하고 새로운 사물에 호기심이 충만하며 탐색하기를 즐긴다. 파괴적인 성격으로 물건을 뜯었다가 다시 맞추기를 반복하고, 공격성도 있어서 총이나 칼과 같은 장난감으로 다른 사람을 공격하기도 한다. 승부욕도 강해 걸핏하면 다른 아이와 다툼을 벌이고 자신이 대장 노릇을 하고 싶어 한다.

남자아이의 이런 모습들은 전부 테스토스테론의 농간이다. 일단 그 근원을 안다면, 엄마도 아이의 행동을 이해할 수 있고 아무때나 큰소리를 지르지 않을 수 있다. 엄마가 합리적이고 효과적인 방식으로 아이를 이끌면 테스토스테론이 미치는 영향 역시 아이의 행동에서 얼마든지 긍정적으로 나타날 수 있다.

·남성호르몬을 깊이 이해하라·

한 과학자가 영국의 금융가인 시티 오브 런던(City of London)의 비즈니스

맨 열일곱 명을 대상으로 '테스토스테론과 코티솔* 수치가 영업 이윤에 미치는 영향에 관한 검사'를 진행했다. 아침에 체내 테스토스테론 수치가 높은 사람은 그날 영업 이익이 비교적 높았다. 6일간 계속해서 실적이 좋았던 사람은 특히 체내 테스토스테론 높은 수준이었다.

테스토스테론은 남자아이를 길들이기 어렵게 하는 동시에 잠재력을 발휘하고 부단히 노력하도록 추진하는 작용을 한다. 이 밖에도 체내 남성호르몬의 수치가 충분한지 여부는 아이가 장성한 후에 건강한 근육과 건실한 골격을 갖추는지, 두뇌 회전이 민첩한지, 체력이 왕성한지 등등에 많은 영향을 미친다. 엄마가 남성호르몬을 더 깊이 아는 것은 내 아이의 라이프스토리를 심층적으로 아는 것이나 마찬가지이다. 알아야 정확하게 이해할 수 있다. 엄마에게 이런 이해의 기초가 마련되어야 아들을 지혜롭게 아이를 양육할 수가 있고, 멋진 사나이로 거듭나도록 도울 수가 있다.

---

* 코티솔 – 부신피질에서 분비되는 스트레스 반응 호르몬.

21

우리 아이 뇌 성장의
우성과 열성

인간의 대뇌는 대뇌핵, 대뇌변연계, 대뇌피질, 이렇게 세 부분으로 나뉜다. 대뇌핵 부분은 우리의 수면, 호흡, 심장 박동, 운동 신경, 평형 감각 등 기본적인 기능을 관장하고, 대뇌변연계는 행동, 감정, 기억 등의 기능을 담당한다. 대뇌피질은 높은 수준의 인지, 사고 등의 기능에 관여하며 전두엽, 두정엽, 측두엽, 후두엽으로 나뉜다. 이 네 부분은 크게 좌우 두 개 반구로 나뉘어져 있다. 좌뇌는 언어, 추리 등을 담당하고 우뇌는 운동, 감정, 시공간 감각을 담당하며, 좌뇌와 우뇌는 신경 섬유 다발로 연결되어 있다.

남자아이 대뇌 발육의 우열에 관해서는 여자아이 대뇌 발육과 비교해서 이야기할 수 있다. 연구에서는 남자아이든 여자아이든 먼저 우뇌가 발달하고 그 다음 좌뇌가 발달한다고 과학적으로 밝히고 있다. 하지만 뇌구조상의 차이는 아이가 태어나기 전, 엄마 뱃속에서부터 이미 확연하게 나타난다. 크게 두 가지 방면에서 차이가 있는데, 하나는 남자아이의 대뇌가 여자아이보다 훨씬 느리게 발달한다는 것이고, 다른 하나는 남자아이의 좌·우뇌 연결이 여자아이보다 긴밀하지 못하다는 것이다.

대뇌의 발육은 우뇌에서 시작해 좌뇌로 옮겨 가는데, 남녀의 차이 때문에 남자아이의 좌뇌는 여자아이보다 느리게 발달한다. 게다가 두 뇌를 연결하는 부분이 여자아이보다 작다. 이러한 좌뇌의 더딘 발달과 미흡한 우뇌와의 연결은 언어 능력에 직접적으로 영향을 미친다. 그래서 남자아이들이 여자아이들에 비해 언어 전달력이 떨어지는 것이다.

남자아이의 우뇌는 점차 발달하여 좌뇌로 연결을 시도한다. 하지만 좌뇌는 발달이 느리기 때문에 우뇌의 신경 세포와 긴밀하게 협력하지 못하고, 이 세포는 다시 우뇌로 돌아갈 수밖에 없다. 그렇기 때문에 남자아이의 대뇌 신경 세포는 우뇌에 집중된다. 그래서 남자아이는 여자아이보다 우뇌가 더 발달하며 공간 감각, 논리적인 추리 능력에서 여자아이를 훨씬 능가하게 된다. 또한, 대뇌에는 측뇌실 아래쪽에 수중생물 해마(海馬)를 닮아서 해마라고 이름 붙은 부위가 있다. 해마의 가장 큰 기능은 기억을 저장하는 것이다. 연구 결과, 남자아이의 해마는 여자아이보다 작다. 게다가 여자아이의 해마에는 신경 세포의 수도 더 많고 전달 속도 또한 남자아이보다 빠르다. 그리하여 남자아이의 사고와 기억 활동은 여자아이처럼 상세하고 치밀하지 못하며 무언가를 빠트리는 실수를 하기 쉽다. 하지만 이는 남자아이가 어떤 사고를 할 때, 사소하고 지엽적이기보다는 더 거시적으로 사고하며 논리적으로 추리한다는 뜻이기도 하다.

즉, 남자아이의 뇌는 공간 감각과 논리적인 추론 능력, 예를 들자면 방향 감각이나 논리적으로 사고하는 능력이 아주 우월하고 자연 원리나 현상을 공부하길 좋아한다. 그리고 언어 전달력이 떨어지고 기억의 깊이나 정교함이 부족하여 직접적이고 극단적인 방식으로 감정을 표현하는 편이다.

남자아이에게 부족한 점을 보완하기 위해 우리는 적절한 조치를 취해야 한다. 예를 들어 아들에게 자주 말을 거는 것 등이다. 말을 못하는 갓난아이일 때부터 엄마가 자꾸 말을 거는 것도 좋고, 이야기를 자주 들려주는 것도 좋다. 또 그 이야기에 관해서 두 사람이 대화를 나누는 것도 좋다. 어쨌든 아이가 어릴 때부터 말하는 연습을 반복해서 진행하는 것이다.

만약 엄마가 말주변이 없다면 아이와 함께 책을 읽는 방식으로 어휘의 양을 늘려 주고 말의 감각을 익히게 하여 점차 언어 능력을 키워줄 수도 있다. 아이의 언어 전달력이 높아지면 어떤 문제에 부딪히더라도 자연스레 대화의 방식으로 문제를 해결하게 될 것이다.

남자아이들 대다수는 덤벙거리고 깜빡 잊어버리는 습관을 갖고 있다. 이 역시 대뇌의 발육 때문이므로 엄마들은 참을성을 가지고 아이가 나쁜 습관을 고쳐나갈 수 있게 차근차근 도와야 한다. 이 과정에서는 아이의 주위를 환기시키고 올바른 방법을 귀띔을 해주는 것이 주가 되어야 하며 무턱대고 책망하는 행동은 지양해야 한다.

아이가 같은 실수를 여러 번 반복해서 할 수도 있다. 하지만 엄마들은 이것이 대뇌의 성장과 발육에서 기인한다는 것을 잘 이해하였으므로, 큰소리를 지르지 않고 아이가 좋은 습관을 형성하도록 최대한 노력해야 한다.

22

남자아이의 동반자,
영웅 심리

초등학교 4학년이 된 리하오(李浩)는 불의를 보면 참지 못하는 솔직하고 시원시원한 아이다. 같은 반에 장젠(張健)이라는 아이가 있는데, 장난이 어찌나 심한지 아이들이 대부분 싫어한다.

하루는 다른 친구의 물건을 빌린 후 돌려주지 않는 장젠을 본 리하오가 직접 나서서 잘잘못을 따지며 친구의 편을 들었다. 그런데 장젠이 자신의 잘못을 인정하기는커녕 오히려 리하오에게 "웬 참견이냐?"며 따지기 시작했다. 잔뜩 화가 난 리하오가 장젠에게 주먹을 날렸다. 다른 친구들은 두 사람을 빙 둘러싸고 큰 소리로 외쳤다. "리하오, 이겨라!" 두 사람의 싸움은 한데 엉켜 레슬링 경기를 방불케 했다.

아이들의 응원 속에서, 장젠이 울음을 터뜨리며 싸움은 끝이 났다. 친구들은 너도나도 "리하오, 네가 우리 원수를 갚았어!"라고 칭찬했다. 그러자 리하오도 자신이 마치 영웅이 된 듯 느껴졌다.

많은 남자아이들이 리하오와 같은 일을 겪는다. 남성 특유의 Y염색체와 테스토스테론이 영웅 심리를 끊임없이 자극하기 때문이다. 게다가 쾌걸 조로, 울트라맨, 스파이더맨 등 온갖 히어로 캐릭터의 영향으로 아이는 더욱더 자신이 영웅이 되기를 바란다.

엄마들은 아들의 영웅 심리에 관해 충분히 이해해야 한다. 이는 남성이 여성과 구별되는 중요한 심리적 특징 중 하나이기 때문이다. 남자아이는 꼬마일 때부터 탱크나 총과 같은 장난감을 좋아하고 영웅 이야기 혹은 히어로 애니메이션에 열광한다. 급기야 장래희망으로 경찰관이 되고자 하는 아이들도 많다. 이런 현상은 남자아이가 천성적으로 영웅이 되고 싶어 한다는 것을 잘 설명해준다.

남자아이가 영웅을 좋아하거나 되고 싶다고 생각하는 것은 아무 문제가 없다. 관건은 아들이 올바른 '영웅관'을 정립하도록 엄마가 곁에서 도움이 되어야 한다는 것이다. 내 아들이 불의에 맞서려 할 때, 엄마 입장에서는 아들이 다치고 상처 입을까 걱정이 되겠지만 막무가내로 이를 제지해서는 안 된다. 대신에 합리적인 방법으로 설득하여 안전하게 이끌어야 한다. 우리가 타당한 방법으로 이를 유도해야 아이 마음속의 남자다운 기질이 상처를 받지 않고 성숙할 수가 있다.

· 영웅은 정의의 화신임을 가르쳐라 ·

보통 아이들이 힘으로 상대를 제압하는 것이 영웅의 필수 조건이라고 생각하지만 실상은 그렇지 않다. 우리는 아이에게 진정한 영웅이란 단순히 싸움의 고수가 아니라 '정의의 사도'라는 것을 알게 해야 한다.

어느 날, 왕량(王亮)의 친한 친구가 옆 반 아이에게 얻어맞았다. 왕량은 친구의 원수를 갚기 위해 자신도 똑같이 그 아이에게 주먹질을 했다. 싸움에서 이긴 왕량은 자기가 친구를 위해 위험을 무릅쓴 영웅이라고 생각했다.

우정의 이름으로 싸움을 하는 것은 남자아이들이 영웅심을 표출하기 위해 종종 사용하는 방식이다. 아이들은 의리가 세상 무엇보다 중요하고 언제든지 친구를 돕는 것이 당연하다고 생각한다. 이런 생각은 우정을 끈끈하게 만들고 동시에 영웅이 되기를 갈망하는 심리도 만족시켜준다.

그러나 이에 관해 아들에게 분명히 주지시켜야 할 것이 있다. 올바름이 함께 해야 비로소 정의이며, 정의로운 행동만이 영웅적인 행위라 부를 수 있다는 점이다. 예를 들어 경찰이 국민의 안전과 이익을 보호하려 범죄자와 싸우는 행위, 물에 빠진 사람을 보고 자신을 돌보지 않고 물로 뛰어드는 행위, 군중 속에서 소매치기를 잡는 행위 등이 그 예가 될 것이다. 반면에 앙갚음을 하기 위한 싸움은 전혀 옳은 일이라고 할 수 없다. 이런 싸움에서는 이긴다고 하더라도 이를 의롭다고 할 수 없으며 영웅이라 부를 수는 더더욱 없다. 만약 우리 아이에게 정의로움이 무엇인지 올바른 의미를 잘 알게 한다면 더 이상 아이가 무모한 영웅 심리에 젖어 어리석은 짓을 하지는 않을 것이다.

· 자신의 능력을 헤아려 보게 하라 ·

2011년 4월 26일, 안후이성 루안시(安徽省 六安市) 소재의 한 초등학교 6학년 남자아이 몇 명이 강변에서 놀고 있었다. 한 아이가 세수를 하려다 실수로 강물에 빠지자 네 명의 아이들이 손에 손을 맞잡아 친구를 구하려고 하였다. 그러나 안타깝게도 다섯 명의 아이들이 모두 급류에 휩쓸려 목숨을 잃고 말았다.

꼭 영웅 심리가 아이들에게 이런 행동을 하도록 부추겼다고 할 수는 없으나, 적어도 정의나 우정 등의 감정이 이 상황에 분명히 작용하였을 것이다. 그러나 아이들은 더 좋은 구출 방법을 찾지 못하였고, 결국 참극이 빚어졌다. 용감했지만 지혜로움이 부족했던 것이다.

영웅이 되려면 능력을 갖추어야 한다. 나쁜 놈을 때려잡는 영웅에게는 강건한 체력과 기백이 있어야 하고 싸움의 기술도 필요하다. 물에 빠진 사람을 구출하는 영웅에게는 출중한 수영 실력이 필수이다. 스파이더맨과 울트라맨도 특수한 능력으로 사람들을 돕지 않는가.

그러므로 우리는 아이에게 정의를 실현하기 전에 먼저 자기 자신에게 그럴만한 능력이 있는지 없는지 살피게 해야 한다. 만약 그럴 능력도 없이 끓어오르는 혈기로 다른 사람을 도우려다가는 자기 자신이 크게 다치거나 심지어 목숨을 잃을 수 있다. 이는 결코 현명한 선택이 아니다. 그러므로 아이에게는 긴급한 상황에 빠졌을 때 119에 전화를 걸거나 주위에 있는 어른에게 도움을 구하라고 해야 한다. 절대로 무능한 영웅 노릇을 하게 해서는 안 된다.

또한 평소에 아이에게 안전 상식과 긴급 재해 시의 대처법에 관해서 잘 알려주고 필요하다면 실제로 연습을 할 수도 있다. 그렇게 관련 지식을 이용해 나 자신과 다른 사람을 지킬 수 있는 능력을 쌓게 한다면, 우리 아이는 빠른 상황 판단과 지혜로운 결정을 할 수 있는 진정한 영웅이 될 것이다.

23

남자아이들은 모두
장난꾸러기이다

활동적이고 기력이 왕성한 것은 대다수 남자아이들의 특징이다. 남자아이들은 걸음마를 떼기 시작한 순간부터 쉬지 않고 초인적인 능력을 발휘한다. 쉴 새 없이 어디론가 기어오르고 달리며 서로 뒤쫓고 싸우기 일쑤이다. 수업 시간에도 잠시를 가만히 있지 못하고 부산을 떨고, 언제나 힘이 남아돈다. 그래서 엄마들의 몸과 마음을 녹초로 만들어 버리고 만다.

남자아이가 여자아이보다 더 활동적인 이유는 체내에서 분비되는 남성호르몬 때문이다. 테스토스테론은 남자아이를 가만히 두지 않고 계속 움직이게 만들어서 에너지를 소모하게 하는 역할을 한다. 안 그래도 활동적인 아이들의 특성에 남자아이의 신체적 특수성까지 더해진다면, 우리 아이는 필연적으로 혈기왕성한 개구쟁이가 될 수밖에 없다.

자, 이제 우리는 우리 아들이 왜 이렇게 천방지축으로 날뛰는지 알게 되었다. 그러므로 아들이 '에너지를 방출'할 때는 더 이상 소리를 지르거나 힘으로 제지해서는 안 된다. 남아도는 그 힘을 적절한 곳에 사용할 수 있게 잘 이끌어 주는 엄마가 되어 보자.

·아이에게 정숙함을 강요하지 마라·

루루(路路) 엄마는 매우 조용한 사람이다. 그래서 루루가 집안을 이리저리 뛰어다니며 우당탕탕 소리를 내면 신경질이 나서 루루에게 가만히 좀 있으라고 엄하게 꾸짖는다. 하지만 그것도 잠시, 엄마의 눈치를 보던 루루는 또 슬슬 발동을 건다. 하루 중에서 루루가 완전히 조용해지는 시간은 오로지 밥 먹는 시간과 잠자는 시간뿐이다.

엄마들은 자기가 좋아하는 것을 아이 행동의 표준으로 삼아서는 안 된다. 자기가 조용하고 얌전한 것을 좋아한다고 해서 아들을 마음껏 뛰어놀지 못하도록 강제하는 것은 더욱 피해야 한다. 생각을 달리해 보자. 체내에서 엄청난 남성호르몬을 뿜어내고 있는 장난꾸러기 녀석을 기꺼이 받아들이는 것이다. 그리고 아이의 안전이 보장되는 상황 내에서 최대한 에너지를 발산하도록 내버려두자. 그래야 아이의 몸과 마음이 스트레스에 시달리지 않는다.

·운동으로 에너지를 발산시키게 하라·

어차피 끊임없이 샘솟는 에너지라면, 우리는 이를 활용해 아이의 신체 발달과 건강을 돕는 일을 도모해볼 수 있다. 이를테면 매일 짬을 내어 아이와 함께 달리기, 멀리 뛰기, 배드민턴 치기 등을 연습하는 것이다. 이런 활동은 아이의 에너지를 활발하게 소모시키고 체력과 정신력을 신장시키는 동시에 신체 발육을 촉진시킨다.

이처럼 아이의 왕성한 에너지에 대처하는 가장 효과적인 방법은 바로 운동으로 에너지를 불태우게 하는 것이다. 이는 아이가 골치 아픈 말썽을 부리는 것을 막고 신체도 단련시킬 수가 있는 일거양득의 방법이다.

· 아이의 자제력을 길러라 ·

아이가 너무 활력이 넘치면 엄마는 걱정을 한다. 혹시라도 무슨 위험한 상황이 생길까 하는 것이 한 가지 이유이고, 또 다른 이유는 아이가 너무 부산해서 학습이나 어떤 일에 집중력과 안정감이 떨어지지 않을까 하는 것이다. 종잡을 수 없이 날뛰는 것이 남자아이의 천성이라지만, 자제력을 키우는 데는 아무런 문제가 되지 않는다.

그러므로 우리는 평소에 아이의 자제력을 기르는 데 중점을 두어야 한다. 혈기왕성한 아이라고 해서 그 에너지를 신체 활동에만 쓸 수 있는 것은 아니다. 정신적인 활동에도 전념할 수가 있다. 서예나 고전 읽기, 회화나 바둑 등의 다양한 활동은 아이의 인내심과 주의력을 향상시켜준다.

이런 단련은 당연히 하루 이틀에 완성되지 않는다. 장기적인 훈련이 필요하다. 그러나 한두 달 혹은 반년, 일 년 동안 노력한다면 아이의 집중력은 몰라보게 달라져 있을 것이다. 그때는 아이도 넘치는 에너지를 필요한 곳에 적절하게 나눌 줄 알고 제멋대로 굴지 않을 것이다. 아이의 자제력을 길러주는 것은 기력이 왕성하고 천방지축 같은 아이를 위한 아주 효과적인 처방이다.

24

100 POINT of EDUCATION

남자아이에게도
울 권리가 있다

울음은 자기도 모르게 터져 나오는 감정이며 어떤 감정의 표현 방법이 기도 하다. 세상 모든 아이들은 울음을 통해 자신의 감정을 쏟아낼 권리 가 있다. 그러나 남자를 용감함의 대명사로 알고 있는 많은 사람들이 남 자아이는 눈물을 흘려서는 안 된다고들 한다.

사실 이는 편견이다. 조물주는 인간에게 울 권리를 부여하였고, 이는 남녀를 가리지 않는다. 남자도 가족이 세상을 떠났을 때 큰 소리로 통곡 을 할 수 있다. 목표를 이루어 성공했을 때는 감격의 눈물을 흘릴 수 있 다. 또한 감동적인 장면을 목격했을 때 조용히 눈물을 떨어뜨리고, 큰 은 혜를 입었을 때 감동의 눈물의 흘릴 수 있다. 이 모두는 사람들에게 자연스 럽게 드러나는 감정이지 않은가? 왜 굳이 남자아이에게는 잣대를 들이대 며 울지 말지를 판단하고 언제 어디서 어떻게 울어야 할지를 결정하는가?

게다가 가끔 흘리는 눈물은 감정을 적절히 조절해주어 몸과 마음의 건강을 챙기는 데 도움이 된다. 연구에 의하면 사람이 흘리는 눈물 중에는 인체에서 과다 분비된 호르몬도 함유되어 있다. 그런데 이 호르몬은 바로 우리를 걱정되고 힘들게 하는 호르몬이다. 그렇기 때문에 울어서 호르몬을 배출하는 행위는 우리의 스트레스를 해소시켜주고 고통을 덜어주어 마음을 개운하게 한다. 고리타분한 고정관념으로 남자아이들의 울 권리를 제한하지 말자.

· 남자아이의 눈물을 막지 마라 ·

엄마는 언제나 남자아이가 쉽게 울면 못 쓴다고 생각했다. 그래서 아들이 울면 유난히 성을 냈다. "울지 마! 어서 눈물 닦고. 사내자식이 울긴 왜 울어!"

엄마가 무섭게 쏘아붙이는 바람에 겁이 난 아이는 오히려 더 울상을 지었다. 울어야 할지 그쳐야 할지 모르는 아이는 더 큰 소리로 울었고, 엄마는 더 불같이 화를 내며 아이를 다그쳤다. 그럴수록 아이는 더욱더 떠나갈 듯이 울어 젖힐 뿐이었다.

이 아이는 다행스럽게도 엄마가 뭐라 하건 자신의 감정을 표현하였다. 그러나 엄마의 억압 때문에 울고 싶은 마음을 억지로 내리누르고 자신을 압박하는 아이들이 너무나 많다. 그런데 이런 격한 감정이 출구를 찾지 못했을 때는 아이에게 감기나 열병, 화병 등이 찾아올 수가 있다.

어떤 이유에서든 아이가 울 때는 억지로 그치게 하지 말아야 한다. 차라리 속 시원히 울어버리게 두자. 울다 지치면 울음은 자연히 그칠 것이다. 무조건 아이를 윽박지르다가는 몸과 마음에 상처만 주고 만다.

· 아들이 운다고 책망하지 마라 ·

'칠불책(七不責)'이라는 말이 있다. 이는 '아이를 탓하지 말아야 할 일곱 가지 상황'이라는 뜻이다. 그중 하나가 '슬프고 우울할 때'이다. 아이가 상처를 받고 슬퍼하거나 걱정이 있거나 창피해서 울 때, 아이를 질책해서는 안 된다. 엄마가 아이를 탓하는 것은 아이를 이해하지 못하고 있다는 뜻이다. 그렇다면 아이는 서러움에 더 크게 울고 슬퍼할 것이다. 아들이 울고 있을 때는 달래주고 힘을 북돋워야 한다. '너를 이해한다'는 따뜻한 마음을 표현하고 관심을 가져주며 모성애로 아이의 슬픔을 풀어주자.

· 이성적으로 감정을 표현하게 이끌어라 ·

펑펑(峰峰)이 들어오자마자 대성통곡을 했다. 엄마가 얼른 달려와 물었다. "무슨 일이니?"
펑펑은 있었던 일을 울면서 더듬더듬 이야기했다. 그렇지만 흐느끼는 소리 때문에 엄마는 펑펑이 무슨 말을 하는지 잘 알아들을 수가 없었다. 그래서 이렇게 말했다. "펑펑, 네가 이렇게 울면서 이야기하니까 엄마는 무슨 말인지 잘 모르겠어. 울음 뚝하고 천천히 얘기해 볼까? 그러면 엄마가 무슨 일이 있었는지 알 것 같은데."
펑펑은 엄마의 말을 듣고 눈물을 훔치며 마음을 가라앉히고 다시 말문을 열었다.

자신이 울며불며 이야기하는 상황에서는 일의 자초지종을 엄마에게 똑똑히 전달할 수 없다는 것을 알아챈 펑펑은 스스로 이성을 되찾았다.

단지 우는 것으로는 아무런 문제를 해결할 수 없으며 대화에 어려움만 안겨준다는 것을 아이가 잘 알도록 알려준다면, 아이는 거짓말처럼 울음을 그치고 편안하게 이야기할 것이다.

·아이 스스로 강해지도록 하라·

우는 것 역시 일종의 권리라고 했지만, 너무 자주 울음보를 터뜨리는 것이 꼭 좋지만은 않다. 남자아이가 걸핏하면 눈물을 보인다는 것은 잠재의식 속에 평소 주변 사람들이 너무 오냐오냐하는 것이 각인되어 울고 떼쓰는 방식으로 주의를 끌고 관심을 얻으려고 하는 것일 수도 있다. 그럴 때는 아이를 너무 과잉보호하는 것은 아닌지, 무조건 애지중지하면서 응석받이로 키운 것은 아닌지 생각해 보아야 한다.

만약 그렇다면 우리가 해야 할 일은 그치라고 소리 지르거나 '눈물로는 아무런 문제를 해결할 수 없다'고 진지하게 설교를 하는 것이 아니다. 포기해야 한다는 점을 이해하고 아이가 스스로 해결점을 찾도록 격려하고, 힘이 닿는 데까지 본인이 다른 방법을 시도해 볼 기회를 마련해주어야 한다. 또한 더 이상 어리광은 받아주지 않아야 한다. 그래야 아이 스스로 응석이 아무런 소용이 없음을 알게 되고, 아무 때나 쉽게 울고불고 매달리지 않게 될 것이다.

25

남자아이는 싸우고
다투는 것으로 표현한다

'사내아이는 주먹 쓰기를 좋아한다'는 사실에는 의심의 여지가 없다. 어린 남자아이들끼리 주먹다짐을 하는 광경은 흔히 볼 수 있지만 여자아이들끼리 치고받는 모습은 보기 힘들지 않은가. 남자아이들은 왜 자주 싸우는 것일까? 이는 또다시 남자아이의 뇌에서 원인을 찾을 수 있다.

뇌 연구자들은 남녀의 대뇌피질의 체적을 측량하여 대뇌를 이루는 각기 다른 영역의 용량을 비교함으로써 남자아이와 여자아이의 뇌에 완전히 다른 부분이 일곱 군데가 있다는 사실을 발견하였다. 여자아이의 뇌에서는 복잡한 감정을 처리하는 부위가 비교적 발달하였고, 남자아이의 뇌에서는 직접적인 감정을 처리하고 표현하는 부위가 더 컸다. 그래서 남자아이들은 외부의 자극을 받아 감정에 변화가 생기면 간단하고 직접적인 방식으로 이 문제를 해결하려한다. 이는 말다툼이나 주먹다짐으로 나타난다.

또한 남자아이는 좌·우뇌를 연결하는 섬유 다발의 연결이 그다지 긴밀하지 못하기 때문에 사고가 비교적 단순하고 다른 사람의 심리를 파악하는 것에 능숙하지 못하여 다른 사람에게 관심을 갖거나 공감하기가 쉽지 않다. 그래서 종종 상대방을 배려하지 않고 단도직입적으로 무력을 사용해 자신의 감정을 표출한다.

남자아이들이 주먹다짐을 좋아하는 원인을 이렇게 명확하게 이해하였지만, 우리는 아이가 거칠고 난폭하게 문제를 해결하기를 원하지 않는다. 폭력적인 방법이 서로에게 상처만 준다는 것을 잘 알고 있기 때문이다. 그렇다면 우리는 어떻게 해야 될까?

· 아이의 속마음을 말로 직접 표현하라 ·

아이가 자라면 마음속으로 생각하는 바도 점점 복잡해지기 마련이다. 하지만 언어 표현의 한계로 인해 자기 생각을 온전하게 전달하기란 쉽지 않다. 그래서 전달력이 부족하거나 상대방이 자기 마음을 이해하지 못한다고 생각하면 아이는 본능적으로 비언어적 표현을 사용한다.

이때, 엄마가 이해한 아이의 마음을 말로 직접 표현해준다면 아이는 그만큼 마음의 부담감을 덜게 되고 더 이상 몸짓에 의존하지 않게 된다. 아이가 누군가를 때리는 행동을 하면 곧바로 이렇게 묻는다. "화났어?", "지금 기분이 좋지 않구나?", "무슨 안 좋은 일이 있었어?" 엄마가 이렇게 이야기한다면 아이는 엄마가 자신을 이해하려 한다고 생각할 것이고 공격적인 행동을 멈추게 된다.

쌍둥이 형제인 샤오시(小熙)와 샤오란(小然)이 함께 그림을 그렸다. 샤오란이 완성한 그림을 샤오시에게 보여주었는데, 샤오시가 샤오란의 그림에 마구 붓질을 해 엉망으로 만들어버렸다. 샤오시의 갑작스런 행동은 샤오란을 화나게 만들었다. 샤오란이 샤오시에게 주먹을 한 방 먹이자 땅바닥에 나가떨어진 샤오시가 주저앉아 엉엉 울기 시작했다.

이 광경을 본 엄마는 얼른 샤오란에게로 다가와 말했다. "샤오란, 네가 화난 거 알고 있어. 누가 내 그림을 망치면 엄마도 화가 났을 거야. 그래도 사람을 때리는 건 안 돼. 샤오시에게 사과하라고 해야지, 주먹을 날리면 안 되는 거야."

엄마가 잘 타이르자 두 아이는 서로 사과를 하고 다시 즐겁게 그림을 그리기 시작했다.

분노는 정상적인 감정이다. 하지만 말다툼을 하거나 욕을 퍼붓는 것은 자신의 감정을 전달하는 가장 지혜롭지 못한 선택이다. 그러므로 우리는 아들에게 점잖고 교양 있는 방식으로 감정을 표현하도록 가르쳐야 한다.

소위 교양 있는 방식이란 온화한 말로 소통하는 방식을 말한다. 단, 이 방식은 아이의 감정절제와 일정한 언어 능력이 전제되어야 한다. 이 부분에 대해서는 우리가 항상 모범을 보여야 하고 오랜 시간의 연습을 통해서 일정 목표에 도달하는 과정이 필요하다.

· 동작에 예민한 시기를 잘 넘기게 하라 ·

다섯 살이 된 바오바오(寶寶)는 언제나 사람을 때리는 행동으로 애정을 표현한다. 마음에 드는 사람이 있으면 그 사람을 때리는 식이다. 엄마는 여러 번 바오바오를 말렸지만 소용이 없었다.

이를 알게 된 선생님은 바오바오에게 동작에 예민한 시기가 닥쳤다는 것을 눈치 챘다. 그래서 바오바오가 누군가를 때릴 때마다 바오바오에게 이렇게 말했다. "걔가 좋으면 톡톡 건드리거나 손을 잡아 주렴."

선생님은 이렇게 말을 하고 바오바오에게 상대방을 톡톡 치는 것과 손을 잡는 것을 직접 시범으로 보여주었다. 이를 몇 번 반복하자 바오바오는 좋아하는 사람이 있어도 굳이 그 사람을 때리는 행동을 하지 않게 되었다.

아이들은 여섯 살이 되기 전에 '동작에 민감한 시기'를 겪을 수 있다. 그중에는 공격적인 성향도 포함되어 있다. 하지만 이는 실제 마음속으로 부정적인 감정이 생겨서가 아니라 그저 치는 동작으로 또래와 교감하는 것일 뿐이다. 그러므로 이를 두고 엄마가 경솔하게 행동해서는 안 된다. 까딱 잘못하다가는 아이 마음에 좋지 못한 기억만 심어주고 폭력적인 행동을 고치지도 못하게 될 것이다.

바오바오의 선생님이 좋은 예시가 되어준다. 차분하고 지속적으로 올바른 애정 표현 방식을 아이에게 알려준다면 아이는 아무런 심리적 압박을 받지 않고도 이 시기를 잘 버텨낼 수 있다.

26

타고난 모험가인
내 아들을 위한 주의사항

어느 주말, 샤오둥(小冬)이 친구 등에 업혀 집으로 돌아왔다. 애들 몇몇과 함께 나무에 오르고 담을 타면서 놀다가 실수로 떨어져 발을 다친 것이다. 엄마가 이를 보고 곧바로 샤오둥을 데리고 병원으로 갔다. 의사는 복사뼈가 골절되었으니 집에서 안정을 취하라고 당부했다.

어린 남자아이들은 하룻강아지가 범 무서운 줄 모르듯이 대담하고 모험 정신이 투철하다. 도전적이고 자극적인 것이라면 사족을 못 쓰고 달려든다. 높은 데 올라가기를 좋아하고 또 아무렇지 않게 뛰어내린다. 학년이 올라가면서는 점차 스케이트보드나 암벽 등반 같은 레포츠에 심취한다. 심장이 쿵쾅거리고 피가 끓어오르는 스릴을 즐기는 것처럼 보인다. 그러나 엄마들은 이런 아들 때문에 애가 탈 수밖에 없다.

두 아들을 키워낸 엄마가 이런 말을 했다. "하루하루가 긴장의 연속이었어요. 이 두 녀석이 무슨 위험한 일을 저지를까 항상 걱정이 되었거든요."

남자아이들은 왜 그렇게 모험에 열광할까? 심리학에서는 남자아이 체내에 분비된 과도한 테스토스테론이 강렬하고 자극적인 것에 관한 욕망을 불러일으킨다고 분석한다. 이 욕망은 대략 두 가지 경로로 표출되는데, 하나는 범법행위를 포함한 모험 행위이며 다른 하나는 창조 행위이다. 무언가를 창작할 때도 자극적인 것을 찾는 욕망이 어느 정도 만족되기 때문이다.

그래서 우리는 아이가 안전한 범위 내에서 창조적인 활동을 통하여 대담함과 식견, 창의력을 키울 수 있도록 잘 이끌어야 한다.

· 위험을 피하는 방법을 아이에게 가르쳐라 ·

설날이 되자 천천(陳晨)은 폭죽을 터뜨리며 놀고 싶어 했다(중국에서는 새해를 맞이할 때 폭죽을 터뜨리는 풍습이 있다_역주). 엄마는 천천이 폭죽놀이를 하기에는 너무 어리다고 생각해 허락하지 않았다. 그런데 엄마가 한눈을 파는 사이 천천이 몰래 사촌 형의 폭죽을 가지고 나가 바로 불을 붙였다. 다행히 엄마가 제때 발견해서 위험한 일은 일어나지 않았다.

엄마는 천천에게 무조건 안 된다고만 해서는 아이의 호기심을 막을 수 없다는 것을 깨달았다. 그래서 긴 철사를 이용해 폭죽에 점화를 하고 불이 붙으면 멀리 떨어지는 방법을 알려주었다. 천천은 엄마가 가르쳐준 방법대로 오후 내내 안전하게 폭죽놀이를 즐길 수 있었다.

남자아이가 무언가를 시도하려할 때, 이를 제지하는 것은 소용이 없을 뿐더러 오히려 더 하고 싶다는 욕구만 자극할 뿐이다. 이를 못하게 하느니 차라리 위험에 빠지지 않을 방법과 안전상식을 알려주고 스스로를 보호할 수 있게 하는 편이 위험률을 낮추는데 훨씬 더 도움이 된다.

• 아이의 고집에 센스 있게 대처하라 •

샹샹(翔翔)이 엄마와 함께 여행을 갔다가 사람들이 번지점프를 하는 것을 보게 되었다. 보는 것만으로도 신이 난 샹샹이 자기도 번지점프를 하고 싶다고 나섰다. 엄마는 샹샹에게 어린아이들이 할 수 있는 것이 아니라고 말렸지만 샹샹은 고집을 꺾지 않았다. 그래도 엄마는 샹샹에게 윽박지르지 않고 차분하게 말했다. "그래, 그럼 해도 되는지 안 되는지 로프를 묶어 주는 안전 요원 삼촌한테 가서 물어보자."
결과는 엄마의 생각대로였다. 안전요원은 딱 잘라서 이야기했다. "이렇게 어린아이가 어떻게 번지점프를 해요, 너무 위험하죠." 그러자 샹샹은 더 이상 번지점프를 하겠다고 떼를 쓰지 못했다.

아이가 위험한 레포츠를 하겠다고 고집을 부릴 때, 우리가 기를 쓰고 반대하더라도 아이들은 이해하지 못한다. 그럴 때는 그 일을 하고 있는 전문 요원에게 아이 앞에서 확실히 의사 표명을 해 달라고 할 수 있다. 필요하다면 약간의 연기를 부탁해 아이의 모험심을 단념시키는 것도 좋다. 그렇다면 괜히 엄마와 아들이 서로 부딪히다가 마음을 다치는 불상사를 피할 수 있다.

27

아이는 호기심 강한
'파괴 대마왕'이다

　남자아이들은 대부분 호기심이 매우 강하다. 미지의 세계를 헤집고 다니며 무언가 발견하기를 갈망한다. 게다가 아이에게 탐험이란 단지 눈으로 보고 귀로 듣는 것에 그치지 않는다. 손을 이용하는 것도 재미있는 탐험이 된다. 그런데 아직 지식이나 경험이 부족하다보니 손으로 호기심을 해결하는 과정에서 '파괴 대마왕'이 되는 것은 순식간이다. 그렇다고 해서 엄마가 소리를 지르는 방식으로 아들의 호기심을 억눌러서는 안 된다.

　남자아이에게서 나타나는 파괴적인 행위와 신체, 정신적인 발육은 어느 정도 관련이 있다. 특히 심리적인 면에서 남자아이는 책임감과 의무감이 비교적 약하다. 그래서 자신이 무언가를 파괴하는 행위에 관해 책임을 져야 한다고 생각하지 못하기 때문에 뒷일을 생각하지 않고 일단 저지르고 본다. 게다가 자제력까지 부족한 탓에 자신의 호기심을 충족시키기 위해서 즉각적으로 파괴 행위를 한다.

그러나 아이의 이런 파괴적인 탐구심은 어떤 물건의 구조나 작동 원리에 관한 이해력이나 조작 능력, 관찰력, 사고력, 창의력을 향상시키는데 큰 도움이 되기도 한다. 그러므로 엄마는 아이의 파괴적인 성향을 인정하고 받아들이는 동시에 이성적이고 지혜로운 방법으로 탐구심을 만족시켜주어야 한다.

• 아이에게 소리 지르지 마라 •

량하오(梁浩)는 평소 장난감을 분해하고 조립하기를 너무나 좋아한다. 어느 날, 량하오는 엄마가 집에 없는 틈을 타 엄마가 아끼는 자명종을 열어보고 싶어졌다. 그래서 시계의 외관을 뜯어 작동 원리를 열심히 관찰하였다. 한참 흥미진진하게 보고 있는데, 엄마가 돌아 왔다.

"너 지금 뭐하는 거야?" 량하오가 분해한 것이 자기가 좋아하는 시계라는 것을 확인한 순간, 엄마는 폭발하고 말았다. "누가 시계를 망가뜨리래? 응?" 바닥에 엉망으로 흩어져 있는 부속은 엄마를 갈수록 화나게 만들었다.

많은 여성들이 자신의 물품에 애착을 갖고 있다. 그래서 아들의 이런 행동을 견뎌내지 못한다. 하지만 아이의 탐구심을 완전히 꺾어버리지 않기 위해서는 소리를 지르는 등의 행위는 삼가야 한다. 다시 원래대로 돌려놓으라고 다독이는 것이 좋다. 그리고 특별히 귀중하고 아끼는 물건은 건드리지 않도록 단단히 이르거나 아예 찾지 못할 곳에 두어야 한다. 대신 마음대로 가지고 놀 만한 물건을 정해주자. 그렇게 하면 엄마도 망가뜨린 물건 때문에 언성을 높일 일이 없고, 호기심도 충족시킬 수가 있을 것이다.

· 아이와 함께 탐구하는 엄마가 돼라 ·

일본의 에디슨이라 불리는 나카마쓰 요시로(なかまつよしろう)의 기억 속의 외할아버지는 기계를 대단히 좋아하는 분이셨다. 그는 집에 있는 물건 중에서 기계 장치가 달린 물건이라면 무엇이든 모조리 분해해 조각 조각으로 만들었다. 그리고 다시 하나하나 조립하는 과정을 나카마쓰에게 보여주었다. 그 영향으로 나카마쓰 역시 기계에 관심이 많았고 이런저런 기계들을 직접 분해하기 시작했다.

장성한 나카마쓰는 발명가가 됐다. 그가 만든 3,200여 개의 발명품 중에서 특허권을 따낸 것만 290여 개다. 뉴욕에서 열린 세계발명대회에서 열다섯 번이나 최고상을 수상하며 '세계 발명 대왕'이라는 타이틀을 얻었다.

나카마쓰 요시로가 어릴 때부터 외할아버지와 함께 부순 물건만 해도 그 수가 적지 않을 것이다. 하지만 그 덕에 위대한 발명가가 탄생하였다. 아이가 무언가를 분해하고 탐구할 때, 관심이 생긴다면 아이와 함께 해볼 수도 있다. 그렇게 탐구의 즐거움을 알게 된다면 우리도 아이의 파괴 본능을 조금 이해할 수 있지 않을까.

· 아이에게 전문가를 소개하라 ·

주변에 기계를 전문적으로 다루는 사람이 있다면 아이에게 꼭 한 번 만날 기회를 만들어주자. 그 사람이 작업하는 현장을 방문해 전문가의 지도하에 실험이나 견학을 할 수 있다면 더욱 좋다. 이것이 여의치 않을 경우 우리가 직접 책이나 인터넷으로 관련 지식을 먼저 공부하고 기본적인 작동 원리를 아이에게 알려주는 방법도 있다.

당연히 이런 공부는 아이 아빠에게 부탁하는 것이 가장 좋을 것이다. 남성이 여성보다 기계에 더 익숙하므로 가르치는 것도 훨씬 능숙할 것이기 때문이다. 이런 과정을 통해 아이가 일정 수준의 제반 지식을 습득하고 직접 체험해 본다면 '파괴 대마왕'은 어느새 '꼬마 엔지니어'로 거듭날 수 있을 것이다.

• 아이와 함께 가전제품을 고쳐보라 •

아이가 기계를 뜯고 조립하는 데 각별히 관심을 갖는다면, 아예 우리 집 수리공 역할을 맡겨보는 것도 좋다. 문의 손잡이가 고장 났거나 어떤 물건의 나사가 헐거워졌을 때, 간단한 지시와 함께 수리 임무를 맡기는 것이다. 물론 비전문가가 섣불리 손대다가 위험을 초래할 수 있는 복잡한 수리는 못하겠지만 말이다. 상황을 잘 고려해 아들에게도 수리할 수 있는 기회를 준다면 아이의 단순한 호기심 또한 한 단계 발전한 수준으로 올라설 수 있을 것이다.

28

아들의 자존심을
세워주자

　'연약하다'는 말은 종종 여자아이를 이를 때 쓰인다. 하지만 실제로는 남자아이에게도 취약한 부분이 있다. 단지 그 부분을 겉으로 드러내 보이지 않을 뿐이다. 어떤 사람은 이렇게 말하기도 한다. "남자아이는 강철로 겹겹이 싼 달걀과 같다. 견고한 껍질을 뚫고 들어가면 비할 데 없이 연약한 실체가 낱낱이 드러난다." 정말 그런 걸까?

　영국의 정신과 전문의 세바스찬 크래머(Sebastian Kraemer) 박사는 〈약한 남성〉이라는 글에서 이렇게 지적했다. "태중의 남자 아기는 여자 아기보다 사망이나 손상의 위험이 더 크다. 또한 남자아이는 영유아기에 대단히 많은 심리적인 문제에 직면하기 때문에 특별한 보살핌이 필요하다."

　크래머는 또한 이렇게 말한다. "사람들은 남자의 연약한 모습을 무시하기 때문에 언제 어디서나 자신의 약한 모습을 내보일 수가 없다. 그래서 어릴 때부터 많은 스트레스를 받고 민감해질 수밖에 없다. 두 살 이전에 그들의 본성과 본능은 이미 억압당한다." 그렇다면 생물학적으로나 사회적으로나 남자아이들이 더 쉽게 상처를 입고 더 연약하다는 말이다.

사실 남자아이가 연약함을 보이는 것은 우는 것과 똑같다. 지극히 정상적인 감정 표출일 뿐이다. 그러므로 남자아이라는 이유만으로 연약함을 숨기라고 강요하지 말아야 한다. 아이가 울 때는 고정관념을 버리고 아이를 존중하고 이해하며 격려하고 지지해야 한다. 엄마의 적절한 사랑과 보살핌을 받은 아이는 더욱 자신감을 가지고 강인하게 자라날 수 있다.

· 남자는 강해야 한다는 생각을 버려라 ·

량량(良良)의 축구팀이 경기에서 지고 말았다. 량량은 크게 실망한 나머지, 밥도 먹으려 하지 않았다. 사정을 안 엄마가 량량에게 말했다. "아이고, 축구 경기 한 번일 뿐이잖아. 뭐가 그렇게 대수야. 다음에는 이기면 되지."

하지만 이틀이 지나도록 축 처진 량량의 기분은 나아질 줄을 몰랐다. 아직도 경기에서 진 우울함에서 벗어나지 못하는 것이었다. 풀이 죽은 량량의 모습에 엄마는 자기도 모르게 짜증이 나기 시작했다. "아니 사내자식이 그래서야 쓰겠어? 며칠이나 지났는데 아직도 죽을상을 하고 있어. 내가 너라면 금세 아무렇지도 않았을 거야."

엄마는 남자아이가 그렇게 마음이 약해서는 안 된다고 생각하였다. 그래서 어서 빨리 마음을 정리하고 툭툭 털고 일어서기를 바라는 마음에 아들을 자극하는 발언을 하였다. 하지만 우리가 간과한 것이 있다. 마음을 컨트롤하는 능력은 누가 아이에게 길러준단 말인가? 그건 당연히 바로 우리 자신, 즉 엄마들이다.

우리는 아주 고집스럽게도 남자아이는 굳세어야 한다고 생각한다. 그래서 아이가 어서 빨리 강인해지기를 가르치려 한다. 하지만 아이를 윽박지르는 방식은 전혀 현명한 선택이 아니다. 엄마의 자극에 아들이 강한 척을 하든 계속 의기소침하든 실제로 마음속은 전혀 달라지지 않았기 때문이다. 우리가 할 일은 그저 아이의 마음을 최대한 이해하고 사랑으로 감싸는 것이다.

• 격려를 주된 교육 방법으로 삼아라 •

아이가 인생의 좌절을 경험할 때, 가장 필요한 것은 부모의 이해와 격려이다. 아들의 잘못을 구구절절 이야기하며 탓하고 꾸짖지 말자. 그렇지 않으면 아이는 무력감과 상실감을 느끼는 것은 물론 자존심에도 큰 상처를 입을 것이다. 평소 아들에게 강요하는 방식으로 무언가를 시킨다면, 이 아이는 다 자란 후에도 '약자'의 굴레를 벗어나지 못할 것이다.

그러므로 얼마나 큰 실패를 하였든 우선 인내심을 가지고 아이의 이야기를 주의 깊게 들어주자. 그리고 나서 다시 자신감을 얻고 성공하도록 격려하고 용기를 불어넣는 것이다. 그래야 아이가 실패와 맞닥뜨렸을 때도 스스로 딛고 일어나는, 마음이 단단한 사람으로 성장할 수 있다.

• 주의력을 분산시켜라 •

간혹 아이가 정신적으로 큰 타격을 입었거나 오랫동안 상처를 극복하지 못한다면 자칫 나약하다고 생각될 수 있다. 그다지 심한 일도 아닌데 상처의 그늘에서 벗어나지 못하는 것처럼 보이는 것이다. 이럴 때는 부모의 기준에서 아이의 마음을 판단하지 말고 최선을 다해 아이를 이해하고 도와야 한다.

가장 좋은 방법은 좋아하는 취미나 특기를 즐기게 하거나 가까운 교외로 나가 야외 활동을 함께 하는 것이다. 어찌되었든 혼자서 끙끙 앓게 하지 말고 주의력을 돌릴 수 있는 방법을 생각해 보는 것이 중요하다. 그러다 보면 점차 상처를 극복하게 되고, 커서는 혼자서도 똑같은 방법을 이용해 자신의 감정을 스스로 조절할 수가 있게 된다.

· 잠시 가만히 두라 ·

아이의 연약한 감정 상태를 두고 부모들이 너무 호들갑을 떨며 심각할 필요는 없다. 아이들에게도 스스로 감정을 조절하는 능력이 있다. 특히 아이가 무언가를 자발적으로 표현하고 싶어 하지 않을 때는 무리하여 따지고 들거나 원하는 대답이 나오지 않았다고 해서 추궁하지 말아야 한다. 잠시 가만히 놔두기만 해도 아이는 혼자서 감정을 정리하고 다시 생기를 되찾는다. 오히려 우리의 질문 공세가 생각을 더욱 어지럽혀 아이에게 괴로움을 주고 마음을 회복하는데 방해가 될 수 있다. 그러므로 아이가 원하지 않을 때는 위로를 핑계로 아이를 너무 괴롭히지 않도록 하자.

0세에서 18세까지,
남자아이 성장의 3단계

남자아이는 출생해서 성년이 될 때까지 세 가지 중요한 성장 단계, 즉 순수-변화-청춘 단계를 거친다. 각 단계에 따라 아이는 생리적, 심리적으로 다른 상태를 보인다. 그래서 교육 역시 부모의 취향이나 경험에 의지하지 않고 아이의 시기적 특징을 기준으로 하여 적절하게 진행되어야 한다. 그러므로 우리가 각각의 성장 단계에 나타나는 아이의 신체적, 심리적 변화에 대해 어느 정도 이해할 필요가 있다. 그래야 개개인의 상황에 맞는 교육을 할 수 있기 때문이다.

· 성장 단계의 이해 ·

0~7세는 '순수의 단계'이며 이 단계에 아이는 영아, 유아, 아동기를 거친다. 순수의 단계는 신체 발육, 지능 발달, 감정 발달, 성격 형성에 가장

중요한 시기라고 할 수 있기 때문에 이때 우리는 아이에게 충분한 사랑과 보살핌을 아끼지 않아야 한다.

먼저 영아기의 아이의 체질을 잘 이해해서 과학적인 방법으로 의식주를 돌보고, 매사에 신체 발육에 나쁜 영향을 미치지 않도록 주의를 기울여야 한다. 예를 들면, 사람들은 통상적으로 아기를 배불리 먹이고 따뜻하게 입히는 것이 좋다고 생각한다. 하지만 중의학에서는 영아 시기의 아이들은 비위가 허약하기 때문에 먹는 것과 입는 것을 70% 정도만 하라고 권장한다. 배가 너무 부르고 옷을 너무 따뜻하게 입으면 오히려 쉽게 탈이 날 수 있기 때문이다. 이렇게 순수한 시기에는 생리적 특성을 이해하는 것이 무척이나 중요하다.

심리 발달의 측면에서 이 시기의 아이는 대단히 의존적이다. 자신을 돌보는 사람에게 무한한 믿음과 의지를 보이기 때문에 그 사람이 자신의 곁을 떠나면 곧바로 불안하고 초조해 한다. 그리고 이런 정서는 성격 형성에도 영향을 미친다. 그래서 '그 사람'은 꼭 엄마가 되어야 하며 보모, 할머니, 외할머니 등 다른 사람이어서는 안 된다.

또 우리는 일곱 살 이전의 남자아이가 감각 기관을 통해 아주 영민하게 엄마의 감정 변화를 포착하고, 여기서 큰 영향을 받으며 특정한 성격을 형성한다는 사실을 알아야 한다. 오스트리아 출신의 철학자 루돌프 슈타이너(Rudolf Steiner)는 이렇게 말했다. "만약 아이가 쉽게 화를 내는 아버지나 선생님 아래에서 성장하였다면 아이 몸속의 모든 혈관조차 쉽게 화를 내는 성향을 따라 성장한다." 이는 남자아이가 일곱 살 이전에 부모와 같은 기질과 성격을 형성하게 된다는 점을 설명한다. 그러므로 우리는 시시각각 자신의 언행에 주의를 기울이며 본보기 교육이 극대화할 수 있도록 노력해야 한다.

'변화의 단계'는 일곱 살부터 열네 살까지이다. 이 단계의 남자아이는 더 이상 엄마에게 의존하지 않는다. 점차 아빠와 어울리고 싶어 하고 아빠에게 배우고 아빠를 따라하여 자신도 진짜 남자가 되기를 바란다.

그렇기 때문에 이 시기에 아빠가 아들에게 미치는 영향은 대단히 중요하다. 만약 아빠가 아이에게 충분한 관심과 사랑을 보여주지 못하면 아이는 아빠의 주의를 끌기 위해서 더욱 귀찮은 말썽을 부릴 수가 있다. 또한 자신의 뜻대로 되지 않았을 시, 아빠와 대립하고 말을 듣지 않는 비뚤어진 아이로 자랄 수 있다. 그러므로 엄마들은 남편에게 이 점을 분명하게 인지시키고 아이와 자주 시간을 보내게 만들어야 한다.

열네 살이 되면 아이는 점차 에너지를 주체하기 힘든 '청춘의 단계'로 접어든다. 이 단계에서는 남자아이의 몸과 마음이 거대한 변화를 마주하게 된다. 이때, 엄마는 아이가 자신의 신체 발달을 자연스럽게 받아들이고 심리적인 혼란을 겪지 않도록 잘 이끌어야 한다.

이 시기에는 아이의 인생관과 가치관이 조금씩 성숙해 나가기 때문에 아이는 자신을 이끌어줄 인도자가 절실하다. 그러므로 특히 이 시기에 엄마가 올바른 가치관을 정립시키고 선악을 구분할 수 있게 가르치는 것은 물론, 평소에도 자주 또래처럼 소통해서 아이가 혼란을 느낄 때 조언을 아끼지 말아야 한다. 그래야 아이가 스스로 옳은 선택과 실천을 할 수 있다. 그리고 조금씩 몸과 마음이 건강한 멋진 사나이로 성장할 것이다.

PART 4

큰소리치지 않고
바른 아이로 키워내기

100 POINT OF EDUCATION

엄마들은 내 아들이 커서 돈을 많이 벌고 성공하기를 바란다. 그래서 여러 가지 능력을 겸비
하도록 심혈을 기울이지만, 정작 어째서인지 사람으로서의 도리는 가르치지 않는다. 아이가
쓸모 있는 사람이 될 것인지를 결정하는 요인은 바로 아이가 '사람의 도리를 제대로 하느냐'
에 달려 있다. 올바른 사람이 되는 것은 이 세상에 발을 붙이고 살아가는 모든 사람들의 가장
기본적인 사명이기 때문이다. 그러므로 우리 엄마들은 효도하고 남을 사랑하고 겸손할 줄
알며 성실하고 믿음직스럽고 정직하고 용감한 아이가 되기 위해서 어떻게 해야 하는지를 내
아들에게 차근차근 알려주어야 한다.

효(孝), 사람이
갖추어야 할 근본

　세상 모든 부모들은 자기 아이가 자신에게 효도하기를 바랄 것이다. 특히 자신이 늙어 자식들에게 의지하게 될 때를 생각하지 않을 수 없기 때문이다. 게다가 아이를 효성스럽게 키우는 것은 사람으로서 해야 할 도리의 근본이기도 하다.

　"백 가지 선행 중에 효가 으뜸이다."라는 옛말처럼, 효는 착하고 아름다운 성품과 아주 밀접한 관련이 있다. 효도하는 아이는 자애롭고 남을 애틋하게 여겨 돕기 좋아하고 관용을 베풀 줄 아는 미덕도 갖추고 있다. 이렇게 착한 아이라면 커서도 당당히 제 몫을 해내지 않을까?

　효심은 부모가 말로 가르친다고 해서 길러지는 것이 아니다. 그러므로 아이가 직접 겪고 느껴서 효를 행하도록 하는 것은 우리가 풀어야 할 숙제이다.

· 효도를 행하는 분위기를 만들어라 ·

중국 공영 방송 CCTV에서 이런 공익 광고를 방송하였다.

한 아이 엄마가 저녁이 되자 시어머니의 발을 씻겨드리며 이야기를 나눈다. 이를 본 어린 아들이 대야에 물을 떠서 뒤뚱거리며 다가와 말했다. "엄마도 발 씻자."

이 광고는 많은 사람들에게 감동과 여운을 남겼다. 아이들은 어른이 하는 것을 그대로 보고 배운다. 그래서 내 아들이 나에게 효도하기를 바란다면 스스로 효도하는 집안 분위기를 만들어야 한다. 노년의 시부모님도 살뜰하게 잘 모시고 친정 부모님도 자주 찾아뵈면서 어른들과 교류하는 모습을 자주 보이는 것이다. 어른들과 이야기를 나누고 차를 따라드리고 맛있는 음식을 대접하는 것도 좋다. 우리가 평소에 이런 효성이 지극한 행동을 한다면 내 아들 역시 부모에게 효도하려는 마음이 우러나올 것이다.

· 적당한 엄살을 부려라 ·

모성애가 위대한 것이 엄마의 희생정신과 헌신 때문임에는 틀림없지만, 때로는 엄마들도 엄살을 부려야 한다. 그래야 아들이 엄마에게 관심을 갖고 효도할 수 있는 기회가 생긴다. 몸이 아플 때는 빨래나 밥을 잠시 접고 침대에 드러누워 아이에게 물과 약 심부름을 시켜보자. 또 마트에 장을 보러 가서도 혼자 무리해서 들지 말고 아들이 돕게 하자. 이런 엄살은 아들에게 엄마 역시 관심과 보살핌, 도움이 손길이 필요한 사람이라고 인식하게 만든다. 아이가 나중에 스스로 이런 행동을 하게 된다면 엄살 작전은 성공이다.

31

감사하는 마음을
갖게 하라

아래는 미국의 작가 쉘 실버스타인(Shel Silverstein)이 쓴《아낌없이 주는 나무》의 내용이다.

나무 한 그루가 있었다. 나무는 한 남자아이를 사랑했다. 아이는 매일 나무 아래에서 나뭇잎을 주워 왕관을 만들고 나무 위로 기어올라 그네를 타고 사과를 따 먹기도 하면서 놀았다. 숨바꼭질을 하다가 힘이 들면 나무 아래에서 단잠이 들었다. 세월이 흘러 아이가 점점 자라자 이제 더 이상 나무에게 놀러오지 않았다. 나무는 외로웠다.

어느 날, 아이가 찾아왔다. 나무는 아이에게 놀자고 했지만 아이는 나무에게 말했다. "내가 뭘 좀 사려는데 돈을 좀 줄 수 있을까?" 나무는 자기 사과를 가져가서 팔게 했다. 시간이 오래 흘러 아이가 다시 찾아와서 말했다. "내가 집을 지어야 하는데 네가 집을 줄 수 있어?" 나무는 아이에게 자신의 가지를 베어 집을 짓게 했다.

나무는 아무런 원망이나 후회도 없이 아이에게 자기의 모든 것을 주었다. 심지어 아이가 자신의 몸통을 베어 배로 만들어 멀리 떠날 수 있게 했고, 마지막 남은 그루터기까지 늙어버린 아이가 앉아서 쉬도록 내어주었다.

이 이야기에서 나무는 계속 주기만 하고 아이는 받기만 한다. 마치 엄마와 아들을 보는 것 같다. 물론 엄마는 아무런 보답을 바라지 않고 기꺼이 자신을 내어주는 것이지만, 고마움을 모르고 받아가기만 하는 아이의 모습은 슬프고 안타깝다.

감사하는 마음은 아이가 건강하게 자라기 위한 필수적인 마음가짐이다. 타인에게 감사할 줄 아는 아이는 자연과 사회, 가정이 자신을 위해 무엇을 희생하는지 정확하게 안다. 그리고 결코 거만하거나 이기적이지 않고 부모와 주변 사람들, 그리고 타인을 사랑한다. 그러므로 우리가 아이에게 무언가를 내어주는 것이 자발적인 즐거움이라고 할지라도 아이가 감사하는 마음을 갖게 하는 것은 중요한 일이다.

• 모든 것에 감사함을 알게 하라 •

우리는 우리를 둘러싼 모든 존재에게 감사해야 한다. 땅은 식물을 심을 수 있게 하고 햇빛과 이슬은 식물의 싹을 틔워 자라게 하므로 감사하다. 또, 나비와 벌은 꽃을 이리저리 옮겨 다니며 식물이 결실을 맺게 하므로 감사하다. 이런 수많은 과정을 거치면 비로소 식량을 얻을 수가 있다. 감사한 일이다. 부모님은 나에게 생명을 주고 온 정성을 다해 키워주시기에 감사하다. 선생님은 나에게 지식을 전수하고 사람 구실을 할 수 있게 가르쳐주시기에 감사하다. 친구들은 고통과 즐거움을 나와 함께 나누기에 감사하다. 그리고 나를 위해 일하시는 분들 또한 감사하다. 이런 많은 사람들 덕분에 우리는 비로소 풍부한 생활을 향유할 수가 있다. 감사한 일이다. 만약 우리가 이런 마음가짐으로 나의 생활, 주변 환경, 나를 둘러싼 사회를 마주한다면, 그리고 이런 생각을 아이에게 자꾸 전하려 노력한다면, 오랜 시간이 흐른 뒤에 아이도 자신의 삶과 환경에 감사하는 마음을 갖게 될 것이다.

· 추수감사절을 이용해 감사하는 마음을 표현하라 ·

왕위선(王宇森)이 여덟 살이 되던 해 추수감사절이었다. 식사 전, 엄마가 가족들에게 엄숙하게 말했다. "오늘은 기독교의 추수감사절입니다. 저는 기독교인이 아니지만 이 기회를 빌려 감사를 전하고 싶어요. 아버지, 어머니 감사합니다. 나이가 들어 힘에 부치실 텐데 저를 위해서 위선을 등하교시켜주시고 식사 준비를 해주시느라 고생이 많으십니다. 남편 고마워요. 내가 일할 수 있도록 항상 지지해주고 용기를 주어서요. 그리고 내 보물 우리 아들 고마워. 네 덕분에 너무 행복하단다." 엄마의 말에 감동한 가족들은 모두 말을 잇지 못했다. 그때 위선이 엄마의 귓가에 다가가 말했다. "엄마, 나랑 놀아주고 빨래도 해줘서 고마워요." 엄마가 매우 기뻐하며 위선에게 조용히 속삭였다. "그럼 할머니, 할아버지, 아빠한테도 감사하다고 말씀드릴까?" 그러자 위선이 다른 가족들에게도 감사 인사를 전했다.

해마다 돌아오는 11월 넷째 주 목요일은 서양의 추수감사절이다. 추수감사절이 우리의 전통 명절은 아니지만, 이날만큼은 아이에게 특별한 감사 표시를 하게 해서 여러 가지 의미를 깨닫게 할 수가 있다. '감사하다'는 말을 직접 하게 되면 아이는 가족들이 자기를 위해서 하는 모든 것들이 당연한 것이 아니라 관심과 애정의 산물이라는 것을 알게 된다. 그리고 다른 사람에게 감사를 받았을 때는 남을 위하는 즐거움도 느끼게 된다. 스스로 감사하는 마음을 갖고 기꺼이 남에게 베푸는 법을 배우게 되는 것이다.

・모르는 사람에게도 감사하라・

엄마는 아이를 데리고 대중교통을 이용하게 되는 경우가 자주 있다. 노약자, 장애인 등을 배려하고 보호하는 것 역시 일종의 공중도덕이지만, 자리에 앉아서 갈 권리는 원래 누구에게나 있는 것이다. 그러므로 누가 아이에게 자리를 비켜준다면 이는 선의로 인한 행동이다. 그래서 이런 경우가 생기면 상대방에게 진심으로 감사하는 마음을 표해야 한다.

사실 우리 생활에서 잘 모르는 사람에게 감사를 표시할 기회는 생각보다 많다. 길을 가다 나를 도와주거나 길을 알려주는 사람, 길을 건너는 나를 위해 교통 정리를 해주는 경찰관, 병원에서 나를 치료하기 위해서 애쓰는 의사와 간호사 등이 그러하다. 기회가 생길 때마다 타인에게 감사 표시를 하는 본보기를 보이자. 아이도 점점 감사하는 마음과 표현이 자연스레 몸에 배일 것이다.

32

100 POINT of EDUCATION

인생 최고의 열쇠,
겸손함을 심어주어라

추이하오(崔浩)는 초등학교 5학년이다. 해마다 반에서 1등을 놓치지 않아 친척이나 이웃, 선생님들은 모두 입에 침이 마르게 추이하오를 칭찬한다. 그때마다 추이하오는 으쓱한 기분이 든다.

어느 날, 추이하오가 엄마에게 이야기했다. "우리 반 애들은 모르는 문제가 있으면 전부 나한테 와서 물어요. 애들이 나보고 선생님 같다고 했어." 엄마가 물었다. "그럼, 네 생각은 어때?" 추이하오는 자랑스럽게 대답했다. "내 생각에도 비슷한 것 같아." 그러자 엄마가 웃으며 말했다. "네 수준이 그렇게 높다니 엄마가 하나 물어 보자. '꽉 찬 병은 소리가 나지 않는다(一瓶子不響)'에 이어지는 구절이 뭔지 아니?" 추이하오는 고개를 갸웃거리며 한참을 생각하다가 겨우 대답했다. "모르겠어." 그러자 엄마는 추이하오의 어깨를 툭툭 치면서 알려주었다. "'반만 찬 병은 흔들면 소리가 난다(半瓶子晃蕩)'야! 무슨 말인지 잘 생각해 봐."

"꽉 찬 병은 소리가 나지 않지만, 반만 찬 병은 흔들면 소리가 난다."라는 말은 진정으로 능력이 있고 학식이 깊은 사람은 겉으로 내색하지 않고 겸손하지만, 어쭙잖은 실력과 능력을 가진 사람은 자신이 최고인 양 으스대고 다닌다는 뜻이다.

아이들은 공부를 통해서 무지한 상태에서 무언가를 아는 상태로 나아간다. 이 과정에서 지식이 늘어날수록 아이는 자만하기 쉽다. 특히 취미나 관심이 다양한 아이는 아는 것이 많아서 더욱 쉽게 그런 경향을 보인다. 이때, 엄마는 '교만이 화를 부르고 겸손이 복을 부른다'는 인생의 도리를 잘 알려주고 아이가 겸손해지도록 가르쳐야 한다.

많은 엄마들이 '자신을 낮추는 것'과 '자신을 비하하는 것'을 혼동한다. 그래서 자신을 낮추는 것이 자신의 지식과 능력을 부정하고 다른 사람 앞에서 창피를 당하는 것이라고 생각한다. 그러나 사실은 그렇지 않다.

겸손과 자신감은 모순되는 성질이 아니다. 겸손한 사람은 지식의 바다가 무한히 넓다는 것을 안다. 그래서 어떤 지식과 능력을 갖추었다고 하더라도 앞으로 더 많은 지식을 쌓고 더 많은 사람을 본받아야겠다고 생각한다. 자신을 낮춤으로써 더욱 진취적으로 나아가는 것이다. 그러므로 아이가 자신을 낮추는 법을 안다면 인생에서 자신을 발전시킬 수 있는 최고의 열쇠를 쥐게 될 것이다. 아들을 이렇게 키우고 싶다면 평소 겸허함을 가르치는 철학적인 이야기를 자주 들려주면 좋다.

옛날에 한 나이 많은 스승이 그를 따르는 학생들에게 각지에 흩어져 수행을 하라고 했다. 수행이 끝난 후 학생들이 다시 스승에게 돌아왔고, 스승은 그 결과를 물었다.

한 학생이 말했다. "저는 물 위를 걷는 법을 터득하였습니다. 어떻습니까? 대단하지 않습니까?" 스승은 아무 대답 없이 모두를 데리고 강가로 갔다. 그리고 나룻배를 한 척 불러서 학생들을 태우고 강을 건넜다. 모두들 영문을 몰라 어리둥절하였다.

강을 건너자 선지자가 나룻배를 모는 사람에게 뱃삯이 얼마냐고 물었고, 그 사람이 대답했다. "2위안(元, 중국의 화폐단위_역주)이오." 그러자 스승이 물 위를 걷는 방법을 터득했다는 학생에게 말했다. "자네가 자랑한 그 능력은 2위안의 가치밖에 되지 않는군." 스승의 말을 들은 학생은 부끄러워 새빨개진 얼굴로 대답했다. "스승님, 제가 잘못하였습니다."

이런 이야기는 얼마든지 많다. 우리가 아이에게 이렇게 재미있는 이야기를 들려준다면 똑똑한 우리 아이는 그 속에 숨어 있는 겸손의 미덕에 관해 이해할 수 있을 것이다.

아이와 함께 위인전을 읽는 것도 좋은 방법이다. 고대부터 지금까지 역사 속에서 업적을 쌓은 위인들 중에는 자신을 낮추는 겸손한 사람들이 대단히 많았다. 중국 삼국시대의 유비에게는 관우와 장비, 삼천 명도 되지 않는 병사뿐이었지만 '삼고초려(三顧草廬)' 끝에 제갈량의 도움을 얻어 제왕의 업적을 이루었다. 또한 뉴턴은 말년에 이렇게 털어놓았다. "과학 앞의 나는 바닷가에서 돌을 줍는 어린아이일 뿐이다." 아이와 함께 이런 위대한 사람들의 전기를 읽는 것은 아이의 학습 흥미를 북돋우는 동시에 진취적인 생각을 키우고 고결한 성품까지 길러줄 수 있다.

33

100 POINT of EDUCATION

매너 있는
'꼬마 신사'로 키우기

샤오쥔(小軍)과 엄마가 교외에 있는 친척집을 방문하러 가는 중이었다.
버스에서 내려 한참을 걷다 보니 그만 길을 잃고 말았다. 마침 근처에 환
경미화원이 있어서 엄마는 샤오쥔에게 길을 물어보라고 시켰다. 샤오쥔
이 다가가 물었다. "아저씨, ○○○ 어떻게 가?" 환경미화원은 샤오쥔을
힐끗 보며 "거 참 싸가지하고는!" 하고 중얼거리더니 뒤돌아 가버렸다.

예의 바르지 못한 아이는 길을 묻는 간단한 일도 해내지 못한다. 예의
는 아이의 대인관계와 큰 연관이 있으며 앞길에도 중요한 디딤돌이 된다.
아이가 예의 바른 언행을 하면 다른 사람과 마찰이 일어날 일도 없고 언
제 어디서든 환영받으며 남의 도움까지 쉽게 얻을 수 있다. 또한 다른 사
람과 화목하고 우애 넘치는 관계를 유지할 수도 있다.

예의 바른 태도는 인간관계뿐만 아니라 원만한 사회생활에도 큰 영향

을 준다. 공자는《논어(論語)》에서 "예를 익히지 않으면 바로 설 수 없다(不學禮, 無以立)."고 말하였다. 공자는 이미 몇 천 년 전의 사람이고, 그가 살았던 시대와 현대 사회의 모습은 천양지차이다. 그러나 예를 알고 제대로 행하는지는 여전히 한 사람을 평가하는 중요한 척도가 된다. 예의범절은 다른 사람에게 "실례지만…", "감사합니다.", "죄송합니다." 등의 점잖은 말투를 사용하거나 다른 사람의 말을 경청하는 태도 등에서 드러난다. 그런데 이런 태도는 상대를 마음속 깊이 존중해야만 나타나는 것이다. 타인을 존중하는 사람은 그 자신도 존중받고 인정받는다. 그래서 인간관계도 원만하게 해 나가고 사회적인 성공도 얻을 수가 있다. 그러므로 내 아이를 누구에게나 사랑받는 '꼬마 신사'로 키우고 싶다면, 먼저 예의범절을 알게 해야 한다.

• 예의 바른 행동을 알게 하라 •

아들에게 예의를 가르쳐야 하는 것은 누구나 알고 있다. 하지만 이 '예의'라는 것이 아이에게는 추상적인 개념이어서 이해하기 쉽지 않다. 그래서 우리가 예의를 일상생활에서 구체화해 아이에게 알려주어야 한다. 예를 들어, 어르신과 마주치게 되면, 아이에게 '할아버지, 할머니'라고 알려주어 인사를 나누게 하고 그것이 예의 바른 행동이라고 가르치자. 길을 묻는 사람을 만나면 그 사람이 잘 찾아가도록 알려주는 것이 예의 바른 행동이고, 다른 사람과 대화할 때는 "실례합니다.", "감사합니다."라고 양해를 구하는 것이 예의 바른 행동이라고 가르쳐 주자. 무엇이 예의 바른 행동인지를 이해하고 나면 아이는 때와 장소에 맞게 매너를 지킬 수가 있을 것이다.

· 예의 바른 행동을 칭찬하라 ·

아이가 일상에서 스스로 예의 바르고 친절한 행동을 하면 이를 충분히 칭찬해서 앞으로 더 잘할 수 있게 만들어주어야 한다. 나이 드신 분께 자리를 양보하는 아들을 이렇게 칭찬해주자. "할아버지께 자리도 비켜드리고, 정말 잘했어. 엄마는 네가 자랑스러워." 아이가 이런 칭찬과 격려를 받으면 같은 행동을 반복할 것이고, 시간이 흐르며 친절이 몸에 밴 어엿한 신사로 성장할 것이다.

· 공공장소에서 훈계하지 마라 ·

아들이 무례한 행동을 했을 때, 엄마의 첫 번째 반응은 꾸짖고 질책하는 것이다. 하지만 아이에게 소리를 지르고 예절을 강요하는 것 역시 무례하고 잘못된 방법이다. 이런 방법은 아들의 자존심을 망가뜨리고 남들 앞에서 망신을 주어 부끄럽게 만든다. 또한 '예의'라는 것이 자신을 옭아매는 나쁜 것이라는 인상을 심어주어 아이에게 도리어 반감을 불러일으킨다. 그러므로 공공장소에서 혹시 아이가 무례한 실수를 하더라도 완곡하고 부드럽게, 예를 들어 귓속말과 같은 방법으로 이야기하는 것이 좋다. 예의범절에 관해서는 집에 돌아가서도 차근차근 알려줄 수 있다.

어진 마음은 아이를
은혜롭게 한다

이른 아침, 해변 모래사장에 한 남자아이가 서 있었다. 아이는 아주 느리게 그리고 무언가를 자꾸 바다로 던져 넣었다. 모래톱의 얕은 물웅덩이에서 파도에 밀려온 작은 물고기들을 건져내 바다로 던지는 것이었다. 웅덩이는 바다와 아주 가깝지만, 돌아갈 길이 막혀버린 물고기들은 꼼짝없이 웅덩이에 갇힐 수밖에 없었다. 아이는 이 물고기들을 구하려고 쉴 새 없이 허리를 구부려 물고기를 퍼내 바다로 던져 넣었다.

하루는 한 사람이 산책을 나왔다가 아이를 보고 말을 걸었다. "여기 물고기가 얼마나 많은데, 이렇게 해도 다 구할 수 없단다." 아이는 고개도 들지 않고 대답했다. "알아요." 그 사람이 이상한 듯 물었다. "그럼 왜 그렇게 쉬지 않고 퍼내니? 그걸 누가 신경 쓴다고?" "이 물고기가요!" 아이가 물고기 한 마리를 퍼 올리며 말했다. "이 물고기한테는 중요해요. 애한테도, 애도……."

많은 사람들이 이야기 속의 아이에게서 감동을 느낄 것이다. 그리고 그 마음씨가 비단결같이 착한 것은 아마 아무도 부정하지 못할 것이다.

한자 '어질 인(仁)'은 '두 사람(二人)'이라는 뜻이다. 즉, 사람과 사람 사이의 도리라는 말이다. 공자는 이렇게 말했다. "어진 사람은 타인을 사랑한다(仁者愛人)." 이는 사람과 사람 사이의 도리가 바로 사랑이라는 뜻을 담고 있다. 사람이란 무릇 자기 자신 뿐만 아니라 타인도 사랑해야 한다. 하지만 실제로 얼마나 되는 아이들이 남을 사랑할 줄 알까? 한 아동교육전문가가 이런 말을 하였다. "받을 줄만 알고 베풀 줄은 모르고, 자신을 사랑하지만 남을 사랑할 줄은 모른다. 이는 이 시대의 외동아이들이 직면한 폐단이다." 왜 그런 것일까? 아이들은 태어날 때부터 원래 그런 것일까?

아동심리학자들의 연구를 살펴보면, 아이들은 천성적으로 선량한 마음과 동정심을 갖고 태어난다고 한다. 만 한 살이 되기 전의 영아들이 다른 아기가 울면 따라 우는 것은 다른 존재에 감응하는 현상이다. 다른 아기가 울 때, 그 고통을 줄여주기 위해서 자기 장난감이나 먹을거리로 달래는 아기들도 있다. 그리고 대여섯 살 아이들은 힘들어 하는 다른 아이를 보고 자발적인 의지로 위로를 건넨다.

그런데 왜 아이들이 자라면서 점점 자신의 동료에게 무관심하고 이기적이 되다 못해 남의 불행을 즐기게 되는 것일까? 이는 부모의 후천적인 교육이나 사회 환경 등의 요인과 관련이 있다. 부모가 자신만 알고 남을 사랑할 줄 모르는 사람이어서 자연스럽게 자기만 아는 아이로 자란 경우, 부모가 아이를 너무 귀하게 키워 모든 상황이 자기중심으로 돌아가는 것에 익숙하고 남에게 무언가를 베풀 줄 모르는 경우, 아이가 관심과 사랑을 표현했으나 부모가 '쓸 데 없는 일에 참견하지 말라'고 다그친 경우 등 그 원인은 다양하다.

부모 역시 아이를 교육할 때 크든 작든 잘못을 한다. 그러므로 아이가 사랑하는 마음을 갖지 못하는 것이 잘못된 교육 탓인지 아닌지를 따지는 것은 중요하지 않다. 이제부터라도 그런 마음을 가질 수 있도록 부모가 노력을 하면 된다. 결국 중요한 것은 어진 마음이야말로 인류의 가장 아름답고 훌륭한 본성이자 숭고하고 위대한 품성이라는 것이다. 어진 마음을 갖는 것은 우리 아이 평생에 가장 은혜로운 일이 될 것이다.

• 주변 사람을 사랑하게 하라 •

내 아들에게는 가족, 친지, 이웃, 선생님, 친구들이 모두 주변 사람이다. 우리는 아들이 이 사람들을 사랑하게 만들어야 한다. 친척 중에 누군가가 병이 나면 병문안을 가거나 전화로 안부를 묻고, 선생님 목이 아프면 따뜻한 물 한 잔을 떠드릴 수 있게 말이다. 또, 친구가 넘어지면 일으켜주고, 집에 맛있는 음식이 있으면 이웃에 나누어주는 미덕을 알게 해야 한다. 이런 행동에 대단한 수고나 시간이 필요한 것은 아니다. 하지만 이런 사소한 행동이 쌓이고 쌓이면 아이의 마음속에는 크나큰 사랑이 자리 잡을 것이다.

• 동물을 보살피게 하라 •

자연에는 힘없고 약한 동물이 많다. 어떤 사람들은 수단과 방법을 가리지 않고 이런 동물들의 생명을 빼앗아 인류의 이기심과 냉혹함을 그대로 보여주기도 한다. 그렇지만 반대로 떠도는 개나 고양이를 사랑으로 보살피고 감싸는 사람들도 있다. 아이가 금붕어나 거북이, 병아리, 새나 강아

지를 기르게 해 보자. 동물들과 함께 부대끼며 생활하다 보면 어느 정도
의 시간과 노력을 쏟아야 하지만, 그 과정에서 다른 존재를 사랑하는 마
음, 선량한 품성, 책임감 등을 크게 느끼게 된다. 또한 생명의 소중함과
삶을 사랑하는 마음 등을 자연스럽게 깨달을 수도 있다.

· 공감하는 법을 가르쳐라 ·

'동병상련'이라는 말처럼 사람들은 다른 사람의 슬픔이나 고통을 마치
자기 것인 양 느낀다. 왜 그럴까? 감정이입의 결과이다. 친구가 물건을 잃
어버려 상심한 것을 본 아이에게 우리는 이전에 겪었던 비슷한 경험을
떠올리게 할 수 있다. 그러면 아이는 친구의 마음을 이해하고 공감할 수
있으며 동정심을 발휘해 친구를 위로할 것이다. 감정이입과 동병상련으
로 공감하는 마음을 잘 알게 된다면, 우리 아이는 더 많은 사람을 사랑으
로 감싸는 은혜로운 아이가 될 것이다.

35

성실하고 책임감 있는
품성 기르기

성실함과 책임감은 사람이 갖추어야 할 훌륭한 품성이다. 성실하고 책임감 있는 사람은 자신뿐만 아니라 다른 사람에게도 진실하고 참되며 약속을 철저히 지킨다.

아이가 세상에 갓 나왔을 때는 티 없이 맑고 순수하다. 그래서 많은 부모들이 자기 아이만은 거짓말이나 약속을 어기는 불량한 행동과 아무런 관련이 없을 것이라 굳게 믿고 있다. 그러나 사실은 그렇지 않을 때가 많아서 부모들이 결국은 자기 아이의 나쁜 행동을 알게 된다. 도대체 아이들은 왜 이렇게 달라지는 것일까? 그 원인은 대략 아래 몇 가지로 생각해 볼 수 있다.

첫째, 엄마가 평소 아이에게 선의의 거짓말을 한다.

하오란(浩然)과 엄마는 저녁에 할머니 댁에 가기로 했다. 그런데 차가 너무 막혀서 피곤할 것을 생각한 엄마가 도중에 생각을 바꿨다. 집짓기 블록놀이에 열중하고 있는 하오란을 본 엄마는 시어머니에게 전화를 걸었다. "어머니, 하오란 영어 보충 수업이 갑자기 생겨서요, 오늘은 못 갈 것 같아요." 엄마가 수화기를 내려놓자 하오란이 이상하다는 듯이 물었다. "엄마, 영어 수업 있다고 왜 안 알려줬어요?" 엄마는 뭐라고 대답해야 할지 몰라 말문이 막히고 말았다.

약속을 절대 어기지 않는 사람은 세상에 거의 없다. 누구나 어떤 경우에는 선의로, 또 어떤 경우에는 어쩔 수 없어서 사소한 거짓말을 한 경험이 있을 것이다. 성인들은 굳이 설명하지 않아도 이런 일을 이해할 수 있다. 하지만 아이들은 그렇지 않다. 하오란은 영문을 모른 채, 엄마의 거짓말만을 들었을 뿐이다. 이런 일이 반복되면, 아이는 거짓말을 하는 것이 지극히 정상적이고 대수롭지 않은 일이라고 느낀다. 그렇게 점점 작은 거짓말에 재미를 붙이고, 큰 거짓말까지 하게 된다.

둘째, 자신의 요구나 희망을 만족시키기 위해 거짓말을 한다.

우리가 살아가는 세상에는 셀 수 없이 다양한 물건들이 넘쳐난다. 아이는 자랄수록 이런 휘황찬란한 물건들에 마음을 뺏기고 갖고 싶은 것도 점점 많아진다. 그렇다고 아이가 원하는 바를 전부 들어줄 수는 없다. 그러면 아이는 자기가 원하는 것을 얻기 위해 방법을 찾기 시작한다. 그 방법 중 하나가 바로 거짓말을 하는 것이다. 장난감 총을 갖고 싶다면 '다른 친구들은 다 갖고 있는데 나만 없다'는 식으로 말을 할 것이다. 그리고 이를 닦기 싫은 마음이 들면 욕실에 들어가 잠깐 있다가 나와서 엄마에게 다 씻었다고 거짓말을 할 것이다.

셋째, 야단맞는 것이 두려워 사실대로 이야기하지 않는다.

남자아이는 모험이나 장난을 좋아해 종종 사고를 일으키곤 한다. 그런데 엄마가 평소 아이를 엄하게 가르친다면, 아이가 사고를 쳤을 때 호되게 혼날 것이 분명하기 때문에 야단맞기가 무서워 거짓말을 한다.

넷째, 부주의해서 약속을 어긴다.

어린아이들은 아직 통찰력이 부족하다. 그래서 어떤 일을 하겠다는 약속을 쉽게 한다. 그래서 나중에야 자기가 이 일을 할 수 없음을 깨닫게 되고, 약속은 지킬 수가 없게 된다.

아이가 거짓말을 밥 먹듯하고 다짐이나 계획을 어기는 것을 엄마들이 두고만 볼 수는 없다. "말에는 신용이 필히 있어야 하고, 행동에는 필히 결과가 있어야 한다(言必信, 行必果)." 예로부터 '남아일언중천금(男兒一言重千金)'이라 하지 않았는가. 더군다나 아이가 어른이 되어 맡은 일을 성공적으로 이루기 위해서는 반드시 성실하고 책임감 있는 품성을 갖추어야만 한다. 자, 그렇다면 어떻게 해야 아이가 거짓말을 하지 않을까?

· 거짓말하지 않는 엄마가 돼라 ·

부모의 언행과 행실은 아이에게 전부 모방의 대상이다. 아이가 거짓말을 막으려면 엄마 자신부터 거짓말을 하지 않아야 한다. 엄마가 자꾸 거짓말을 하면 아이 앞에서 엄마의 위신이 추락할 뿐만 아니라 아이 역시 거짓말을 밥 먹듯이 하는 습관을 갖게 될 것이다.

· 합리적인 요구는 들어주되 거절에는 합당한 이유를 설명하라 ·

아이가 어떤 요구를 할 때는 정당한 이유를 설명하게 해라. 이유를 충분히 고려하여 반드시 필요한 것이라 생각하면 요구를 들어주는 것이다. 그렇게 하면 아이는 다음에 다른 요구 사항이 있을 때도 적절한 방식으로 자신의 의견을 표현할 것이다. 만약 들어줄 수 없는 무리한 요구라면 엄마가 이를 만족시켜주지 못하는 합당한 이유를 아이에게도 설명해야 한다. 똑같은 장난감 총이 있는데도 또 총을 사달라고 하는 아이한테 "똑같은 총이 있잖니. 겉보기에만 다르고 기능은 똑같은 거야. 그러니까 이번에는 사지 말자." 하고 설명하는 것이다. 거절에 합당한 이유가 있다면 아이도 엄마의 의견에 수긍할 것이다.

· 약속을 어기면 사과하게 하라 ·

자신이 한 약속을 실제로 지키지 못해서 다른 사람의 믿음을 저버렸을 때는 반드시 사과하고 그 연유를 제대로 설명하게 해야 한다. 이는 상대방에게 양해를 구하는 동시에 자신이 뱉은 말을 꼭 지켜야 한다는 약속의 중요성을 깨우치게 하는 일이기도 하다. 정중하게 사과를 하고 난 아이는 다음 약속을 할 때는 한 번 더 신중히 생각하게 될 것이다.

36

정직하면서도 융통성 있는
아이가 되는 법

 남자아이는 경쟁과 모험을 좋아한다. 공격성도 강한 편이고 쉽게 정의 감에 불타오른다. 이런 특성 덕분에 남자아이들은 손익을 따지는 것에 무 감각하고 위협에 굴하지 않으며 자신이 정의롭다고 생각하는 일을 향해 용감하게 나아간다. 이런 아이의 의지는 엄마의 올바른 지도와 지지를 얻 어 대단히 훌륭한 품성으로 거듭날 수가 있다. 바로 정직함이다.

 정직함은 사람에게 절대 없어서는 안 될 자질이다. 미국의 저명한 투자 가 워런 버핏(Warren Buffett)은 자기 아이를 이렇게 가르쳤다. "정직, 성실, 에너지, 이 셋 중에서 첫 번째 자질을 갖추지 못한다면 나머지 두 가지가 너를 파멸로 이끌 것이다. 잘 생각해 보렴. 이는 틀림없는 사실이란다."

 또한 그는 정직함과 성실함만으로는 당장 어떤 이익을 얻지 못하더라 도, 이를 삶의 원칙으로 삼아 끝까지 흔들리거나 바뀌지 않아야 한다고 강조하였다.

하지만 보통 부모들은 아이가 너무 정직함만을 고수해서 다른 사람에게서 불이익을 당할까 봐 염려한다. 사실 이런 사례는 얼마든지 일어날수 있다. 누가 강도를 당하는 상황을 목격하고 나섰다가 도리어 강도에게해코지를 당할 수도 있지 않은가. 그러나 이런 상황이 일어날 수 있다고생각해 아이에게 정직함을 가르치지 않는다면 이는 훗날 더 큰 손실을 낳을 수 있다. 정직함을 잃는다는 것은 인생의 긴 항로에서 나아가야 할 방향을 잃는 것과 같기 때문이다. 아이의 미래와 사회적인 책임을 생각한다면,엄마들은 언제나 아들에게 정직함을 가르쳐야 한다. 그리고 동시에 융통성을 발휘하는 법 역시 가르쳐야 한다. 융통성은 말만 번지르르한 교활함과는 다르다. 이는 아이가 정직함을 잃지 않으면서 자기 자신을 보호할 수 있는 좋은 방법이다. 자, 어떻게 두 마리 토끼를 모두 잡을 수가 있을까?

· 정의로운 행동에 칭찬과 격려를 보내라 ·

약한 친구가 괴롭힘을 당하는 것을 보고 앞장서서 도와주는 행동, 도둑질 하는 사람을 보고 "도둑이야!" 하고 외치는 행동, 남을 속이는 친구를타이르는 행동 등 아이의 이런 행동은 모두 정의감의 발현이다. 우리는이런 행동에 칭찬과 격려를 아끼지 말아야 한다. 부모의 긍정적인 반응으로 인해 이 행동이 옳다는 것을 인식하게 되면, 아이는 계속해서 정의로운 행동을 이어나간다. 그리고 스스로 정직한 품성을 갖추게 된다.

· 일상사에 관해 토론하고 정직한 가치관을 심어주어라 ·

사회생활을 하다 보면 별의별 일이 다 일어난다. 그중 어떤 일에는 정확한 판단과 선택이 필요하다. 도둑을 발견했을 때, 침묵하는 대다수가 될 것인가 아니면 용감하게 앞장서는 사람이 될 것인가? 뇌물을 주고받고 신분을 바꾸는 현상을 어떻게 보아야 할 것인가? 타인의 일처리에 이견이 있는데, 앞에서 정정당당하게 자신의 의견을 제시할 것인가 뒤에서 그 사람 욕을 할 것인가? 이런 문제들은 모두 정직한 사람이 되는 것과 일정 정도 관련이 있다. 그러므로 이런 문제들을 직접 아이와 함께 토론해 보자. 그렇게 함께 이야기를 나누다 보면 아이의 사고방식을 파악할 수도 있고, 정직에 관한 올바른 가치관을 아이에게 전수할 수 있다.

·긴박한 상황에서 침착함을 잃지 않게 하라·

우리는 아들을 정직하게 키우고 싶어 한다. 솔직한 태도뿐만 아니라 부당한 대우를 당하거나 강도를 당해도 용감하게 맞서는 정직함을 원하는 것이다. 하지만 이런 태도로는 아이가 주변 사람들의 원한을 사기 십상이고, 심지어 위험이나 곤경에 빠질 수도 있다. 그래서 우리는 아이가 스스로를 보호할 수 있게 해야 한다. 긴급한 상황에서 침착과 냉정함을 잃지 않고 안전하고 믿을 만한 방법을 재빨리 생각해 문제를 해결하는 법을 가르쳐야 한다. 혹시라도 누군가가 못된 짓을 당하는 것을 보면 성급하게 나서지 말고 먼저 경찰에 신고를 하라든가, 버스에서 소매치기를 보았을 때 당하는 사람이 자각할 수 있도록 주의를 끌어서 도둑질을 막으라는 것 등이다. 아이의 이런 행위는 정직함도 지키고 아무런 피해도 일어나지 않게 하는 가장 좋은 요령이다.

37

반성하고 발전하는
아이로 키워라

사람의 가장 큰 적은 타인이 아닌 자기 자신이다. 스스로를 아는 것이 가장 힘들기 때문이다. 그래서 사람은 반성이 필요하다. 반성이란 자신만의 관점에서 벗어나 이미 일어난 일의 과정에 근거해 스스로를 곰곰이 되짚어 보는 것이다. 이 과정을 통해서 왜 이렇게 해야 하고, 만약 다른 선택을 하였다면 어떻게 되었을 것이며, 내가 잘못한 부분은 없는지, 이후에는 어떻게 해야 할지 등을 생각해볼 수 있다. 반성을 하는 사람들은 도덕적으로 점점 더 성숙해지고 학업, 사업상으로도 더 큰 성공을 거둘 수 있다.

《논어》에는 증자(曾子)의 반성에 관한 기록이 있다. "증자가 말하길, '나는 하루 세 번 나를 돌아본다. 일을 도모하며 충성을 다 하지 못한 것은 아닌가? 벗을 사귐에 신의를 저버리지는 않았는가? 듣고도 몸에 익히지 않은 것은 없는가?(吾日三省吾身, 爲人謀而不忠乎? 與朋友交而不信乎? 傳不習乎?)'" 증자는 생활 속의 소소한 일을 끊임없이 반성하였다. 그렇게 자신을 돌아보고 살펴서 결국 도덕적으로나 학문적으로나 큰 깨달음을 얻은 현자가 되었다.

반성은 자신을 업그레이드하는 데 더할 나위 없이 좋은 습관이지만 모든 사람들이 매일같이 자기 자신을 돌아보는 것은 결코 쉬운 일이 아니다. 특히 아이들에게는 더욱 그러하다. 그러므로 우리는 아이가 자신의 행동을 돌아보고 스스로를 발전시켜 나갈 수 있도록 이끌어주어야 한다.

· 자기 전에 함께 하루를 돌아보라 ·

매일 저녁, 잠들기 전에 아이와 함께 침대맡에 앉아 대화를 하자. 오늘 일과를 되짚어보고, 무엇을 잘했고 잘못했는지 함께 이야기하는 것이다. 혹시 아이가 잘못한 일이 있다면 더 좋은 방법은 없었는지 함께 토론해 보자. 엄마 역시도 직장일, 기분, 인간관계 등 다양한 이야기를 아이와 함께 나누며 하루를 돌아보고 반성해야 한다.

그리고 이 시간만큼은 시간을 대충 때워서는 안 된다. 그렇지 않으면 아이도 진지함을 잃게 되고, 잠들기 전 반성을 계속해 나갈 수가 없다. 엄마가 먼저 진지하고 성실한 태도로 본보기를 보여 아이 역시 이 시간이 중요하다고 느끼게 해야 한다.

· 스스로 반성할 시간 여유를 주어라 ·

어느 주말, 리청(李誠)이 엄마와 함께 외할머니 댁에 갔다가 하모니카를 부는 외삼촌을 보게 되었다. 기다란 물건이 입술 위에서 이리저리 옮겨 다니며 아름다운 소리를 내는 것이 리청에게는 그저 신기하게 보였다.

리청이 하모니카의 매력에 푹 빠진 것을 본 외삼촌은 연주를 마친 후, 리청에게 하모니카를 가지고 놀라고 하였다.

집에 돌아갈 시간이 되자 리청은 하모니카를 돌려줘야 하는 것이 너무나 아쉬워서 가족들이 잠시 한눈을 파는 사이에 하모니카를 가방 속에 넣어 가져 왔다. 그런데 집에 도착하자마자 외삼촌이 엄마에게 전화를 걸어 하모니카가 보이지 않는다고 말했다. 엄마는 "알았어."라고만 대답하고 리청에게는 아무 말도 하지 않았다.

다음날 아침, 학교를 가려던 리청은 엄마에게 무슨 말을 하고 싶었지만 도무지 입이 떨어지지가 않았다. 학교가 파하고 집으로 돌아온 리청이 용기를 내어 엄마에게 말했다. "엄마, 외삼촌 하모니카 내가 가지고 왔어요. 잘못했어요." 엄마는 그 말을 듣고 리청에게 야단치기는커녕 아주 기뻐하며 말했다. "네가 그 말을 하길 기다렸어. 엄마는 네가 혼자서도 무엇을 잘못했는지 알 거라고 믿었단다."

아이는 자라는 과정에서 이런저런 사소한 잘못을 저지르게 된다. 어떤 엄마는 아이의 잘못을 알았을 때, 아무 일도 일어나지 않은 것 마냥 평소와 다름없이 잘해준다. 그동안 아이는 무척이나 불안하고 괴로울 테지만, 이런 괴로움은 바로 반성의 과정이며 아이는 반성을 겪어야만 진정으로 자신의 잘못을 받아들이게 된다. 반대로 어떤 엄마는 잘못을 발견한 즉시 아이에게 자기 잘못을 인정하고 그 버릇을 고치라고 윽박지른다. 그러나 이런 태도는 아이가 자신의 잘못을 깨닫는 과정을 억지로 생략해버리는 꼴이다. 엄마의 강압을 이기지 못해 겉으로 잘못을 인정하는 것일 뿐, 아이는 이를 진심으로 받아들이지 못한다. 그러므로 아이의 잘못을 알게 되었을 때도 되도록 스스로 반성할 시간 여유를 주는 것이 좋다.

　성공과 실패는 결과의 하나일 뿐이지만 이 결과를 이끄는 요소는 참으로 다양하다. 그래서 일이 흘러가는 과정을 제때 분석해서 성공의 경험과 실패의 교훈을 모두 종합적으로 파악할 수 있다면 다음에는 조금 더 쉽게 성공을 거둘 수 있을 것이다. 사실 경험과 교훈을 잘 파악하는 것 자체가 바로 반성의 과정이다. 그러므로 엄마는 아들이 자신의 경험과 교훈을 잘 돌이켜볼 수 있게 도와주어야 한다. 아들이 친구와 싸웠다면, 싸운 이유와 과정을 돌이켜보고 어떻게 원만하게 해결할 수 있을지를 생각하게 하는 것이다. 이때 엄마는 아이가 문제를 분석하고 파악하는데 도움을 줄 수 있다. 그렇지만 직접 나서서 배 놔라 감 놔라 하기보다는 아이가 주도적으로 생각하고 반성할 수 있게 이끄는 것이 중요하다.

38

부끄러움을 인정하는
용기를 알게 하라

토요일 오후, 샤오강(小剛)이 친구와 공터에서 축구를 하고 있었다. 샤오
강이 날쌔게 날린 볼이 골문을 넘어 근처 나뭇가지에 걸려버렸다. 나무
아래에서 어떻게 해야 할지 몰라 멍하니 서 있는 샤오강에게 친구들이
나무 위로 올라가 공을 꺼내라고 재촉했다. 하지만 샤오강은 나무에서
떨어질까 봐 무서웠다. 이러지도 저러지도 못하고 있는데 마침 샤오강의
엄마가 지나가다가 자초지종을 들었다. 나무는 그다지 높지 않아 샤오강
이 올라가더라도 크게 위험해 보이지 않았다. 그래서 엄마도 샤오강에게
한번 올라가서 공을 꺼내와 보라고 용기를 북돋았다.

엄마들은 어두운 밤길을 무서워하는 아들에게 "용감해져야지?"라며
다독인다. 힘들게 등산을 할 때도 "씩씩하게 올라가자!"고 격려하고, 아
이가 집에 혼자 있어야 할 때도 "용감하게 혼자 있을 수 있지?" 묻는다.

이것이 '용기'에 관한 사람들의 단편적인 생각이다. 그러나 수천 년 전, 공자는 '부끄러움을 아는 것(知恥)' 역시 용기의 표현이라고 생각했다.

《사서(四書)》* 중의 하나인 《중용(中庸)》에는 이런 구절이 나온다. "공자 가라사대, 배우기를 좋아함은 지혜에 가깝고, 힘써 행하는 것은 어짊에 가깝고, 부끄러움을 아는 것은 용기에 가깝다(好學近乎知, 力行近乎仁, 知恥近乎勇)." 어째서 부끄러움을 아는 것이 용기에 가깝다고 했을까? 사람은 누구나 잘못을 저지른다. 그런데 자신의 잘못을 바로잡기란 보통 어려운 일이 아니다. 자신의 잘못을 직시하고 고치려는 노력을 통해 스스로를 이겨 내는 것, 이는 당연히 용감한 자세라고 할 수 있다. 그런데 사람이 이렇게 용감한 행동을 하려면 그 전에 부끄러움을 아는 것(知恥)이 전제되어야 한다. 이것이 바로 수치심이다.

수치심은 인류 보편의 도덕적 감정이다. 만약 어떤 사람이 도덕적이지 못한 일이나 생각을 했다면, 타인의 비난을 받을 것이라 느낄 것이다. 이때 그는 스스로에게 불만을 가지고 다른 사람에게 미안함을 느끼면서 고통에 휩싸이게 된다. 이것이 바로 수치심으로 인한 깨달음의 과정이다. 부끄러움을 아는 사람은 나쁜 생각이나 소망이 발현된 즉시 자기 자신을 단속한다. 부끄러움을 아는 사람은 윤리에 어긋나는 행동을 했을 때 자신의 잘못을 철저히 뜯어고치기 위해 노력한다. 교육자 바실리 수호믈린스키(Vasyl Sukhomlynsky)는 이렇게 말했다. "수치심, 이것은 부끄러운 것에 맞서는 강력한 해독제이며 의무감과 책임감 등 도덕적인 감정을 지탱하는 버팀목이다."

우리는 내 아들의 행동이 언제나 윤리적인 범위 내에 있기를 바란다.

• 《사서(四書)》 – 중국의 4대 유교 경전 《대학(大學)》, 《논어(論語)》, 《맹자(孟子)》, 《중용(中庸)》의 총칭.

이를 이룰 가장 훌륭한 방법이 바로 '부끄러움을 아는 용기'를 알려주는 것이다.

• 수치심을 느끼게 하라 •

심리학자 지그문트 프로이트(Sigmund Freud)는 이런 말을 했다. "인간의 수치심은 선천적이기도 하고 후천적이기도 하다. 전자는 성(性) 의식에서 출발하고 후자는 윤리와 관련이 있다." 아이는 세 살 무렵부터 자기의 잘못된 행동에 얼굴이 빨개지고 고개를 숙이고 말이 없어지며 숨거나 도망가는 등의 행동을 한다. 다섯 살이 되면 잘못된 행동 때문에 양심에 가책을 느끼고 창피함과 고통을 느낀다. 이렇게 아이들은 선천적으로 수치심을 갖고 있지만, 커서도 똑같은 감정을 느낄지 아닐지는 엄마가 '얼마나 아이의 도덕 정신을 잘 지켜주었는지'에 달려있다. 예컨대 아이가 유치원의 장난감을 몰래 집으로 가져왔을 때 엄마가 모른 체 넘어가준다면, 아이는 자기 것이 아닌 물건을 자꾸 훔치게 될 것이다. 반면에 엄마가 "선생님이 아시면 얼마나 창피하겠니." 하고 잘못을 지적한다면 아이는 수치심을 알고 스스로의 행동을 뉘우치게 될 것이다.

• 부끄러운 감정을 발전시켜라 •

둥빈(董斌)은 초등학교 5학년이다. 기말고사 하루 전날, 둥빈은 반 친구인 장판(姜帆)을 부딪혀 넘어뜨렸다. 다리를 크게 다친 장판은 시험에도 출석할 수가 없었다. 그런데 사실은 이 모두가 둥빈의 계획이었다. 둥빈은 장판이 매번 반에서 1등을 독차지하는 것을 질투하고 있었던 것이다.

처음에 둥빈이 실수로 장판을 넘어뜨린 줄로만 알았던 엄마는 둥빈이 고의로 그랬다는 것을 알고는 크게 화가 나서 둥빈에게 쏘아붙였다. "어쩜 애가 그런 식으로 친구를 이기려고 들었어? 너 때문에 걔는 몸도 다치고 마음도 엄청 상했을 거야. 걔네 부모님도 얼마나 걱정이 많으시겠어. 네가 이렇게 여러 사람을 힘들게 할 줄은 몰랐다. 정말 내가 너 때문에 부끄러워서 고개를 들 수가 없어……." 언제나 상냥하던 엄마가 이렇게 불같이 화를 내자 둥빈은 자기가 얼마나 큰 잘못을 저질렀는지 깨달았다. 결국은 장판에게 솔직하게 사과를 했고, 장판의 병원비와 약값도 모두 둥빈의 엄마가 물어주었다. 그 이후로 둥빈은 그런 일을 절대 저지르지 않았다.

처음에는 수치심이 자연적으로 일어나지만, 아이가 성장함에 따라 계속해서 심화, 발전시켜 나가기 위해서는 엄마의 지도가 필요하다. 아이가 도덕률을 위반하는 행동을 하였을 때, 엄마가 평소보다 조금 더 강력하게 반응한다면 아이가 진심으로 뉘우치고 스스로 자신을 단속함에 있어 큰 도움이 될 것이다.

PART 5

큰소리치지 않고
독립심 강한 아이로 키우기

100 POINT OF EDUCATION

남자아이들은 마음속으로 독립을 갈망한다. 진정한 사나이가 되는 것은 남자아이가 가장 실현하고 싶은 꿈일 것이다. 우리들은 장난기가 심한 아들을 엄하게 다스려야 한다고 생각하지만, 엄격함이 내 속마음을 그대로 내질러도 된다는 뜻은 아니다. 차분한 마음가짐과 온화한 어조로 아이를 교육하고 자연스럽게 독립성을 기를 수 있도록 노력해야 한다.

39

100 POINT of EDUCATION

스스로 알아서 하도록
내버려두어라

최근에는 외동아이를 둔 집이 많다. 그래서 집안의 유일한 보배인 아이에게 오냐오냐하는 것이 사실이다. 특히 일상생활에서 엄마가 아이를 대신하거나 도와주는 경우가 많고, 아이가 무언가를 하려고 하면 참을성 있게 기다려주지 못하고 엄마가 앞장서버린다.

샤오톈(小天)은 열두 살, 5학년이다. 매일 아침 엄마는 샤오톈을 깨우고 직접 이불을 정리한다. 옷도 입혀주고 책가방도 챙겨준다. 가끔은 샤오톈이 직접 하려고 하지만 옷을 붙잡고 뭉그적거리는 샤오톈을 보면, 마음이 급한 엄마 입에서 당장 고함이 터져 나온다. "그만하고 옷 이리 줘!" 책가방에 물건을 엉망진창으로 쑤셔 넣고 준비물을 빠뜨리는 샤오톈에게 엄마는 또 소리를 지른다. "아이고, 책가방 내려놔! 뭐가 이렇게 뒤죽박죽이야!" 아침부터 연달아 꾸중을 들은 샤오톈은 더 이상 스스로 무언가를 하지 않고, 엄마에게 모든 것을 맡겨버린다.

한 신문사 기자가 중학생 자녀를 둔 부모 백여 명을 대상으로 조사를 하였다. 내용은 '자율적인 생활 능력'에 관한 것이었다. 조사 결과, 부모의 100%가 '아이가 어릴 때부터 생활력을 길러야 한다'고 답변하였다. 하지만 부모들과의 면담에서는 이 부모들 중 63% 정도가 일상생활에서 아이에게 생활력을 길러주지 못하고 있다는 결과가 도출되었다.

엄마들은 남자아이가 여자아이들에 비해 꼼꼼하지 못하니까 어쩔 수 없이 엄마가 도와야 한다고 생각한다. 그러나 언제까지나 엄마가 아들의 모든 것을 대신해줄 수는 없다. 또한 '남자아이는 안 된다' 역시 그릇된 인식일 뿐이다. 아이들은 자신의 삶을 스스로 이끌고 나아가는 법을 반드시 터득해야만 한다.

· 남자아이는 '칠칠치 못하다' 는 인식을 버려라 ·

"남자애들은 원래 덤벙대잖아요." 대부분의 엄마들이 이렇게 생각한다. '남자아이들은 말썽을 잘 부리고 쉴 새 없이 움직이고, 옷이나 집이 더러워져도 아무렇지도 않다'고 말이다. 그리고 이런 선입견 때문에 대부분의 실수는 그냥 눈감아주게 마련이다. 그렇지만 어떤 때는 옷을 더럽히거나 집을 어지럽혔다고 버럭 소리를 지르고 엄마의 가사노동을 아이가 전혀 존중하지 않는다고 푸념을 한다.

가만히 생각해 보자. 우리가 처음부터 아이를 오냐오냐 키우지 않고, 스스로 알아서 옷을 깨끗하게 입거나 방을 정리하도록 가르쳤다면 어떻게 되었을까? 아마도 아이는 처음부터 좋은 습관이 들었을 것이다. 그러므로 엄마부터 잘못된 인식을 버려야 한다. 아무리 덤벙대는 남자아이라고 할지라도 자신의 용모를 단정히 하고 생활 및 학습 환경을 청결하게 유지하도록 노력해야 하는 것은 당연하다.

• 아이가 굼뜨다고 노발대발하지 마라 •

남자아이들 대부분이 여자아이에 비해 꼼꼼하지 못하고 섬세함도 부족하다. 게다가 자기 스스로 알아서 하는 것이 처음에는 재미있다고 생각할지 모르나 일단 흥미를 잃으면 지루하다고 느껴 열심히 노력하지 않는다. 또 어떤 남자아이들은 대단히 부주의해서 도저히 어떻게 해 볼 수 없을 정도로 제멋대로 날뛰기도 한다. 엄마들은 아이가 자립적이기를 바라면서도, 어딘지 모르게 서투른 모습을 보면 참을 수 없이 답답하고 화가 나는 것이 인지상정이다.

그러나 이에 욱하거나 노발대발하는 것은 아이의 자존심에 심각한 타격을 준다. 그러면 아이는 잘하려는 의지마저 잃고 아예 꼼짝도 하지 않으려 할 수 있다. 그래서 아이를 대할 때는 최대한 참을성을 발휘해야 한다. 어떤 일을 스스로 하도록 가르칠 때는 적절한 설명과 함께 직접 시범을 보이고, 아이가 실수를 하더라도 용납하고 인정해야 한다. 또한 잘한 부분이 있으면 높이 평가하고 잘못한 부분은 다시 한 번 알려주거나 한 번 더 시도해 보라고 격려하면 좋을 것이다.

• 아이가 스스로 해 볼 기회를 주어라 •

어떤 엄마는 아이의 행동이 무언가 어설프거나 아이가 혼자서 하지 못할 것 같다는 생각이 들면 본인이 안절부절못한다. 그리고 잔소리를 하면서 자기가 그 일을 빼앗아 순식간에 해치운다. 그런데 엄마가 이렇게 모든 것을 대신해버리면 아이는 스스로 해 볼 기회조차 빼앗기는 셈이 된다.

아이가 무엇이든 직접 해 볼 기회를 주어야 한다. 이때는 아예 손을 놓고 아이 스스로 하도록 지켜보자. 침대 정리를 아이와 함께 하게 된다면, 시트 정리와 같은 어려운 일에 먼저 시범을 보이고, 베개는 어떻게 두어야 하는지, 걷어낸 깔개는 어떻게 정리하는지 등 쉬운 일을 아이가 직접 완성하게 해 보자. 이 과정에서는 아이가 잘못한다고 비꼬는 말을 하거나 빈정대지 말고 이래라저래라 명령도 하지 않아야 한다. 엄마가 손을 놓는 것은 아이에게 완전히 자율적으로 결정하고 행동으로 옮길 권리를 주는 것이다. 우리가 할 일은 그저 아이가 정리한 결과물에 관해 칭찬하고 올바른 방향으로 지도하는 것이다.

내 아들을
믿고 이해하라

"남자아이는 거칠다." 우리는 이 말에 본능적으로 공감한다. 또한 남자 아이의 세계는 오로지 노는 것으로 가득하다고 생각한다. 그도 그럴 것이 유년기 아이에게 일상 속 대부분의 일은 놀이의 연장선상에 있다. 그런데 내 아들이 훌륭한 인재로 성장하기를 바라는 부모들에게 놀기 좋아하는 아들은 그다지 믿음직스럽지 못하다. 장난만 치는 개구쟁이가 큰일을 해 낼 리가 만무하다고 생각하는 것이다. 이런 생각을 한 적이 있는가? 가장 가까운 존재인 엄마조차도 아들을 믿지 못한다면, 아이는 어디에서 자신 감을 얻을 수 있을까? 그렇게 자신감이 없어진 아이가 자립적이지 못할 수밖에 없는 건 당연하다. 자, 그렇다면 엄마는 어떻게 해야 내 아들을 굳 게 믿고 깊이 이해할 수 있을까?

• 아들의 능력을 헤아려라 •

어떤 사람을 잘 알지 못하면 마음속에는 반드시 그 사람에 대한 선입견과 의심이 생긴다. 그러므로 우리는 먼저 내 아들의 능력을 잘 파악해야 한다. 아이의 능력과 수준 범위에 관해 잘 가늠하는 것은 아이가 어떤 일을 시도할 때 믿고 지지할 수 있는 근거가 되기 때문이다.

아이를 잘 알기 위해서는 학습 능력, 커뮤니케이션 능력, 실행 능력 등 평소 아들의 각종 능력을 유심히 살펴야 한다. 그리고 취약한 부분을 제때 발견해 아이가 이를 스스로 극복할 수 있을지도 알고 있어야 한다. 우리가 아이에 관해 미리 손바닥 들여다보듯 훤히 알고 있어야 아이가 스스로를 더 잘 파악하고 자신감을 가지는 데 도움을 줄 수 있다.

• 모든 잘못을 아들에게 덮어씌우지 마라 •

엄마들은 집안에서 일어나는 번거로운 일, 예를 들어 화병이 깨지거나 책꽂이가 엉망으로 어지럽혀져 있는 것을 발견하면 이를 틀림없이 말썽쟁이 아들 녀석의 짓으로 간주한다. 또 학교에서 선생님의 전화가 오면 직감적으로 아들이 무슨 사고를 쳤을 것이라 여긴다.

왜 그렇게 단정하는가? 아들이 평소 장난치는 것을 좋아하더라도 엄마는 그 모든 나쁜 일을 아들에게 덮어씌워서는 안 된다. 아들에게는 엄마의 믿음이 절실하다. 만약 아무 잘못도 없는 아들에게 네 잘못이라고 못을 박아버린다면 아이 마음속에서는 엄마를 향한 반항심이 싹틀 것이다. 이후 자포자기한 아이가 더욱 막갈 수도 있다.

무슨 일이 일어났든지 일단 화를 가라앉히고 아이와 대화를 해야 한다. 처음부터 "네가 그랬지?" 등의 직설적인 공격을 피하고 부드러운 말투로 편안하게 이야기하듯 대화를 이끌어가는 것이 좋다. 아이가 자신이 한 일이 아니라고 부인한다면 더 이상 캐묻지 말아야 한다. 또한 자기 잘못을 순순히 인정했을 때는 잘못에 대해 훈계한 후에 스스로 뉘우치는 아이의 마음을 잘 다독여야 한다. 구구절절 잔소리는 금물이다.

· 아들의 선택을 존중하라 ·

아이의 선택이 엄마를 만족시키지 못할 때가 많기 때문에, 엄마 역시 아이가 못할 것이라 생각하는 무언가를 하지 못하도록 말릴 때가 많다. 또한 아이가 완전히 잘못된 선택을 해 놓고 스스로 잘못했다는 사실을 인지조차 못하는 것을 보고 화를 내기도 한다.

그러나 아이는 점점 자라면서 자기 생각을 갖게 된다. 어떤 일에 관해서 스스로의 견해가 서는 것이다. 그렇다면 부모들은 침착하게 대화를 하면서 아이의 생각과 그렇게 생각하는 이유에 관해 자유롭게 표현하도록 해야 한다. 비록 남자아이들이 조금 거칠고 경솔한 면이 있긴 하지만 과감하게 시도해 볼 필요가 있다.

만약 아이의 생각과 선택이 옳다면 우리는 아낌없는 지지를 보내야 한다. 혹시 내 마음에 들지 않는 방향이라고 해도 아이를 존중하고 일단 도전을 허락하자. 아이의 선택이 옳지 않더라도 우선은 아이의 의견을 존중해야 한다. 아이 생각에 옳고 그름을 따지기보다는 간단명료하게 어떤 점이 옳고 그른지에 관해 설명하고, 엄마의 의견을 참고로 제시하는 것이 좋다.

남자아이의 언어 발달은 비교적 느린 편이다. 게다가 남자아이들은 어떤 말을 하고 싶어 하지 않거나 아예 아무 말도 하고 싶어 하지 않는 경우도 많다. 이런 아이의 '침묵'에 엄마들은 '나에게 반항하고 있다'고 생각할 수 있다. 혹은 아이의 이런 비정상적인 태도가 엄마를 일부러 신경 쓰게 만들기 위함이라고 생각하기도 한다.

그러나 실제로 남자아이가 말로써 감정을 표현하는 일은 드물다. 대신 어떤 행위라든가 표정으로 감정을 노출한다. 우리가 이 부분을 간과하고 추측에 근거해 무모한 결론을 내린다면, 이는 아들의 마음을 다치게 할 가능성이 높다. 그러면 아이는 독립적이기는커녕 오히려 더 괴팍하고 반항적인 아이로 변할 수 있다.

그래서 우리는 평소 아들의 감정 변화에 더욱 민감해져야 한다. 아들이 조용하고 우울해 보이더라도 조급하게 다그치지 말고 혼자 응어리를 풀 시간을 주는 것이 좋다. 그리고 난 후 시시콜콜한 이야기부터 시작해 조금씩 가까이 다가가 힘든 심정이나 답답함을 풀어내도록 리드하자. 아들의 마음을 이해하려는 엄마의 노력은 아이에게 편안함을 느끼게 한다. 그리고 닫혀 있던 마음의 문을 여는 좋은 기회를 만들어 줄 것이다.

41

100 POINT of EDUCATION

자기 생각을 당당히
밝히게 하라

남자아이는 생리학적으로 말이 많지 않다. 하지만 이것이 남자아이에게 아무런 생각이 없다는 뜻은 아니다. 자기주장이 없다는 뜻은 더더욱 아니다. 사실 아이는 생각보다 훨씬 더 자신의 의견을 우리에게 표현하고 싶어 한다. 그러므로 우리는 그저 아들이 하는 말을 존중하고 더 잘할 수 있게 격려하면 된다.

· 아이가 직접 사고하게 하라 ·

우리는 아이가 온통 노는 것만 생각하고, 장난치고 말썽피우는 데만 도가 텄다고 생각한다. 그렇지만 의외로 남자아이들은 논리적인 사고에 아주 능하다. 분석, 판단, 추리 등을 통해서 문제에 논리적으로 접근할 수 있고 더 깊이 파고들 수도 있다. 그러므로 우리는 아이가 어떤 문제에 관해 깊이 사고하도록 격려를 아끼지 않아야 한다.

물론 아이의 사고는 유의미한 것이어야 한다. 그래서 우리가 필요할 때마다 무엇을 자세하게 생각하고 견해를 밝혀야 하는지 코칭해주는 것이 좋다. 예를 들어 취미반을 골라야 할 때는 평소 관심사나 자신의 성격을 충분히 고려해야 한다는 사실을 짚어주는 것이다. 이는 우리가 아이를 대신해 결정하는 것을 막아주는 역할도 한다.

• 생각 속 견해를 밖으로 끌어내라 •

남자아이는 언어 구사력이 느리게 발달하는 데다, 엄마가 습관적으로 아이의 의사 표현을 '대신'하기 때문에 자기 견해를 밝히면서도 자꾸 남의 눈치를 보게 된다. 특히 엄마의 어떤 '암시적인 행동'은 아이가 처음에 품은 생각을 손바닥 뒤집듯 바꾸게 만든다. 이렇게 자란 아이는 맹목적이고, 자기 주관 없는 아이가 된다. 또한 독립적인 사유에도 부정적인 영향을 받을 수밖에 없다. 그렇기 때문에 우리는 아이가 정확하게 자신의 생각을 내보이고 자유롭게 의사 표현을 하게 해야 한다. 평소 서로 부담 없이 의견을 주고받는 민주적이고 온화한 분위기를 조성하는 것이다.

어느 주말, 엄마는 빙빙(氷氷)을 데리고 서예전을 보러 갔다. 빙빙은 전시장 이곳저곳을 누비고 다니며 작품을 감상했다. 어떤 작품에는 아주 큰 관심을 보였지만, 어떤 작품은 눈길도 주지 않고 그냥 지나쳤다.
전시를 다 보고 나서 엄마가 물었다. "어때? 좋았어?" 빙빙이 머리를 긁적이며 대답했다. "어떤 건 좋았는데, 어떤 건 잘 모르겠어요." 엄마가 고개를 끄덕이더니 또 물었다. "네 생각에는 어떤 게 좋았는데?" 빙빙이 잠시 생각하더니 대답했다. "반듯반듯하게 쓴 글자들이 엄청 멋있었어요! 나도 그렇게 쓸 수 있으면 좋을 텐데." 그러자 엄마가 계속해서 빙빙에게 물었다. "그럼 다른 글자들은 왜 별로였어?" "다른 글자들은 너무 복잡해서 뭐라고 썼는지 잘 모르겠어요. 그래서 별로였지만, 뭐라고 썼는지 궁금해요. 나중에도 또 보러 와요. 서예는 참 재밌는 거 같아." 엄마가 활짝 웃었다. "그러자! 다음에도 또 같이 오자."

현명한 빙빙의 엄마는 서예전을 함께 관람함으로써 빙빙이 서예에 관해서 어떻게 생각하는지 이야기하게 만들었다. 간단하고 평범한 대화였지만, 빙빙의 속마음을 잘 알 수 있는 기회였다.

· 아이의 생각에 올바른 태도로 임하라 ·

아이가 자기 생각을 갖는다고 해도 여전히 어린아이의 수준에 머물러 있다. 그래서 어떤 생각은 바르고 정확한 반면, 어떤 생각은 어른이 보기에 유치하고 억지스럽거나 그릇될 수 있다.

하지만 엄마들은 단순히 어른의 시각에서 생각의 옳고 그름을 판단할 것이 아니라, 아이가 그런 생각을 하게 된 원인을 분석할 수 있도록 최선을 다해 귀를 기울여야 한다. 이는 우리가 아이의 생각을 더욱 깊이 이해하는데 도움이 된다. 아이의 생각이 유치하다고 해서 비웃거나 어른의 입장에서 '된다, 안 된다'를 섣불리 판단하지 말자. 잘못 이해하고 있는 부분에 관해서도 함부로 나무라지 말자. 특히 아이의 생각을 탓하며 혼내는 일만은 절대로 피해야 한다. 부모의 질타를 받은 아이는 두 번 다시 자신의 생각을 겉으로 표현하지 않을 것이기 때문이다.

42

100 POINT of EDUCATION

비바람의 쓴맛을
알게 하라

'요새 애들은 견딜 줄을 모른다'는 생각을 해본 적이 있을 것이다. 무슨 일이 생기면 가장 먼저 하는 일이 바로 부모를 찾는 것이고, 억울한 일이 닥치면 어찌할 바를 몰라 당황하기만 한다. 이런 아들을 보는 부모의 마음이 편할 리가 없다. 그래서 아이를 도와주면서도 한편으로는 '못난 녀석'이라고 나무라게 된다. 겉보기에는 아이를 나무랐으니 아이가 잘 알아들었을 것 같다. 그러나 실상은 다르다. 한 번 부모의 도움을 받은 아이는 고생을 거부하고 무슨 일이든 견뎌내지 못한다. 게다가 부모의 힐책 때문에 열등감에 시달리면서, 어떤 비바람에도 맞설 수 없는 존재가 되고 만다.

이런 상황은 우리 엄마들부터 깨닫고 바꾸어야 한다. 어릴 때부터 어려움을 견디고 강인한 의지를 품도록 단련시켜야 한다. 앞으로 아이의 인생에는 비바람이 끊이지 않을 것이다. 그 비바람이 닥쳐오기 전에 우리는 모든 준비를 마쳐야 한다.

좌절을 겪는 것은 누구에게나 유쾌하지 못한 일이다. 아직 어린 우리 아들에게는 이런 불쾌한 일이 더욱 큰 타격이 될 수 있다. 그래서 아들이 의기소침해질 때엔 우리는 안타까운 마음에 당장 달려가 아이를 위로하고 대신해서 해결 방법을 찾는다.

힘들 때 건네는 부모의 위로는 아이가 좌절에도 쓰러지지 않게 하는 원동력이 된다. 그렇지만 힘든 일이 있을 때마다 부모가 곁에 함께 하거나, 도움을 주어버리면 아이의 '부모 의존도'는 오히려 더 강해질 뿐이다. 이런 아이는 훗날 혼자서 좌절에 직면했을 때, 어찌할 줄을 몰라 그대로 주저앉을 수밖에 없다.

그러므로 우리는 아이에게 냉정해져야 한다. 고생과 좌절에 어떻게 대응하는지를 똑똑히 가르치고 혼자 맞서게 해야 한다. 평소에 무슨 일이 생겼을 때, 먼저 아이에게 생각할 시간을 주는 연습을 하자. 아무 간섭 없이 혼자서 곰곰이 생각하게 두는 것이다. 만약 아이가 엄마에게 도움을 청하더라도 너무 상세하게 모든 해결책을 알려주지 말자. 간단한 요령만 귀띔을 해서 아이의 생각이 트일 수 있게만 도와주고, 남은 일은 스스로 해결 방법을 찾게 가르치는 것이 좋다.

· 모든 것을 완벽하게 해주지 마라 ·

엄마들은 언제나 내 아들에게 필요한 것을 완벽하게 해주고 싶어 한다. 학습이든 생활이든 아이가 전혀 걱정할 필요가 없게 해주고 싶은 것이다. 하지만 이는 모든 것이 풍족한 삶을 누리는 아이가 스스로 아무것도 하지 못하게 되는 부작용을 낳는다.

자신이 원하는 것은 스스로 '쟁취'하도록 가르쳐야 한다. 깨끗한 생활 환경을 원한다면 본인 스스로 방이나 책상 정리를 하게 하는 것이다. 아이가 이렇게 혼자 하는 습관을 들이면 엄마들은 처음부터 아이에게 완벽하게 해주어야 한다는 부담에서 벗어날 수가 있다. 그리고 아이는 무언가가 부족한 상황에 대처하는 법을 익히게 된다. 그렇다면 훗날 어떤 문제가 생기게 되더라도 스스로 무엇을 해야 할지 알고 방법을 찾게 될 것이다.

•이겨낼 수 있는 고생을 겪게 하라•

어떤 시련도 겪어 보지 않은 사람은 어려움을 한 번만 겪어도 쉽게 좌절한다. 또한, 갖가지 풍파를 겪은 사람이라도 시간이 오래 흐르면 계속되는 시련의 공격을 감당하지 못하고 희망을 잃게 된다. 그러므로 일부러 아이에게 어려움을 알게 하려는 의도가 있더라도 이겨낼 수 있는 만큼으로 그 수위를 잘 조절해야 한다. 어쨌든 우리의 목표는 아이가 혼자서 꿋꿋이 일어설 수 있게 하는 것이기 때문이다.

먼저 아이가 어느 부분에서 취약한지를 잘 따져 보고, 아이의 성격에 가장 적절한 방식으로 단련을 해야 한다. 아이가 어려움을 잘 극복해냈다면 적절한 칭찬과 보상을 제때 해주어야 한다.

43

100 POINT of EDUCATION

아들에게 강한 적응력을
길러주어라

사람은 태어나면서부터 각종 주변 환경에 익숙해져야 한다. 태어났을 때는 가장 기본적인 감각에 의지해 낯선 환경에 적응하고, 조금 자라면 가정환경에 적응한다. 그 이후에는 새로운 학교생활이, 성년이 되면 새로운 업무의 환경이 우리를 기다린다.

아이가 성인이 되고 접하는 사회의 여러 환경은 한 사람을 위해서 짜인 것이 아니다. 그래서 사회로 나가는 이때야말로 인간으로서 적응력을 제대로 시험받는 시기이다. 이때 적응력이 떨어지면 주변 환경에 쉽게 융화되지 못해 심리적으로 더욱 위축되고 생활의 질은 점점 더 떨어지게 된다. 좋은 직장이나 쾌적한 학습 환경은 꿈도 꾸지 못하게 된다. 심지어 사회에 적응하지 못해 인간으로서의 책임을 저버리기도 한다.

· 아이를 새로운 환경에 노출시켜라 ·

낯선 환경에서 사람은 어색함을 느낀다. 심지어 공포심을 느끼는 사람도 있다. 아이는 말할 것도 없고 성인조차도 자기가 잘 모르는 곳에서는 무엇을 어떻게 해야 할지 몰라 당황한다. 그래서 아이에게 적응력을 길러주기 위해서는, 재미있는 놀이나 호기심을 이용해 낯선 환경을 자주 접하게 해주어야 한다. 예를 들어 아이를 데리고 자주 놀이터나 공원을 찾아 뛰어 놀게 하고 처음 만나는 친구와 어울리게 하는 것이다. 어떤 문제가 생겼을 때는 스스로 상대방과 대화를 통해 해결하도록 하고, 아이를 데리고 나들이를 가거나 친척집을 방문하며 다양한 친구를 사귀게 해주는 것도 적응력을 키우는 좋은 방법이다.

· 아이와 적당히 거리를 두어라 ·

사람들이 낯선 곳에 가게 되면 본능적으로 자기와 익숙한 사람이나 사물을 찾게 된다. 안정감을 주기 때문이다. 아이들은 아직 어리므로 새로운 환경에 처했을 때, 부모를 향한 의존성이 더욱더 강하게 나타난다. 이때 우리는 아이와 일부러 적당한 거리를 두어 아이를 관찰하고, 도움이 꼭 필요할 때만 잠깐씩 개입해야 한다. 너무 멀리 떨어지는 것은 당연히 금물이다. 오히려 외로움과 불안감을 조성하기 때문이다. 이렇게 한 단계씩 차근차근 발전하는 것을 목표로 삼고 아이가 스스로에게 의지하고 천천히 독립해 나갈 수 있도록 꾸준히 지켜보자.

이 과정 역시 적응력을 키우는 과정이다. 아이가 처음에는 당황하거나 울며 떼를 쓸 수도 있지만, 엄마는 조급해 하지 말고 약해지지도 말아야 한다. 반복되는 일련의 훈련을 통해서라면 아이는 혼자서도 적응해 나갈 힘을 얼마든지 기를 수 있다.

• 아이 스스로 나쁜 감정을 다스리게 하라 •

새로운 환경에 적응할 수 있을지 없을지는 심리적인 요인에 달려있을 때가 많다. 심리적인 적응력은 그 사람이 직면한 낯선 환경에 대한 생각과 감정을 반영한다. 만약 심리적으로 잘 적응할 수 있다면 자신의 행위 또한 이성적으로 컨트롤할 수 있다는 뜻이므로 다른 사람과 잘 어울리지 못하거나 어긋나는 행동을 하지 않게 될 것이다.

남자아이의 사고는 단순하고 직접적이다. 자신이 좋아하는 환경에는 대단히 빠르게 흡수된다. 반면, 좋아하지 않는 환경은 본능적으로 피한다. 이때 아이의 감정에 갑작스런 변화가 일어나 어떤 아이는 울고, 어떤 아이는 짜증을 내고, 어떤 아이는 파괴적인 모습을 보이기도 한다.

이때 엄마가 아이를 야단쳐서는 안 된다. 평소보다 더 큰 인내심을 발휘하여 아이 스스로 안정을 되찾을 수 있게 도와야 한다. 아이가 좋아하지 않는 곳이라도 자주 데려가 인내심을 키우고, 불편한 감정을 차분하게 가라앉히는 방법을 찾게 해야 한다. 좋아하는 책을 보게 하든 다른 사람과 대화를 하게 하든, 자기가 좋아하는 것을 자유롭게 찾아보게 하는 방법을 사용할 수 있다.

아이가 부정적인 표현으로 문제를 기피하게 두지 말고 논리적인 사유 능력을 충분히 발휘해 상황을 분석하고 사고함으로써 어떠한 환경에서든 적응할 수 있는 방법을 찾게 돕는 것이 중요하다.

타인과 교류, 협력하는
힘을 키워주어라

영국 작가 새뮤얼 버틀러(Samuel Butler)는 이렇게 말했다. "한 사람의 힘이 얼마나 되든지, 다 함께 힘을 합친다면 혼자 하는 것보다는 큰 힘을 발휘할 수 있다." 실제로 여러 사람이 힘을 합치는 것은 문제를 더욱 빠르고 원만하게 해결하는 데 도움을 준다. 협력이 사람들을 더 큰 성공으로 이끄는 것이다. 그런데 요즘 아이들 중에는 외동아이가 많다. 이들은 평소 부모의 과한 애정을 독차지하는 것에 익숙해져, 혼자만 잘났다고 생각하고 과시하기를 좋아한다. 유치원에서 혼자 쌓기 블록을 독점하거나 혼자만의 공간을 만들어 다른 사람을 소외시키는 것이 그 예이다. 입학할 나이가 되면 무엇이든 차지하려는 심리가 더욱 강해진다. 뭐든 자기만 좋으면 그만이기에 다른 사람의 감정은 안중에도 없다. 게다가 점차 자기 주관이 생기기 시작하면, 다른 사람보다 우위에 서는 것에 더욱 집착하게 된다. 이기적인 마음이 우리 아이를 나눌 줄 모르는 욕심쟁이로 만드는 것이다.

세상의 수많은 문제를 한 사람의 힘만으로 해결하기에는 역부족이다. 개인의 역량에는 한계가 있고, 혼자서는 문제에 접근하는 관점도 단순하다 보니 몰라서 놓치거나 알아도 해낼 수 없는 부분이 많다. 그러나 다른 사람과 협력한다면 훨씬 더 좋은 결과를 얻고 훨씬 더 수월하게 일을 해결할 수 있다. 우리는 내 아들이 장차 많은 일을 하고 또 큰일을 해내길 바란다. 그 바람이 이루어지기 위해서는 아이가 자신의 실력을 충실하게 갈고 닦는 것 외에도 다른 사람과 협력하는 능력까지 겸비해야 한다.

·그룹 활동에 자주 참여시켜라·

그룹 활동은 아이의 협동심을 키울 수 있는 가장 좋은 방법이다. 아이가 그룹 활동에 많이 참여하고 또래 친구들과 자주 어울리도록 권해야 한다.

일단 학급 활동에 빠지지 않고 참여해 급우들과 친밀한 관계를 쌓도록 유도하자. 만약 아이가 친해지고 싶어 하는 친구가 있으면 함께 그룹으로 묶어서 장난감 프라모델을 조립하는 등 좋아하는 일을 할 수 있게 해주는 것도 좋다. 이런 활동은 비교적 자유롭게 조직되기 때문에 정해진 규칙이 없다. 그래서 서로 협력하지 않으면 모두가 불편해진다는 생각을 자연스럽게 심어줄 수 있다. 또한, 다양한 커뮤니티 활동에 아이를 참여시켜 다양한 연령대의 사람들과 접촉하며 협동심을 길러주는 것도 좋은 방법이다.

·나눔을 알게 하라·

협동의 기본 조건은 '나눔'이다. 자신의 재능이나 지식은 완전한 것이 아니며, 가지지 못한 부분을 다른 사람이 나누어줄 수 있다. 또, 혼자서는 성공적으로 완수하기 힘든 임무를 다른 사람과 협력함으로써 원만하게 이루기도 한다. 현대 사회가 지향하는 덕목은 상호 협력, 다시 말해 '윈-윈(Win-Win)'이다. 혼자의 성공만을 맹목적으로 좇다가는 언젠가 고립되고 도태될 것이다. 우리는 아이에게 이런 내용을 정확하게 주지시켜야 한다.

· 협동의 즐거움을 알게 하라 ·

우리가 협동과 협력의 장점을 아무리 강조한들, 아이는 공감하기가 어렵다. 그러므로 아이가 직접 협동의 즐거움을 느끼게 해야 한다. 예를 들어, 가족들이 모두 모여 대청소를 한다거나, 동네 친구들과 모여 골목을 청소하는 등 작은 임무를 주고 기념사진을 찍거나 간식 파티를 열어주는 것도 좋다.

이런 협동을 통해서 아이는 혼자 노력하고 성공을 얻는 것과는 다른 즐거움과 희열을 느낄 수 있으며, 다른 사람과의 공동 작업에 더 큰 흥미를 갖게 된다. 거기에 다른 사람과 조화롭게 어울릴 수 있는 요령을 조금만 가르친다면 아이는 보다 능숙하게 사람들과 교류, 협력하게 될 것이다.

45

적극적으로 위기를
헤쳐 나가게 하라

학교의 만들기 대회에 참가하기로 한 치루이(齊瑞)는 직접 모은 아이스크림 막대로 멋진 배 모형을 만들기로 했다. 그런데 막상 만들다 보니 생각처럼 쉽지 않았다. 배의 선체를 쌓은 후 뱃머리를 어떻게 해야 할지 아무리 생각해도 방법이 떠오르지 않았다. 숙제를 하면서도 자꾸 그 생각이 떠올라 좀처럼 집중할 수가 없었다.

엄마는 치루이가 며칠 동안 쓸데없는 데 정신이 팔려 있는 모습을 보았다. 그런데 오늘도 치루이가 숙제를 하면서 또 다른 생각에 잠겨있는 것을 보고 버럭 소리를 지르고 말았다. "뭐 하고 있니? 숙제를 할 거면 하고 아니면 말든지, 공부도 안 하면서 무슨 만들기를 한다고…… 시간만 낭비하고 말이야!" 엄마의 말에 기분이 언짢아진 치루이는 미간을 잔뜩 찌푸린 채, 숙제를 하는 둥 마는 둥 했다. 만들기도 더 이상 하고 싶지 않아졌고, 짜증만 치밀어 올랐다.

어려움에 맞서 적극적으로 싸우는 것도 독립심을 표출하는 중요한 방법이다. 그러나 아이는 아직 '멀티 플레이'를 배우지 못한 탓에, 어떤 어려움을 만났을 때 다른 일까지 혼란을 겪게 되고 결국 아무것도 이루어 내지 못하기도 한다.

그렇지만 치루이 엄마와 같은 대응책은 잘못이다. 아이에게 충고를 하는 것처럼 보이지만, 이는 사실상 아이의 자신감을 공격하는 것과 다름없다. 대신에 이런 말을 해주는 것은 어떨까. "만들기에 문제가 생긴 건 엄마도 알고 있어. 그렇지만 지금은 먼저 숙제하는 데 집중해야지. 그러고서 엄마랑 같이 고민해 보자. 아니면 아빠하고 같이 생각해 보거나." 그러면 걱정을 던 아들의 마음이 더 이상 콩밭에 가 있지 않을 것이다.

엄마가 소리를 지르는 것으로는 아무 문제도 해결할 수 없다. 아이가 스스로 문제에 맞서 싸우게 하는 것만이 진정으로 아이를 돕는 길이라는 점을 꼭 유념하자.

· 침착하고 의연하게 ·

사람들은 어려움과 마주할 때 놀라고 당황한다. 심지어 어떤 사람은 의지를 완전히 상실하고 좌절하기도 한다. 반면에 어떤 사람은 아주 침착하게 원인을 분석하고 돌파구를 찾아 나선다. 전자는 당연히 고난 앞에 무릎 꿇는 패배자가 될 것이고 후자는 고난을 딛고 서는 승리자가 될 것이다.

우리는 아이가 어려움 앞에 침착하고 의연하기를 가르쳐야 한다. 그러기 위해서는 일단 우리부터 의연함과 평온한 마음가짐을 잃지 않아야 한다. 힘든 일이 있다고 하루 종일 한숨만 푹푹 쉬며 얼굴을 찡그리고 있지 말고 적극적이고 낙관적인 태도로 임하자. 부모의 부정적인 감정은 아이

에게도 영향을 미친다. 간혹, 어떤 일에 좌절한 아이가 부끄럽고 의기소
침해질 수도 있다. 그럴 때는 아이가 어려움을 직시하게 하고, 이에 맞서
싸우는 것 또한 용감한 일이라는 것을 알려주자. 또한 아이가 비관적인
마음을 털어내게 해야 한다. 사람은 어떤 고비가 닥쳐도 넘어설 수 있으
며, 자신감과 노력만 있다면 언젠가는 꼭 승리하고 성공을 거둘 수 있다
는 희망을 심어주자.

· 어려움을 극복할 돌파구를 찾게 하라 ·

이유 없이 닥치는 고난은 없다. 일이 발생한 원인을 찾을 수 있다면 해
결의 돌파구 또한 반드시 찾을 수 있다. 그러므로 아이에게 무슨 문제가
생기면 먼저 자신에게서 그 원인을 찾게 해 보자. 무엇을 잘못했는지, 혹
시 잘 몰랐던 것은 아닌지, 또는 문제를 잘 마무리하지 못한 것은 아닌지
스스로의 행동을 점검하는 것이다. 그 후 다시 일어난 일의 과정이나 누
락된 사항에 관해 돌아보게 한다. 그런데도 문제를 발견하지 못한다면 아
이가 혹시 잘못 이해하고 있는 부분이 없는지 한 번 짚어보자. 만약 지식
이 부족한 것이 문제라면 도움이 되는 책이나 자료를 제공하는 것도 좋
다. 그밖에, 어려움을 돌파하기 위해서는 시야를 넓혀 다양한 각도에서
문제를 바라보며 사건을 폭넓게 파악해야 한다는 점을 알려주는 것도 도
움이 될 것이다.

· 도움을 청하게 하라 ·

외골수처럼 파고들기만 한다면 영원히 해결 방법을 찾을 수 없을지도

모르지만, 다른 사람에게 도움을 청한다면 의외로 일이 쉽게 풀릴 수 있다.

다른 사람에게 도움을 청하기 전에 우리 아이가 꼭 기억해야 할 것이 있다. 첫째, 어려움에 처한 즉시 도움을 청해서는 안 된다. 먼저 스스로 해결하기 위해 노력하고, 도저히 방법을 찾을 수 없다면 그때 도움을 청해도 늦지 않다. 둘째, 자신이 처한 어려움이 무엇인지를 스스로 상세하게 분석하고 이해해야 한다. 그저 두루뭉술하게 "못 하겠어요."라고 해버리면 다른 사람도 바른 해결책을 제시하지 못한다. 셋째, 다른 사람이 완벽하게 해결해주기를 바라서는 안 된다. 아이디어나 힌트를 얻은 다음, 중요한 일은 스스로 나서서 해결해야 진짜 경험을 쌓을 수가 있는 것이다.

그리고 우리는 아이에게 이 두 가지도 잘 가르쳐야 한다. 도움을 청할 때는 정중하고 진실하며 겸손한 태도여야 한다는 점, 그리고 학교나 집 등 익숙한 환경이 아닌 곳에서 낯선 사람에게 도움을 청할 때는 반드시 안전에 주의해야 한다는 점이다.

46

늑장 부리는
습관을 바꾸어라

신신(ヰヰ)의 엄마는 최근 걱정거리가 생겼다. 올해 입학한 신신이 매사에 꾸물거리고 늑장을 부리는 것이다. 아침에 일어날 때도 이불에서 뭉그적거리고 옷을 입을 때도 윗도리 하나를 찾는데 오 분을 낭비했다. 밥 먹는 동안에도 여기저기 한눈을 팔기 일쑤였고, 글자 몇 개 써가는 학교 숙제도 세월아 네월아 하는 바람에 저녁 내내 끝을 내지 못했다. 외출을 할 때는 엄마가 서너 번은 재촉을 해야 겨우 밖으로 나설 수 있었다.

엄마는 그때마다 다급하게 신신을 재촉했고, 어떤 때는 화를 누르지 못해 소리를 질러야만 했다. 그런데 엄마에게 욕을 먹으면서도 신신의 행동은 좀처럼 나아질 기미가 보이지 않는다. 엄마는 너무나 걱정이다. 학교 숙제는 갈수록 많아지고 해야 할 것도 늘어날 텐데 어떻게 다 감당할 수 있을까 염려가 되기 때문이다.

신신의 엄마와 같은 초조함을 똑같이 느껴본 적이 있을 것이다. 남자아이는 활동적이고 동작이 민첩하다고 생각하겠지만, 사실 많은 아이들이 신신처럼 늑장을 부리는 데 선수이다. 그래서 결국 엄마들이 좋은 해결 방법을 찾아 아이를 적극적으로 움직이게 하는 수밖에 없다.

∙늑장의 결과를 알게 하라∙

초등학교 3학년인 더우더우(豆豆)는 숙제를 할 때마다 반은 놀다시피 하는 바람에 시간이 엄청 오래 걸린다. 처음에는 엄마도 더우더우를 가볍게 다그치고 말았지만, 이제 더 이상은 안 된다고 마음먹었다. 그래서 더우더우가 저녁 내내 노는 데 푹 빠져있던 날, 엄마는 숙제를 다 하지 않고 잠이 든 더우더우를 그냥 내버려두었다. 다음날, 숙제를 끝내지 못한 더우더우는 선생님께 벌을 받았다. 그리고 그날 이후, 다시는 숙제를 미루지 않았다.

늑장을 부리면 어떤 결과가 생기는지를 아이가 알게 하자. 자신이 한 행동의 영향을 가감 없이 그대로 보여주는 것이다. 한 번 호되게 겪어 보면, 아이는 자기 행동을 바꾸려고 노력할 것이다. 하지만 이를 겪어보지 못한 아이는 엄마에게 잠깐 잔소리를 들을 뿐, 늑장쯤은 대수롭지 않다고 생각한다. 그리고 이런 생각을 시작하면 일을 미루는 행동은 더욱 심해진다.

∙꾸준한 소통으로 아이의 요구 사항을 이해하라∙

특정 원인으로 인해 꾸물거리는 행동을 하는 아이들도 있다. 자신에게 소홀한 부모의 주의를 끄는 것이 그중 하나이다. 예를 들어, 어떤 일을 이야기하고 싶은데 엄마가 자기 말에 귀를 기울이지 않는다면 일부러 뜸을 들여서 관심을 유도하는 것이다. 또, 곤경에 처한 자신의 상황을 스스로 이야기하기가 힘들어서 도움을 얻으려 일부러 주저하는 경우도 있다.

그러므로 우리는 평소 아이와 원활하게 소통하고 늑장 행동을 하는 이유를 알아야만 한다. 무언가 결핍된 것이 원인이라면 부모가 먼저 자신을 변화시켜 아이의 심리적 요구를 만족시키고, 그 이후에 아이의 상황에 맞는 처방으로 문제를 해결해야 한다.

• 시간관념을 갖게 하라 •

아이가 시간관념이 강하지 않다면, 이 또한 늑장을 부리는 원인이 된다. 장난감을 가지고 놀다가 식사 시간이 되어도 식탁에 앉지 않고 계속해서 딴청을 피우는 경우가 그러하다. 이런 아이는 장난감을 갖고 놀기 전에 시간관념을 확실히 강조해야 한다. "이십 분만 갖고 노는 거야." 혹은 "엄마가 밥 먹으라고 하면 바로 장난감을 손에서 놓아야 한다.", "밥 먹을 시간인데도 안 오면 엄마 아빠는 안 부를 거야. 나중에 밥 못 먹었다고 원망하면 안 돼." 등이다.

그리고 규칙은 정하면 꼭 지켜야 한다. 마음이 약해진다고 규칙을 어기지 말고 말한 그대로 지키도록 노력하자. 이런 방법을 지속적으로 사용한다면 아이가 시간을 엄수하는 습관에 차차 익숙해질 것이다.

47

100 POINT of EDUCATION

엄마가 강하다고 믿으면
아이는 강해진다

한 엄마의 이야기이다.

퇴근 후 버스를 타고 귀가하던 중이었어요. 한 아이엄마가 다섯 살쯤 된 아들을 데리고 버스에 탔습니다. 어떤 사람이 바로 일어나 아이에게 자리를 양보했지요. 그런데 아이엄마는 황급히 손을 내저으며 말했습니다. "그냥 앉아계세요. 벌써 다섯 살인데요, 혼자서도 잘 서 있어요." 아이는 엄마가 하는 말을 듣고 힘차게 고개를 끄덕였어요. 그리고 자그마한 손으로 버스의 손잡이를 꼭 붙들고 꿋꿋이 서 있었답니다.

그때 저는 갑자기 부끄러운 생각이 들었어요. 저는 초등학교 1학년인 아이를 데리고 버스를 탈 때, 아이가 사람들 틈에서 넘어지지나 않을까 걱정이 되어서 빈자리가 없는지 확인하곤 하거든요. 오늘에서야 저는 깨달았습니다. 내 아이가 강하다는 생각을 나부터 가져야 아이가 진짜 강하고 용감한 사람이 될 수 있다는 것을요.

아이는 자신이 용감한 사람이 되기를 바란다. 특히 남자아이들은 마음속에 영웅 심리가 자리 잡고 있어서, 자기도 영웅이 될 수 있기를 학수고대한다. 그런데 만약 우리가 그 바람대로 아이를 영웅으로 여긴다면, 아이의 행동 또한 영웅처럼 의젓하고 믿음직해지지 않을까?

어리고 약한 아이들을 영웅 대접하는 것은 허영심만 조장하는 게 아닌지, 제대로 하는 것도 없는데 영웅이라고 치켜세우는 것이 거짓말과 무엇이 다른지 의문을 가지는 엄마도 있을 것이다. 하지만 꼭 그렇다고는 볼수 없다. 이 방법을 통해 우리는 아이에게 희망을 불어넣고 자신의 노력으로 진정으로 강해질 수 있다는 믿음을 선사할 수 있을 것이다.

· 아이 스스로 해낼 수 있다고 믿어라 ·

강한 사람이 되기 위해서는 먼저 자기 일부터 스스로 잘해야 한다. 그리고 엄마들은 내 아이가 그럴 수 있으리라고 믿어 의심치 않아야 한다. 예를 들어 아이가 혼자 방을 정리할 때, 의심의 눈초리를 보낼 것이 아니라 아이의 행동을 긍정적으로 바라보아야 한다. 어떤 엄마들은 공부가 싫어 딴짓을 하는 게 아닌지 오해하지만, 사실 이는 공부와는 무관하다. 단순히 자기 주변을 정리하려는 의지의 발현일 뿐이다.

또, 아이가 엄마의 일을 돕고 싶어 할 때도 일부러 약한 척하는 방법을 사용해 보자. "그럼 너무 고맙지, 안 그래도 엄마 혼자 하려니 너무 많았어."와 같은 말로 아이의 보호 심리를 자극한다면 아이는 아마 의욕이 활활 불타오를 것이다. 엄마의 믿음에 일의 결과도 훨씬 좋아질 것이 분명하다.

· 도전할 수 있는 임무를 주어라 ·

여기서 말하는 도전이란 아이가 해내지 못할 임무에 무턱대고 덤비는
것이 아니다. 아이의 진정한 실력과 능력을 파악하고, 아이 스스로 해낼
수 있으면서 실력도 향상시킬 수 있는 임무를 준비하는 것이 좋다.

예컨대, 혼자서 슈퍼 심부름을 해본 적이 없는 아이에게 돈과 필요한
물품 목록을 주고 사오게 하는 것은 어떨까? 그 과정에서 아이는 혼자 임
무를 완수하는 용기, 돈을 사용하는 요령, 타인과 소통하는 능력 등을 단
련할 수 있다. 아이가 심부름을 잘 끝냈다면 엄마는 그 즉시 아이를 칭찬
해야 한다. 혹시 심부름을 제대로 하지 못했더라도 아이가 위축될 만한
말은 피해야 한다. 이런 말은 아이의 자신감을 더욱 하락시킨다. 한 번에
안 된다면 다시 시도해서 배우게 하면 된다. 혹은 임무의 난도를 낮추어
다시 시도하게 할 수도 있다. 아이가 끊임없이 자기 자신을 이겨내고 도
전하는데 가장 훌륭한 동력은 바로 엄마의 믿음이라는 것을 명심하자.

48

용감함과
무모함은 다르다

엄마는 아들이 진정으로 용감한 사람이 되기를 바란다. 그런데 아이들은 간혹 이 용감함에 대해서 너무 단순하게 생각한다. 무슨 일이든 덤비기만 하면 용감하다고 오해하는 것이다. 이런 일차원적인 생각은 아이의 용감한 행위를 변질시킨다.

샤오둥(小東)은 아파트 단지 안에서 친구들과 인라인스케이트 타는 것을 즐겼다. 요즘 단지 내에서 도로 공사가 있는 것을 안 엄마는 샤오둥에게 공사하는 곳 근처에는 가지 말라고 주의를 주었다.
그런데 어느 날, 샤오둥의 친구가 제안을 했다. 공사장에 깔린 자갈 사이사이로 스케이트를 타고 지나가보자는 것이었다. 겁쟁이 취급을 받기 싫었던 샤오둥은 엄마의 당부를 뒤로하고 친구들과 함께 공사장으로 갔다. 아니나 다를까 공사장에 들어서자마자 돌에 걸려 넘어져버렸고, 이마에는 바닥에 부딪혀 상처까지 생겼다. 샤오둥이 다친 것을 본 친구들은 놀라서 이리저리 흩어졌다. 샤오둥은 손으로 이마를 붙잡고 집으로 돌아갔다. 엄마는 화가 나기도 하고 마음이 아프기도 하여 샤오둥에게 연거푸 말했다. "이건 무모한 거지, 용감한 게 아니야! 이제 알겠니?"

샤오둥의 행동은 친구들 앞에서 망신당하지 않기 위해서였을 뿐, 용감한 것과는 완전히 별개였다. 우리 아이들에게 용감함은 무모함과는 다르며 맹목적으로 덤벼들다가 상처를 입는 것은 자기 자신 뿐이라는 사실을 잘 알려주자.

· 무모함과 용감함을 구분하게 하라 ·

모험이란 위험을 무릅쓰고 어떤 일을 계속해 나가는 것을 말한다. 그리고 용감함은 용기 있게 나서서 좀처럼 이루기 힘든 일을 결국 해내는 것을 말한다. 두 개념은 언뜻 보기에 비슷해 보여 어린아이들이 대단히 헷갈리기 쉽다. 아이는 자신의 용감함을 드러내기 위해서 위험한 행동을 서슴없이 하고, 이는 아이의 목숨까지 위협할 수가 있다.

그래서 우리는 아이에게 간단하고 알아듣기 쉬운 말로 이 두 개념을 설명해주어야 한다. 만약 이를 다룬 책이 있다면 책 속의 이야기를 들려주자. 이는 '무모한 모험'과 '용감한 행동'을 이해시키고 무엇이 진정으로 용감한 행동인지 깨닫게 만들어 위험한 일에 함부로 덤비지 않게 한다.

· 매사에 신중하게 고려하게 하라 ·

남자아이들의 위험한 행동은 때때로 일시적인 충동으로 인해 일어난다. 자극적인 요소에 마음을 뺏긴 아이가 오로지 재미에만 관심을 갖게 되고, 다른 것은 전혀 고려하지 못하는 것이다. 그러나 이런 무모한 모험이 낳는 결과에 아이는 후회하게 될 것이 자명하다. 그래서 아이가 무언가에 덤벼들 때에는 차분하게 마음을 가라앉히고 전체 상황을 모두 고려해 볼 수 있도록 엄마가 몇 가지 질문을 던져야 한다. 왜 이 일을 하려고 하는지, 이 일이 어떤 결과를 가져다줄 것인지, 이 일이 다른 사람에게 어떤 영향을 미칠 것인지 등이다. 평소 아이가 자율적으로 사고하는 습관을 기르게 한다면 경솔한 행동을 근본적으로 피할 수 있다.

· 마음부터 용감해지기를 가르쳐라 ·

많은 아이들이 용감함을 '어떤 일을 대담하게 해내는 행위'라고만 생각한다. 하지만 우리는 아이가 이 개념을 조금 더 확장해서 생각할 수 있게 해야 한다. 용감함이란 비단 어떤 행동만을 가리키는 것이 아니며 담대한 마음이 겉으로 보이는 행동보다 훨씬 중요하다는 사실을 알게 하는 것이다. 예를 들어, 많은 사람들 앞에서 자신의 의견을 발표하려는 의지, 자신이 범한 실수와 잘못을 시인하고 이를 개선하려는 노력 등은 위험한 행동을 하는 것보다 더 귀하고 소중한 행위라는 점을 알려주면 좋을 것이다. 진실로 용감한 사람은 마음속 깊은 곳에서부터 단단하고 용감한 사람이라는 것을 아이가 알게 하자.

PART 6

큰소리치지 않고
리더십 강한 아이로 키우기

100 POINT OF EDUCATION

남자아이들 대다수가 집단의 리더에게 강한 흥미를 느낀다. 그리고 이는 아이가 리더십을 키우는 데도 도움이 된다. 리더십이 있는지 없는지는 아이의 학습에도 큰 영향을 미칠 뿐만 아니라 인생의 방향성과도 연관이 있다. 그러므로 우리는 아이가 어렸을 때부터 리더십을 기르도록 노력해야 한다.

49

리더십 있는 아이의 첫걸음,
자기관리

리더가 되기 위해서는 자기관리 능력을 반드시 갖추어야 한다. 다른 사람들을 독려할 자격과 설득력을 갖추려면 자기 자신부터 엄격하게 관리하고 모범을 보여야 하기 때문이다. 그래서 자기관리 능력을 키우는 것은 리더십을 키우기 위한 첫걸음이라고도 할 수 있다.

자기관리란 한 사람이 자기 자신, 자신의 목표, 생각, 심리, 행위 등등을 스스로 관리하는 것을 말한다. 스스로를 조직하고 관리하고 속박하면서 에너지를 불어넣는 것이다.

어떤 엄마들은 아이가 아직 어리다는 이유로 나중에 필요할 때 자기관리 능력과 리더십을 길러도 늦지 않다고 생각한다. 그러나 어떤 능력이든 미리 준비할수록 아이에게는 좋다. 자기관리 능력 역시 어릴 때부터 키워주어야 한다.

아이가 자기관리 능력을 갖추게 되면 독립적인 생활이나 스케줄 관리가 가능해진다. 또한 매사에 자제력을 발휘하고 외부 요소에 휘둘리지 않을 힘도 생긴다. 어떤 어려움이나 좌절을 만나도 용감하게 맞서고, 적극적으로 문제를 해결하기 위해 노력하게 된다. 또한 자신의 감정을 컨트롤하고 다른 사람의 감정을 이해하는 능력도 갖추게 된다.

이렇게 아이가 자기관리 능력을 갖추는 것만으로도 다양한 교육 효과를 얻을 수가 있다. 그러므로 일찌감치 아이가 자기관리를 시작해 스스로의 주인이 되게 만들자.

• 스스로를 관리할 기회를 주라 •

한 엄마가 푸념을 늘어놓는다. "제 아들은 자기관리를 너무 못해요. 매번 제가 뭘 하라고 시켜야 하고 잘 하는지 감독까지 해야 한다니까요. 안 그러면 뭐하나 제대로 하지를 못해요. 일을 끝내기 전까지는 다른 일을 아예 못하게 하는데도 버릇을 고치지 못해요. 어떡하죠?"

엄마의 말을 듣다 보니 오히려 지나치게 아이를 감시한다고 느껴진다. 그렇다면 이런 통제방식이 과연 효과적일까? 답은 '그렇지 않다'이다. 아이가 엄마의 명령에 따라 행동하는 것은 그저 '관리당하는 것'일 뿐이다. 이런 아이는 건강한 자기관리 능력을 함양할 수가 없다.

사실 아이의 관리 능력을 기르기 위해서는 무슨 일이든 억지로 시키지 말아야 한다. 엄마가 손을 놓고 일단 스스로 관리를 시도할 기회를 주어 보자. 매사에 이래라저래라 간섭하지 말고 어떻게 해야 할지 스스로 사고하게 만들어 점차 자기관리를 익히게 하는 것이다.

• 자기 일은 자기가 직접 하게 하라 •

자신의 일상을 잘 관리할 수 있는지 없는지는 자기관리 능력에서 가장 중요한 부분이다. 생각해 보라. 아이가 자신의 일도 잘 못하면서 어떻게 다른 일을 잘할 수 있단 말인가? 그러므로 아이의 성장 과정에 맞는 수준의 일을 찾아주고 스스로 알아서 하도록 교육해야 한다.

우리가 직접 아이의 연령에 맞게 할 수 있는 일을 찾아줄 수 있다. 아직 어린아이에게는 세수와 양치질, 옷 갈아입기, 장난감 정리 등 간단한 일을 하게하고, 어느 정도 자란 아이에게는 침대 정리, 이불 개기, 책가방 챙기기 등을 시키는 것이다. 아이가 훨씬 더 자라게 되면 엄마의 빨래나 식사 준비를 돕거나 방 청소를 하는 등 집안일을 돕는 임무를 줄 수도 있다.

• 자기 행동을 컨트롤할 수 있게 하라 •

자신의 행동을 스스로 결정하고 제어하는 것도 일종의 능력이다. 이는 스스로 해낼 수 있다는 진취적인 마음이 들게 하고 적극적이고 활발하게 자신의 목표와 이상을 좇게 만든다. 그러나 이런 능력이 없는 아이들은 쉽게 주변의 유혹에 흔들리고 무모한 짓을 벌여 자기 자신을 발전시키기 어려울 수밖에 없다.

그래서 우리는 아이가 스스로를 절제할 수 있게 가르쳐야 한다. 옳고 그름, 좋음과 나쁨을 구분하는 기준을 세우고 인간으로서의 도리, 매너 등을 알게 하는 것이다. 예를 들어 남의 공간에 들어갈 때는 노크를 해야 하고, 허락 없이 함부로 남의 물건에 손을 대지 않아야 한다는 등 상식적인 것들이다.

커뮤니케이션으로
인맥 형성하기

현대 사회에서는 그 누구도 혼자 살아갈 수 없다. 모든 사람은 타인과의 교류가 필요하다는 뜻이다. 타인에게서 지식과 경험을 배울 수 있고, 소통과 협력을 통해서 무슨 일이든 혼자 할 때보다 더 잘해낼 수가 있기 때문이다. 저명한 성공학 전문가 데일 카네기는 "한 사람의 성공에 전문적 기술은 15%만이 영향을 미친다. 85%는 인간관계, 처세에 달려있다."고 말했다. 이처럼 인간관계가 좋은지 나쁜지는 한 사람의 발전에 지대한 영향을 미친다.

그런데 요즘 아이들의 모습은 심히 우려스럽다. 특히 외동아이들은 다른 사람과 교류할 기회나 능력이 부족하다 보니 자기중심적인 성향이 쉽게 나타나고 심할 때는 대인기피, 사회부적응, 분노조절장애 등의 문제까지 보인다. 이런 문제는 아이가 다른 사람과 어울리는 것을 더욱 어렵게 만들 뿐 아니라 바른 인격 형성에도 악영향을 미친다.

그래서 엄마들은 아이에게 타인과 교류하는 법을 잘 가르쳐 건강한 인맥 관계를 구축하도록 해야 한다. 그래야 다른 사람들과 원만하고 우애 있는 인간관계를 맺을 수 있고, 스스로를 끊임없이 발전시켜 나갈 수 있기 때문이다.

· 타인과 교류할 기회를 마련하라 ·

젠밍(建明)은 초등학교 1학년이다. 내성적인 성격이라 학교에 있을 때 외에는 대부분 집에서 혼자 놀았다. 그래서 엄마는 고심 끝에 젠밍이 다른 아이들과 어울릴 수 있게 해주기로 했다.

금요일 저녁, 엄마가 젠밍에게 말했다. "내일은 류(劉) 이모하고 그 집 아이가 집에 놀러오기로 했어. 손님맞이 잘 부탁할게!"

젠밍이 조금 걱정스럽게 대답했다. "엄마, 난 못 할 것 같은데."

"아들아, 넌 할 수 있어, 엄마는 네가 잘 할 거라고 믿는데! 류 이모네 아이는 너랑 나이도 비슷해. 샤오창(肖强)이라고 하는데 네가 잘 데리고 노는 거야. 알았지?"

젠밍은 하는 수 없이 고개를 끄덕였다. "알았어."

그리고 엄마는 젠밍에게 손님을 맞이하는 방법에 관해서 이것저것 이야기했고, 젠밍도 열심히 엄마의 말을 들었다.

다음 날, 류 이모와 샤오창이 도착하자 젠밍은 마실 물과 과일을 내 왔다. 류 이모는 예의바르고 싹싹한 아이라고 젠밍을 치켜세웠다. 그러자 젠밍은 스스로 앞장서서 샤오창을 자기 방으로 데려가 함께 장난감을 가지고 놀았다. 이모와 샤오창이 돌아갈 시간이 되자, 샤오창은 젠밍에게 너무 재미있었고 자주 놀러오겠다는 인사를 했다. 엄마의 도움과 믿음 덕분에 젠밍은 조금씩 또래 친구들과 어울리는 데 익숙해졌고, 다른 사람들과 함께하는 것에 즐거움을 느끼기 시작했다.

젠밍의 커뮤니케이션 능력을 단련하기 위해서 엄마는 집에 손님을 초대하고 젠밍에게 손님을 대접하는 '꼬마 주인' 역할을 맡게 하였다. 익숙한 환경에서 엄마와 함께 하기에 젠밍은 긴장하지 않았고, 엄마에게 예의범절을 배운 덕분에 오히려 마음이 든든하였다. 이는 다른 사람과 원활하게 교류하는데 아주 좋은 배경이 되어주었다.

이외에도 평소 우리는 아이에게 다양한 교류의 장을 마련해주어야 한다. 방과 후 새로운 친구들과 학교 운동장에서 마음껏 놀 수 있게 하는 방법, 엄마들 모임에 자녀를 동반해 서로 만나는 방법, 학교나 지역 사회에서 진행하는 여러 활동에 참여시키는 방법, 이웃의 친구들이나 학교 친구들을 집으로 초대하는 방법 등을 이용해 볼 수 있다.

· 사람을 대하는 기본 예의를 가르쳐라 ·

아이가 단체 생활을 하게 되면 또래 친구와의 관계가 중요해진다. 그런데 아이가 다른 사람과 어울리는 데 익숙하지 못하거나 기본적인 예의범절을 모르고 있다면 단체 활동은 번번이 난관에 부딪히게 될 것이다. 다른 사람들에게 환영을 받지 못할 뿐더러 건강한 인간관계 형성은 꿈도 꿀 수 없게 된다.

한 초등학교에서 학생들을 위해 '즐거운 교우관계를 위한 8계명'을 내걸었다. 내용은 '친구 이름 부르기, 반갑게 인사하기, 환하게 웃어주기, 박수쳐주기, 사과하기, 작별인사하기, 감사하기, 양보하기'였다. 아주 사소한 것들이지만, 친구들과 잘 지내기 위한 가장 기본적인 예의를 아우르고 있다. 이런 8계명의 내용만 잘 따르더라도 내 아들은 친구들이 좋아하는 아이가 될 수 있을 것이다.

기본적인 예의범절은 평소 아이에게 끊임없이 강조해야 한다. "실례지만……", "감사합니다.", "죄송합니다."처럼 예의바른 말을 자주 사용하고, 매사에 자신보다는 모두를 위한 규칙을 우선시하도록 가르치자. 또한 다른 친구들과 이익을 다투기보다는 한 발짝 양보하고 사이좋게 지내며, 게임에서 지더라도 짜증을 내거나 떼쓰지 않는 아이가 될 수 있게 하자.

51

100 POINT of EDUCATION

리더로서
능력을 겸비하게 하라

Y염색체를 갖고 태어난 남자아이는 체내 테스토스테론 수치가 여자아이보다 월등히 높다. 남자아이들 대다수가 어릴 때부터 반장이 되고 싶어하고 두각을 드러내고 싶어 하는 것이 바로 이 호르몬의 영향이다.

올해 열두 살이 된 쥔이(俊逸)는 들떠 있었다. "엄마, 우리 반 내일 반장 선거해요. 나도 나갈 거예요."

엄마가 얼굴을 찌푸리며 말했다. "벌써 5학년이야. 조금만 지나면 중학생이잖아. 공부할 게 산더미인데 반장이나 하고 있을 정신이 어딨어?"

"엄마, 걱정 마세요. 공부하고 반장 일 모두 잘 할 수 있어요." 쥔이가 자신만만하게 말했다.

그러나 엄마는 더 질색을 했다. "그렇게 잘 나가고 싶으면 지금부터 공부에 매달려야지. 앞으로 반장 선거 이야기는 꺼내지 마."

아이가 반장을 한다는 것에 엄마들이 가장 걱정하는 점은 바로 '공부에 소홀하게 될까 봐'이다. 그렇지만 아이의 적극성까지 매몰차게 꺾어서는 안 된다. 학급을 위해 일하는 것은 가치 있는 일이지만 학생의 최우선 임무는 학업이고, 반장을 맡기 위해 우선해야 할 것이 바로 우수한 학생이 되는 것이라는 점을 아이에게 일러주자. 이는 아이의 학습 의욕을 북돋울 수도 있고, 아이가 성적과 학급 활동의 상관관계에 대해 진지하게 고민해 볼 수 있게 한다.

사실 수많은 지도자와 CEO들이 어릴 때부터 리더의 역할을 경험한다. 그 과정에서 대중 소통 능력과 표현력, 총괄적인 기획 능력, 조직 능력을 키울 수 있으며 자신감, 책임감, 자기관리 능력 역시 강화할 수 있기 때문이다. 그러므로 아이가 반장 선거 등의 활동에 적극적으로 참여하고 여러 방면에서 두각을 드러낼 수 있도록 독려하는 것이 좋겠다.

· 다양한 능력을 키워라 ·

한 아동심리학자가 이렇게 말했다. "유치원 단계에서는 또래의 '우두머리'가 되는데 운만 따라도 된다. 그러나 초등학생이 되면 무리에서 앞서나가기 위해 '진정한 실력'이 있어야 한다."

친구들에게서 존중과 신임을 얻기 위해서 '진정한 실력', 즉 재능이나 능력을 갖추어야 함은 당연하다. 경쟁에서 이기거나 친구들을 앞에서 이끄는 학급 간부가 되려면 응당 그에 상응하는 능력이 있어야 할 것이다. 그래서 아이가 어릴 때부터 다방면으로 실력을 키워주고 경쟁에 유리한 조건과 기초를 잘 닦아주어야 한다.

예를 들어, 우리는 아이에게 각종 계획을 수립하는 능력을 길러주어야 한다. 그러면 선생님이 학급 회의를 개최하라고 지시했을 때, 이번 학급 회의는 어떤 내용을 어떤 과정으로 토론할 것이며 대략 시간은 어느 정도 필요할지 등등을 아이가 미리 생각할 수 있을 것이다. 또한 선생님이 학급 대청소를 진행하라고 했을 때, 어떤 학생에게 어떤 임무를 분배하고 진행해야 할지를 아이 스스로 계획하게 하려면 조직 능력도 키워주어야 한다.

학교가 아닌 가정에서도 아이의 능력을 단련할 기회는 얼마든지 많다. 예컨대 엄마와 함께 쇼핑을 하러 나가기 전에 자신에게 필요한 물품이 무엇인지 미리 파악하고, 금액은 얼마를 지출해야 하며, 어디에서 살 것인지 등을 계획하게 하는 방법 등이 그러하다.

• 친절한 반장이 되게 하라 •

아이가 만약 반장, 학급 간부가 된다면 학급 친구들은 주로 아이가 세운 계획을 따르게 될 것이다. 이때, 아이가 자칫 오만해지거나 부당한 행위를 할 수도 있다. 친구들에게 이것저것을 떠넘기고 자기는 편히 쉬거나, 자신의 권력을 이용해 다른 친구를 괴롭히거나 혹은 욕심을 채우려는 것 등이다. 이 경우 아이는 친구들의 신뢰를 잃게 마련이다.

그러므로 아이에게 친구들을 친절하게 대하고 자기 자리에서 맡은 바 임무를 충실히 수행해 리더로서의 능력을 인정받기를 당부해야 한다. 이를 위해서는 역사 속의 훌륭한 지도자가 덕으로 백성을 다스려 민심을 얻은 이야기를 귀감으로 삼게 해도 좋고, 반대의 예를 들려주고 반면교사(反面教師)의 교훈을 얻게 하는 것도 좋다.

52

100 POINT of EDUCATION

아이의 위기관리
능력을 높여라

멧돼지 한 마리가 나무 둥치에 송곳니를 갈고 있었다. 그때 여우 한 마리가 나타나 물었다. "사냥꾼도 사냥개도 없는데 뭐하러 이를 갈아? 그냥 누워서 쉬지 그래?"

그러자 멧돼지가 대답했다. "사냥꾼하고 사냥개가 나타난 다음에 송곳니를 갈라고? 그땐 너무 늦겠지!"

《이솝우화》에 나오는 이야기이다. 평소 위기의식을 가지고 위기관리 능력을 갈고 닦아야 위험에 단단히 대비할 수 있고 경쟁에서도 제자리를 지킬 수 있다는 교훈을 담고 있다. 다시 말해, 위기의식이 없는 사람은 시시각각 어려움에 봉착할 것이며 평소 위기관리 능력을 갖춘 사람만이 절체절명의 위기를 다스리고 이겨낼 수 있다는 뜻이다.

내 아들을 리더십 갖춘 인재로 키우고 싶다면, 평소 위기의식을 심어줌으로써 위험을 사전에 감지하고 이에 적절히 대처하는 방법을 찾게 해야 한다. 이런 말이 있다. "위기의식이 없는 사람은 리더가 될 수 없다." 위기 의식은 리더의 수준과 자질을 드러낸다. 그리고 수많은 우수한 기업가를 성공으로 이끈 중요한 열쇠이다.

레노버(lenovo)의 창업주 류촨즈(柳傳志)가 이런 말을 했다. "우리는 줄곧 경영자들이 한시도 졸지 못하게 하는 시스템을 구축해 왔다. 우리가 졸 면 라이벌에게 기회가 많아진다."

하이얼(Haier) 그룹 장루이민(張瑞敏) 회장의 기업이념은 '살얼음 위를 걷 듯 언제나 전전긍긍하라'이다.

델(DELL)의 CEO 마이클 델은 "한밤중에 잠에서 깨 일 생각을 하면 두렵습 니다. 하지만 그렇지 않다면 벌써 누군가에게 제거되었겠죠."라 말했다.

마이크로소프트(Microsoft)를 설립한 빌 게이츠도 직원들에게 종종 이런 말을 했다. "우리가 파산할 날이 1년 6개월밖에 남지 않았습니다."

세계 유수 기업의 리더들이 위기의식을 갖고 직원들을 독려한 덕분에, '위기'는 기업을 성공으로 이끄는 강력한 동력으로 작용할 수 있었다. 이렇게 기업이든 개인이든 위기의식을 가져야 또렷한 정신으로 위기를 맞이하고 의연하게 대처할 수 있다. 그러므로 엄마는 평소 아이에게 위기의식을 잘 심어주고 위기관리 능력을 길러주어 미래를 성공으로 이끄는 기초를 단단히 다져야 한다.

· 안일한 사람에게 미래가 없음을 가르쳐라 ·

풍족함 속에서 안일해진다면 위기에 맞닥뜨렸을 때 쓰러질 수밖에 없지만, 평소 위기감을 잃지 않는다면 실제 어떤 위험을 맞이하더라도 잘 극복할 수 있다는 점을 언제나 아이에게 강조해야 한다.

현대의 부족함 없는 생활 덕분에 아이는 쉽게 우월감에 젖고, 삶의 모든 것들을 '손쉽게 얻을 수 있는 것'이라고 치부해버린다. 그렇다면 아이는 미래에 관해 생각할 수도 없고 그 어떤 위기의식도 느낄 수가 없을 것이다. 아이가 안일한 생활에 물들지 않고 건강한 삶을 영위할 수 있게 하려면 평소 평범하고 소박한 생활을 추구하고 미래에 관한 책임이나 부담을 어느 정도 이해하도록 가르쳐야 한다.

· 위기의식을 습관화하라 ·

우리는 아이가 어릴 때부터 위기의식을 불어넣어 심리적으로 위험에 관해 인식하고 준비하도록 해야 한다. 동시에 위기가 닥쳤을 때도 차분한 태도를 유지하고 시의적절한 방법과 조치를 마련할 수 있게 하자.

예를 들어 아이에게 이런 질문을 던지는 것이다. "성적을 앞으로 얼마나 유지할 수 있을 것 같니? 혹시 등수가 많이 떨어지면 어떻게 해야 할까?", "학급 간부를 계속 하고 싶은 마음이니? 다른 친구가 너보다 더 똑똑하고 실력 있다면, 어떻게 하는 게 좋을까?" 엄마의 질문을 통해 아이는 앞으로의 일에 관해 미리 생각해 볼 수 있고, 무엇을 어떻게 해야 할지 방법을 찾을 수 있으며, 예상치 못한 사고를 미연에 예방하는 힘까지 키울 수 있다.

53

100 POINT of EDUCATION

타인의 단점을 포용하는
아이가 되게 하라

"엄마, 우리 반에 어떤 애가 있는데, 엄청 나쁜 버릇이 있어요. 매일 다른 애들을 때려요. 그래서 애들이 전부 걔를 피해 다녀요."

"앞으로 걔랑 어울리지 마. 또 때리면 너도 똑같이 때려버려. 자꾸 받아주면 안 돼."

이 엄마는 아이가 다른 사람의 단점을 더욱 나쁘게 보게 할 뿐만 아니라 상대에게 보복해도 된다는 마음까지 갖게 한다. 그러나 이런 방식은 누구에게도 유쾌한 경험이 될 수 없을뿐더러 문제를 해결할 수도 없다. 게다가 이렇게 남과 맞서다가는 인간관계가 무너지고 따돌림을 당하는 등, 오히려 자신이 피해를 입을 수도 있다.

이럴 때는 이렇게 상담해주는 것이 어떨까. "걔가 다른 친구를 때리는 것은 잘못이야. 그런데 아무도 걔랑 놀아주지 않으면 나쁜 습관을 고칠 수도 없고 혼자 외로워지겠지. 그 친구의 잘못을 조금만 이해해주고 앞으로 잘못을 고치도록 네가 도와줘봐. 그 친구가 잘못하면 그러지 못하게 직접 이야기거나 선생님한테 설명 드리고 도움을 청해도 좋아. 그렇게 모든 친구들이 그 아이를 도와주면……."

사실 타인의 부족한 점을 이해하고 너그럽게 감싸는 것은 결국 자기 자신도 그런 대접을 받을 수 있는 가능성을 남기는 것이기도 하다. 세상 모든 사람에게는 부족한 점이 있고 모두가 포용을 필요로 하기 때문이다. 그러므로 우리는 아이에게 다른 사람의 잘못을 알게 되더라도 이를 이해하고 포용하며 좋은 관계로 유지해야 더 좋은 친구들을 많이 만날 수 있고 인생의 폭이 넓어질 수 있다는 것을 꼭 알려주어야 한다.

• 아이의 단점을 너그럽게 이해하라 •

아이는 끊임없이 잘못을 저지르고 이를 고쳐 나가는 과정을 통해 성장하고 성숙한다. 아이에게 부족한 점이 있더라도 우리는 이를 수용하고 이해해야 한다. 부족한 점을 수용하라는 것이 방임이라는 뜻은 아니다. 아이에 대한 존중을 바탕으로 스스로의 잘못을 인식하고 반성할 기회를 주고, 적절한 방법을 찾아 단점을 개선해 나가도록 도움을 주라는 뜻이다.

그러기 위해서는 먼저 넓은 이해심으로 아이를 너그럽게 감싸 안아야 한다. 그래야 아이도 가슴속 깊이 뉘우치게 되고, 자신의 잘못을 고쳐 나갈 수가 있다.

또한 엄마가 아이에게 포용하는 자세를 먼저 보여준다면 아이도 이를 교훈 삼아 타인의 부족한 점을 너그럽게 받아들이는 아이로 거듭날 수 있을 것이다.

• 남의 단점만을 보지 않게 하라 •

우리는 흔히 말한다. "털어서 먼지 안 나는 사람 없다." 세상 어디에도 완전무결한 사람은 없다. 부족할 수밖에 없는 것이 사람의 필연이다. 그러므로 우리는 누구에게도 완벽을 기대해서는 안 된다. 타인의 단점만을 보려 해서는 안 되며 남의 부족한 점을 이해하고 받아들여야만 한다.

인간관계가 넓어질수록 아이는 주위 사람들에게 이런저런 단점이 있다는 것을 알게 된다. 그런데 이때, 아이가 다른 사람의 단점을 들추고 이러쿵저러쿵 불만을 늘어놓는다면 그 관계는 아무런 소득도 없이 끝날 공산이 크다. 그러므로 우리 아이가 다른 사람을 자신의 잣대로만 평가하지 않고 부족한 점까지도 포용하게 하자. 그래야 앞으로 다른 사람들과 원만한 관계를 형성할 수가 있을 것이다.

• 부족한 점을 포용하게 하라 •

아홉 살 펑펑(彭彭)이 방과 후 집에 돌아와 엄마에게 푸념을 늘어놓았다. "샤오웨이(小衛)한테 장난감을 빌려준 지 며칠이나 지났는데 아직도 안 돌려줘. 진짜 왜 그런지 모르겠어."

엄마는 화가 난 펑펑을 보고 말했다. "네 마음도 알겠지만, 어쩌면 샤오웨이가 깜빡 잊어버려서 그런 걸 수도 있어. 아니면 아직 조금만 더 갖고 놀고 싶거나. 조금만 더 기다려 보자."

"걔는 항상 그런단 말이야, 약속도 안 지키고. 이제 다시는 개랑 안 놀아!"

"펑펑, 샤오웨이는 친구니까 조금 실수하더라도 네가 이해해야지. 장난감 때문에 친구를 잃을 수는 없잖아. 우리도 부족한 점이 있잖니. 만약에 네가 실수를 했다고 해서 다른 친구가 너랑 안 논다고 하면 너는 어때?"

펑펑이 곰곰이 생각하더니 대답했다. "외롭고 견디기 힘들 거야."

"맞아. 다른 사람이 우리를 이해해주기를 바라면, 우리도 먼저 다른 사람을 이해하고 너그럽게 감싸줘야지."

펑펑은 그제야 알겠다는 듯 고개를 끄덕였다.

펑펑의 엄마는 대단히 지혜로운 사람이다. 혹시 모를 충돌도 피하게 했고, 펑펑이 입장을 바꾸어 생각하게 함으로써 다른 사람의 이해를 바라기 전에 먼저 이해하고 포용하라는 진리를 잘 전하였다.

남자아이들이 친구와 지내다 보면 마찰이나 충돌이 일어날 수 있다. 그때 우리는 아이의 감정 변화를 자세히 관찰해야 한다. 그리고 "그 자식 정말 재수 없어", "다시는 안 볼 거야", "걔 진짜 쪼잔해!"처럼 안 좋은 말을 하는 즉시 아이를 타일러 원만하게 상황을 해결하도록 도와야 한다. 그래야 아이가 남을 포용하는 것의 의의를 알고 포용이 주는 즐거움을 느낄수가 있을 것이다.

54

100 POINT of EDUCATION

다양한 방식으로
조직 능력을 향상시켜라

리더로서 갖추어야 할 능력 중에서 대단히 중요한 능력이 있다. 바로 조직 능력이다. 아이들끼리 어울려 놀거나 어떤 활동을 하게 되었을 때, 특히 입김이 강하고 능숙하게 조직 활동을 이끄는 아이가 있다. 친구들 역시 그런 아이를 따르고 무슨 일을 할 때 순순히 그 아이의 의견에 동의한다.

한 심리학자가 학교에서 초등학생을 두 그룹으로 나누어 블록으로 탑 쌓기 게임을 진행하였다.

한 그룹은 아이들이 탑을 빨리 쌓는 데 급급해, 크기가 일정하지 않은 쌓기 블록을 두서없이 쌓아올렸다. 그러자 탑의 완성을 눈앞에 둔 순간, 블록이 와르르 무너져 내렸다. 아이들은 처음부터 다시 탑을 쌓아야 했다.

반면, 다른 그룹은 탑을 서둘러 쌓지 않았다. 한 학생의 지휘 아래 어떻게 탑을 쌓을 지를 먼저 토론하기 시작했다. 큰 블록으로 아래를 받치고 중간 블록으로 탑을 쌓아 작은 블록으로 첨탑을 완성하기로 했다. 본격적으로 탑 쌓기가 시작되자 아이들은 그 학생을 중심으로 다시 두 조로 나뉘었다. 한 조가 블록을 나르고 한 조가 탑을 쌓는 역할을 담당했다. 두 번째 그룹은 탑 쌓기에 더 늦게 돌입했지만, 아주 신속하게 높고 견고한 탑을 완성하여 결국 게임에서 승리를 차지했다.

심리학자는 이 실험으로 조직 능력이 임무를 순조롭게 완성시키고 동료들과의 관계 개선이나 신뢰감 형성에 도움을 준다는 결론을 얻었다. 그러나 모든 아이들이 조직 능력을 우수하게 타고 나는 것은 아니다. 그래서 엄마들이 다양한 방식을 통해 아들의 조직 능력을 강화해주어야 한다.

• 아이의 조직 활동의 열정을 불러일으켜라 •

남자아이의 세계에서도 대부분은 친구들을 직접 이끌기보다는 끌려다니는 쪽을 선호한다. 남을 리드할 엄두를 못 내거나, 지지를 얻지 못하거나 반발이 생길까 두려워서다. 이때, 우리는 아이에게 애정 어린 격려로 자신감과 용기를 불어넣어주는 동시에, 충분히 설득력 있는 이유를 들어서 아이의 열정을 자극해야 한다.

일곱 살인 펑페이(鵬飛)가 놀이터에서 놀고 있었다. 엄마가 펑페이에게 말했다. "아들, 저기 꼬마들 있지, 어린 친구들이니까 같이 데리고 놀자. 재밌는 놀이 하자고 해봐. 틀림없이 펑페이를 좋아할 거야."
"텔레비전에서 재밌는 거 배웠는데, 그거 알려주면 되겠다!"

펑페이는 아이들에게 달려가 신나게 놀이 방법을 알려주기 시작했다.

"네가 필요해.", "너를 좋아할 거야!" 같은 말들은 아이의 열정을 불러 일으킨다. 그리고 조직 활동의 과정에서 긍정적인 경험을 하게 되면 이를 통해 자신감을 얻을 뿐만 아니라 조직 능력까지 향상시킬 수가 있다.

· 직접 활동을 주도하게 하라 ·

어느 일요일, 엄마가 성성(升升)에게 말했다. "아들아, 오늘 대청소는 어떻게 하면 좋을지 네가 한 번 계획해 볼래?"

엄마가 준 임무에 성성은 뛸 듯이 기뻐하며 대답했다. "네, 엄마!"

그리고 성성은 평소 부모님과 대청소를 하던 모습을 떠올리며 계획을 세운 후 엄마와 아빠를 불러 할 일을 배분하기 시작했다.

성성이 사뭇 진지하게 말했다. "먼저, 침실 청소를 해야 해요. 방이 총 세 개 있으니까 한 사람이 하나씩 맡아요. 그리고 나서 아빠는 식사 공간, 엄마는 주방 공간, 저는 화장실을 정리하는 거예요. 그리고 마지막으로 다 같이 거실만 청소하면 돼요. 그럼 다 나눴으니까, 지금부터 시작!"

성성이 말을 마치자 엄마, 아빠가 이구동성으로 대답했다. "알겠습니다!" 그리고 세 사람은 즐겁게 청소를 했다.

이외에도, 일상에서 아이가 자주 어떤 일을 조직, 계획하게 하는 것이 좋다. 예를 들어 가족회의를 진행한다든지 나들이나 쇼핑 계획을 세운다든지 휴일을 어떻게 보낼지 등을 스스로 생각하게 하는 것이다. 아이는 가정에서 기른 조직 능력을 학교에서도 발휘할 것이고, 나아가 어른이 되어 직장에서도 그 능력을 통해 자신의 가치를 인정받을 것이다.

55

100 POINT of EDUCATION

올바른 가치관을
갖게 하라

어떤 엄마들은 아이가 어리면 올바른 가치관을 가지는 것과 아이의 학습, 생활 사이에 아직 큰 관련이 없을 것이라고 생각한다.

그러나 이는 잘못된 인식이다. 가치관과 인간의 생활은 밀접히 연관되어 있다. 개인의 가치관은 그 자체로 깊고 심오한 학문이지는 않지만, 한 사람 한 사람을 사람답게 살아가게 하는 데 중요한 잣대가 된다. 사소하지만 중요한 부분, 예를 들면 부모에게 효도하고 의를 중시하며 성실하고 정직해야 한다는 등의 기본적인 가치가 투영되어 있기 때문이다. 게다가 아이에게 올바른 가치관을 형성시키는 일은 어느 날 갑자기 이루어지는 것이 아니라 오랜 시간이 걸리는 일련의 과정이다. 가정과 학교, 사회의 공통적인 노력으로 완성되는 대업인 것이다.

한 사람에게 올바른 가치관이 있다는 것은 이 사람이 중대한 문제가 닥쳤을 때 옳은 선택을 할 수 있고 도덕적이며 믿을만한 사람이라는 뜻이다. 우리가 내 아들에게 올바른 가치관을 갖게 한다면, 아이는 줏대 있고 성실한 생활 태도로 자신을 끊임없이 갈고닦을 것이며 스스로의 꿈과 목표를 향해 노력하여 성공적인 삶을 살 수 있을 것이다.

· 가치관의 중요성을 명확히 알게 하라 ·

전 구글 차이나 대표였던 리카이푸(李開復) 박사는 성공을 위한 내적 요인을 '성공동심원(同心圓)'으로 설명하였다. '성공동심원'은 크게 '가치관', '태도', '행위'의 겹쳐진 세 원으로 구성되어 있다. 그중 가장 안쪽의 핵심 원을 이루는 것이 올바른 가치관이다. 이를 둘러싼 중간 원은 태도를 나타내며, 자기반성, 포용, 공감, 자신감, 용기, 적극성 등 여섯 가지로 구성된다. 그리고 가장 바깥쪽 큰 원을 구성하는 여섯 가지 기본 행위는 효과적인 실행, 협력과 소통, 인간관계, 흥미 발견, 이상 추구, 의욕적인 학습 등이다.

성공동심원에서 볼 수 있듯이 성공을 위해서는 가치관, 태도, 행위의 삼박자가 잘 갖추어져야 하며, 세 구성 요소 중에서도 가치관은 그 성공 여부를 결정하는 가장 중요한 기준이다. 가치관이 앞으로 이어질 모든 태도와 행위의 근본이 되기 때문이다. 그러므로 아이가 올바르고 정확한 가치관을 세워야만 자신의 태도를 단정히 할 수 있고, 학업이나 생활면에서 그에 걸맞은 행위를 수행하며 성공을 이룰 수 있다.

우리는 아이에게 이런 원리를 잘 알려주고 가치관의 중요성에 대해 깨닫게 해야 한다. 더불어 성공한 인물의 이야기를 들려준다면 가치관과 성공은 떼려야 뗄 수 없는 관계라는 것을 알게 될 것이고 반대로 그렇지 못한 예를 통해서라면 교훈을 얻을 수 있을 것이다.

· 잘못된 가치관은 제때 바로 잡아라 ·

요즘 밍쉬안(明軒)의 반에서는 누가 더 잘났는지 서로를 비교하는 것이 유행이다. 밍쉬안도 이런 분위기에 휩쓸리고 말았다. 어느 날, 밍쉬안이 엄마에게 말했다. "엄마, 나도 명품 트레이닝복 갖고 싶어요."

엄마는 잠시 뜸을 들이고 참을성 있게 물었다. "엄마한테 말해줘. 왜 그런 생각을 했니?"

밍쉬안이 불만에 가득차서 대답했다. "우리 반 애들끼리 누구 옷이 명품인지 비교해 보거든요. 그리고 다른 애들은 시험 잘 보면 좋은 장난감하고 옷 같은 걸 받아요. 그런데 나는 아무것도 없잖아요."

"우리 아들은 상 받고 싶어서 공부하는 게 아니잖아. 평소에도 알아서 열심히 하고 성적도 항상 괜찮은데, 왜?"

"그런데 애들이 그런 걸 비교하니까 제가 좀 부끄러워요. 아무것도 없으면 절 비웃고 무시할 거 아니에요?"

"괜찮아, 다른 애들이 전부 너를 좋아하고 존중할 수 있는 비결을 엄마가 알려줄게. 어때?"

밍쉬안은 갑자기 눈을 반짝거리며 말했다. "빨리 말해줘요."

"그건 바로 착하고 바른 명품 인성을 갖는 거야. 네 스스로 명품이 되어야 다른 사람들이 진짜로 너를 좋아하고 존경하지."

밍쉬안은 엄마의 말이 일리 있다고 생각하였고, 다시는 명품 옷을 사달라는 말을 하지 않았다.

밍쉬안의 엄마는 자칫 나쁜 쪽으로 흘러갈 수 있었던 밍쉬안의 가치관을 제때 바로 잡고 올바른 가치관을 심어주었다. 엄마는 평소 아들이 혹시 나쁜 생각을 하지 않는지 촉각을 곤두세워야 한다. 집에서 가족들끼리 정기적으로 가족회의를 개최하여 토론을 진행하는 등의 방법이 아이의 생각을 이해하는데 도움이 될 것이다. 어떤 일에 관해 직접적으로 언급하며 토론을 진행해도 좋고 특별한 주제가 없이 하고 싶은 이야기를 마음껏 하게 해도 좋다. 이때 아이는 자신의 생각과 의견을 자연스럽게 드러낼 것이다.

이러한 과정을 통해 아이의 올바른 가치관을 확인했다면 충분한 긍정과 칭찬을 아끼지 말아야 한다. 또한 바르지 못한 가치관에 대해서는 곧바로 시정하도록 조치해야 한다.

56
시샘하지 않는 마음 넓은
아이로 키우기

심리학자의 관점에서 보면, 질투는 비정상적인 심리 상태이다. 이는 자기 자신과 타인을 비교하고 자기가 남보다 못하다는 생각에 실망, 불만, 창피함, 분노를 느끼며 원망을 하게 되는 복잡다단한 감정이다.

러러(樂樂)는 일곱 살 난 장난꾸러기다. 어느 일요일 러러네 집에 손님이 왔다. 그중에는 네 살짜리 꼬마 손님도 있었다. 처음에는 적극적으로 동생과 놀아주고 장난감도 갖고 놀게 해주던 러러가 아기를 안고 즐거워하는 엄마를 보자 기분이 나빠졌다. 버려진 찬밥 신세가 되었다고 느낀 것이다. 러러는 갑자기 텔레비전을 켰다. 엄마가 자기를 신경써주기를 바란 행동이었다. 하지만 엄마는 아기를 내려놓을 생각이 전혀 없어 보였다. 러러는 다시 노래를 부르며 춤을 추기 시작했다. 그런데도 엄마는 러러에게 관심이 없었다. 러러는 결국 대성통곡을 하면서 자기 방으로 뛰어 들어가 버렸다.

러러의 이런 행동은 질투심의 영향이다. 러러는 자신을 향한 엄마의 사랑을 갑자기 나타난 꼬마에게 뺏겼다고 생각했고, 엄마가 다른 아이를 좋아하는 것을 참을 수가 없어 질투가 일어난 것이다. 이런 아이들은 엄마가 나중에 잘 타이르는 것이 중요하다. "엄마는 너를 사랑해. 그리고 다른 친구들도 사랑한단다. 우리 집에 손님으로 온 친구들이잖아. 그러니까 당연히 잘 대해주어야지. 손님한테는 그렇게 해야 하는 거야."

만약 질투하는 모습을 그대로 방치한다면 아이는 점점 속 좁은 아이가 되어 인간관계가 원활하지 못할 것이고, 까딱 잘못하다가는 정신 건강으로까지 문제가 번질 수 있다. 그러므로 우리는 이런 성격을 최대한 좋은 방향으로 이끌어 질투심을 없애고 아량이 넓은 아이가 되게 해야 한다.

· 자기 자신을 알게 하라 ·

"샤오페이(小飛)는 시험을 잘 봤대. 네가 샤오페이 반만 따라가도 좋겠다."
"샤오창(小强)은 저렇게 인사를 잘하네. 예의도 바르고. 좀 보고 배워."

우리는 평소에 습관적으로 자기 아이와 다른 아이들을 비교한다. 아이에게 자극을 주어서 더 잘하기를 바라는 마음일 것이다. 그러나 이런 방식은 꼭 부작용을 일으킨다. 자기가 남보다 못하다는 패배감에 젖고, 상대에게 질투심까지 갖게 만들기 때문이다. 그러므로 우리는 아이의 우수한 점과 부족한 점이 무엇인지 이성적으로 판단한 후, 아이가 스스로를 정확하게 알도록 도와주어야 한다.

아이가 스스로를 바르게 인식하게 된다면 자신의 장점이 무엇인지도 알고, 남의 어느 부분이 나보다 나은지 잘 판단할 수 있게 된다. 그렇다면 비뚤어진 질투심 또한 다시 균형을 회복하게 될 것이다.

열한 살인 스보(思博)가 씩씩거리며 엄마에게 말했다. "내 짝이 이번 시험을 나보다 잘 봤어요."

엄마가 말했다. "아들아, 그럼 기분 좋게 축하해줘야지."

"어떻게 좋겠어요. 예전에는 항상 저보다 못 봤단 말이에요."

"성적 잘 받고 싶어 하는 거 알아. 그러면 네 짝처럼 열심히 해서 다음에는 걔보다 더 잘 보면 되겠네."

"네, 제가 꼭 이길 거예요. 이제 공부도 안 가르쳐 주고, 뭐 물어보면 모른다고 할 거예요."

"아들, 그렇게 치사한 방법은 안 되지. 네 짝한테 문제 알려주는 건 너희 둘 모두에게 좋은 거야. 걔는 이 문제를 알게 되는 거고 너는 다시 한 번 복습하게 되는 거잖아. 엄마 생각에는 네가 그 친구하고 공부 단짝이 되면 좋겠어. 같이 공부하고 성적도 올리고 말이야."

스보가 잠시 생각에 잠기더니 말했다. "네, 역시 엄마 말대로 노력해서 좋은 성적을 받는 게 좋을 것 같아요. 진짜 제 실력을 보여줄게요."

스보의 엄마는 올바른 인도로 아들의 질투를 긍정적인 노력 에너지로 바꾸었다. 게다가 스보에게 정정당당한 경쟁의식까지 심어주었다. 이처럼 질투심을 적절하게 이용한다면 아이가 더욱더 적극적으로 노력할 수 있게 만들 수가 있다.

57
100 POINT of EDUCATION
과감하고 결단력 있는
아이로 키우기

리더에게 결단력이란 대단히 중요한 덕목이다. 빠르게 문제의 쟁점을 파악하고 적시에 결정을 내려 신속하게 행동으로 옮길 수 있는지 없는지는 그 사람에게 결단력이 있는지 없는지가 좌우한다. 결단력이 있어 과감하게 결정을 내리는 사람은 성공 역시 빠르게 거머쥘 수 있다. 그러므로 성공에 가장 근접한 사람이라고도 할 수 있을 것이다.

· 아이의 결정을 대신하지 마라 ·

"아들, …… 해야지."

"아들, …… 해라."

"아들, …… 그렇게 하면 안 돼. 그러면……."

평소 엄마들은 아들의 모든 것을 컨트롤하려 한다. 그러나 뜻밖에도 엄마가 아이를 대신해 결정하는 것은 아들의 결단력을 말살하는 중요한 요인이 된다. 엄마의 결정에 익숙한 아이가 막상 스스로 결정을 내려야 할 일이 닥치면 망설이다가 다시 엄마를 찾을 것이 분명하다. "엄마, 어떻게 해요?" 그리고 이렇게 오랜 시간이 흐른 후, 아이는 결국 스스로 결정할 수 있는 능력을 상실하고 만다.

그러므로 아이가 결정을 해야 하는데 엄마에게 도움을 청한다면 이렇게 일러주는 것은 어떨까. "우리 아들도 이제 사나이 대장부잖아. 자기가 결정하고 책임질 줄도 알아야지. 엄마는 네가 할 수 있다고 믿는단다." 그러면 아이는 비로소 엄마의 '보호' 없이 무엇을 어떻게 해야 할지 스스로 사고하게 될 것이고, 그렇게 조금씩 스스로 결정하는 습관을 키워나갈 것이다.

· 용감한 결단을 칭찬하라 ·

톈위(天宇)는 열 살이다. 톈위가 노래 부르는 것을 너무나 좋아해서, 선생님은 학급 문예부장까지 맡게 했다. 그런데 학급 친구들의 의견이 엇갈릴 때마다 톈위는 좀처럼 결정을 내리지 못하였고, 어찌할 바를 몰라 당황했다.

하루는 톈위가 자기 고민을 엄마에게 털어놓았다. 엄마는 이렇게 톈위를 깨우쳐 주었다. "아들, 선생님이 왜 너에게 이 임무를 맡겼는지 아니?"

"내가 노래를 잘 하니까요."

"그리고 선생님이 너를 믿는다는 거 아니니?"

"맞아요, 안 그러면 저한테 안 맡겼을 거예요."

"그래. 선생님이 너한테 문예부장 일을 맡긴 건 네가 잘 할 수 있다고 믿는다는 뜻이지. 선생님도 이렇게 믿는데, 뭐 어때, 어디 한 번 네 생각대로 용감하게 밀고 나가 봐!"

그러자 톈위가 고개를 끄덕이며 말했다. "좋아요."

자신감도 부족하고 잘못된 결정을 할까 봐 망설이는 아이가 많다. 이때, 우리는 톈위의 엄마처럼 아들의 과감한 결단을 독려할 줄 알아야 한다. 이로 인해 아이는 자신의 생각과 행동에 확신을 갖게 되고, 자기가 옳다고 여기는 일을 주저 없이 실천해 나갈 수 있을 것이다.

• 섣부른 행동은 과감함이 아님을 가르쳐라 •

우리는 평소에 아이에게 이런 말을 자주 한다. "남자라면 과감해야지!" 이런 영향을 받은 아이들은 뒷일은 깊이 생각하지 않고 경솔하게 행동하기도 한다. 그러므로 우리는 아이에게 과단성을 길러주는 동시에, 과감한 결단이 섣부른 행동과는 다르다는 것을 확실하게 주지시켜야 한다. 그리고 과감한 결단이란 깊은 고민과 성찰 후에 나오는 것이지, 제멋대로 아무렇게나 던져버리는 것이 아니라는 것을 알려주어야 한다.

또한, 아이가 결정을 내린 후에는 꼭 다시 한 번 확인을 하자. "잘 생각한 것 맞지? 혹시 잘못된 부분은 없을까?" 이렇게 아이에게 되짚게 한다면 아이는 점차 어떤 일에 앞서 신중한 자세를 취하게 될 것이다.

주관이 뚜렷한
아이로 키우기

샤오보(曉波)는 열한 살이다. 아주 어릴 때부터 지금까지, 샤오보의 크고 작은 일 대부분을 엄마가 도맡아 주관하였다. 그래서 샤오보는 무슨 일이 생기면 무엇을 어찌해야 할지 몰라 습관적으로 다른 사람에게 답을 구했다. "어떡해?" 친구들은 그런 샤오보를 '어떡해 선생'이라고 놀려댔다.

샤오보가 '어떡해 선생'이 된 이유는 엄마가 많은 일을 대신 결정해 왔기 때문이다. 엄마가 여태껏 샤오보의 선택을 무시하거나 부정하여 심리적으로 타인의존성을 키운 바람에 샤오보는 이제 무엇을 어떻게 결정해야 할지 하나도 모르게 된 것이다. 주관이 없는 아이는 다른 사람의 결정을 따를 수밖에 없다. 스스로 어떻게 해야 할지, 왜 해야 하는지를 모르고 방황하고 휘둘리는 것이다. 이런 상태가 지속되면 아이는 주관도 가질 수 없고 리더십도 발휘하지 못한다.

한 철학자가 이렇게 말했다. "인생에서 가장 중요한 것은 노력이 아니라 선택이다." 인생은 선택의 연속이며, 그 선택 하나하나가 앞날을 결정한다.

엄마들은 내가 아들을 잠시 도와줄 수는 있지만 평생 도와줄 수는 없다는 사실을 인정해야만 한다. 아이의 미래는 제 손에 달려있고 앞으로 펼쳐질 미래를 향해 스스로 걸어 나가야만 한다. 그러니 평소 엄마들이 모든 일을 대신 도맡아 하지 말고 아이가 자신에게 가장 걸맞은 선택을 할 기회를 주어야 한다.

미국의 저명한 경영학자 피터 드러커(Peter Drucker)는 이렇게 말했다. "현 세기, 가장 중요한 일은 기술과 인터넷의 혁신이 아니라 인류 생존 상황의 중대한 변화이다. 현 세기에 인간은 더 많은 선택을 하게 될 것이다. 그들은 적극적으로 자기 자신을 경영해야만 한다."

자기 주관이 있는지 없는지가 스스로의 발전에 아주 중요한 작용을 한다는 것을 이 말에서 확인할 수 있다. 우리는 내 아이를 주관이 뚜렷하고 남을 맹신하지 않는 아이로 키워야 한다. 그래야 아이 스스로 정확한 선택을 하고 적극적으로 학습하고 생활하며 스스로를 경영하여 성공과 행복을 얻을 수가 있기 때문이다.

· 선택을 아이에게 맡겨라 ·

아이는 성장 과정에서 수많은 선택과 마주한다. 오늘 입을 옷, 주말에 할 일 등 일상의 사소한 일부터, 진학이나 취업 등 인생의 큰 사건에 이르기까지 선택은 무척 다양하다. 이런 선택 앞에 우리는 모든 결정권을 아이에게 주어야 한다. 부모의 도움이 필요할 때 적절한 의견 제시를 할 순 있지만, 최종 선택권은 반드시 아이에게 있어야만 한다는 것을 명심하자.

어느 날, 엄마가 린린(林林)을 데리고 마트에 문구를 사러 갔다. 엄마가 말했다. "이번에는 네가 직접 필요한 것을 골라봐." 엄마의 말에 린린은 무척이나 즐거웠다. 그런데 이것저것을 한참을 살펴보아도 모두 다 좋아 보여서 결정하기가 몹시 어려웠다. 그래서 엄마에게 물었다. "엄마, 어떡해, 뭘 골라요?"

엄마가 대답했다.

"네게 진짜 쓸모 있는 게 어떤 건지 생각해 볼까? 모양만 보지 말고."

엄마가 쓸모 있는 것을 고르라는 힌트를 주자 린린은 다시 한 번 물건을 살폈다. 그리고 판매원 아줌마에게 무언가를 물어보더니 엄마에게 말했다. "이것 보세요, 어때요?"

"그래, 엄마는 그렇게 '이것 어때요' 하고 묻는 게 좋아. 괜찮네. 잘 골랐으면 그걸 사자."

그렇게 린린은 필요한 물건을 스스로 골라 신나게 집으로 돌아왔다.

린린이 도와 달라고 했을 때, 엄마는 직접 결정해주지 않았다. 간접적으로 선택 방법을 일깨우는 방식을 통해 스스로 생각하고 선택하게 했다. 이 과정에서 린린은 주동적으로 결정을 하게 되어 기뻤고 엄마는 아들의 성장을 지켜보게 되어 매우 즐거웠다.

아이가 선택에 어려움을 겪고 있을 때, 대신 선택하지 말고 혼자 할 수 있도록 독려하고 참을성 있게 기다리자. 그래야 아이가 적극적으로 사고하고 선택하는 습관을 자연스럽게 기를 수 있다. 그리고 엄마들 역시 뒷바라지에 대한 부담감을 조금씩 덜게 될 것이다.

PART 7

큰소리치지 않고
책임감 강한 아이로 키우기

100 POINT OF EDUCATION

엄마들은 누구나 내 아들이 책임감 있는 아이로 성장하길 바란다. 하지만 아이들은 종종 책임감이 무언지도 모르고 철없는 행동을 한다. 그러면 엄마들은 불같이 화를 내며 아이를 비난하게 된다. 그러나 이런 훈육으로는 아이를 책임감 있게 키울 수 없다. 올바른 방법을 잘 생각해서 정확하고 바른 교육 방식으로 내 아이를 책임감 있는 아이로 키워내자.

아들의 잘못을
대신 짊어지지 마라

치치(奇奇)는 어제 저녁 늦게까지 애니메이션을 보다 잠들었다. 아침에 늦게 일어났고, 결국 지각을 하고 말았다. 황급히 치치를 데리고 학교로 간 엄마는 교문 앞에 서 있던 선생님에게 변명을 한바탕 늘어놓았다. "어휴, 선생님, 애는 잘못이 없어요. 어제 저녁에 제가 너무 늦게까지 텔레비전을 보게 놔두고 오늘 아침에는 제때 깨우지를 못했어요. 아침 식사 준비가 늦어 아침밥도 다 못 먹고 달려왔답니다. 제 잘못이에요, 선생님. 앞으로는 조심할게요." 엄마가 말을 마치자 치치가 선생님에게 당당하게 말했다. "선생님, 걱정 마세요! 제가 내일 아침에 엄마한테 저를 일찍 깨우라고 할게요." 두 모자의 말을 듣고 선생님은 고개를 절레절레 흔들 수밖에 없었다.

이 일은 누가 보아도 치치의 잘못이다. 텔레비전 보는 시간을 본인이 잘 조절했다면 또는 알람을 잘 맞추어 두었다면 아침에 시간에 맞추어 일어났을 것이고 지각을 하지 않았을 것이다. 그런데 치치 엄마의 말을 잘 들어보면, 엄마는 모든 잘못을 자기 탓으로 돌리고 있다. 치치 대신 모든 잘못을 전부 뒤집어 쓴 것이다. 이런 방식은 치치의 잘못을 덜고자 한 의도이긴 하지만, 결과적으로 아이를 책임질 줄 모르는 사람으로 만들 뿐이다. 책임감이 부족한 사람은 타인의 신임과 지지를 얻을 수 없다. 이는 아이 미래의 일이나 인간관계에 지대한 영향을 미치게 될 것이다.

우리는 치치 엄마의 예를 교훈으로 삼아야 한다. 내 아들이 한 잘못은 스스로 책임지게 하자. 대신해서 그 짐을 짊어져서는 안 된다. 자기 행동은 반드시 자기가 '책임'져야 한다.

• 아이의 피난처가 되지 마라 •

어떤 아이들은 실수를 할 때마다 집으로 달려가 엄마 뒤로 숨어버린다. 문제를 모두 엄마가 해결하도록 미루어버리는 것이다. 예를 들어 아이가 옆집 아이를 실수로 울렸는데 부모가 옆집에 찾아가 사과를 하고 아이는 아무 일 없었던 것처럼 '편안하게' 집에서 기다리는 경우가 그러하다. 부모의 이런 행위는 아이에게 절대적인 '피난처'를 제공한다. 하지만 이렇게 피할 수 있는 것은 잠시뿐, 우리는 절대로 아이의 평생 피난처가 될 수 없다.

그러므로 아이가 무슨 잘못을 저질렀을 때, 아이를 두둔하려는 생각일랑 당장 접어야 한다. "이건 우리 애 잘못이 아니에요."라는 말은 더더욱 '아니올시다.' 자신이 무엇을 잘못했는지, 왜 그런 짓을 했는지 원인을 찾게 하고 뒷감당을 스스로 하게 해야 한다.

• 대신 핑계대지 마라 •

앞에서 언급한 치치의 이야기에서 엄마는 치치가 '책임을 모면'하게 도우려고 쉴 새 없이 핑계를 댔다. 그러나 우리가 천만 개의 변명을 댄다고 하더라도 아이가 잘못은 한 사실은 바뀌지 않는다. 그러므로 '눈 가리고 아웅' 식의 두둔은 좋지 못하다. 또한, 실수가 아이에게 무조건 나쁜 일만은 아니다. 실수를 통해 교훈을 얻고 각성할 수 있는 좋은 기회가 주어지는 셈이다. 아이가 잘못을 했을 때, 도망가게 둘 것이 아니라 먼저 진지하게 자신의 잘못을 인정하게 해야 한다. 부모 역시 이 점을 단단히 새기자. "책임은 잘못한 사람이 진다, 핑계는 진실을 덮을 수 없다."

• 자연스러운 처벌로 스스로 반성하게 하라 •

18세기 프랑의 사상가이자 교육가인 장 자크 루소는 "아동이 받는 벌은 실수로 인한 자연발생적인 결과에 그쳐야 한다."고 말했다. 이는 그가 제창한 '자연주의 교육'의 일환이다. 그는 아이가 자신의 실수로 빚은 결과를 받아들이는 것만으로도 자연히 징벌을 경험하게 된다고 보았다.

우리도 평소 아이 교육에 루소의 자연주의 교육법을 적용해볼 수 있다. 예컨대 노는 데 정신이 팔려 숙제를 제대로 하지 않은 아이가 다음 날 학교에서 선생님에게 벌을 받도록 가만히 두는 식이다. 이는 아이에게 숙제하기의 중요성을 일깨워줄 수 있다. 또, 아이가 방을 어지럽혔을 때, 대신 치워주지 말고 계속 지저분하게 내버려두어 참을 수 없게 만드는 것도 스스로 청결을 유지하게 하는 방법이 된다.

아이의 잘못을 발견했을 때, 일단 과한 간섭을 하지 말고 가만히 두고 보자. 이 방법만으로도 혼자 반성하는 노력을 하게 만들 수 있다.

60

아이의 변명을
두고 보지 마라

남자아이, 특히 초등학생 남자아이는 실수를 거의 밥 먹듯이 한다고 해도 과언이 아니다. 그런데 아이는 잘못을 하고 나면 일종의 심리적인 도피, 혹은 자기보호 기제가 발동하여 별의별 핑계를 갖다 붙인다.

샤오쉰(小迅)은 아주 똑똑한 아이다. 그런데 가끔은 그 똑똑함이 나쁜 방향으로 나타나곤 한다. 한번은 샤오쉰이 방과 후에 늦게까지 놀다가 숙제하는 것을 깜빡 잊어버렸다. 다음 날 선생님이 이를 지적하자 샤오쉰은 이렇게 말했다. "숙제는 다 했는데, 안 가져왔어요."

또 수학 쪽지시험을 보는데, 평소 수학 성적이 훌륭했던 샤오쉰의 점수가 그날따라 80점에 머물렀다. 엄마가 물었다. "너 수학 엄청 잘하지 않았니? 오늘 시험은 좀 별로네?" 그러자 샤오쉰이 변명했다. "수학 선생님이 요즘 감기가 걸려서 시험에 나온 내용을 잘 안 가르쳐주셨어."

그러자 엄마가 시험지를 훑어보더니 말했다. "똑똑하고 착한 아이는 자기가 실수했다고 해서 변명하지 않는 거야." 실수해도 큰일 나는 거 아니잖니. 용감하게 내가 잘못했다고 인정하고 고치면 그게 더 좋은 거야." 샤오쉰은 얼굴이 빨개져서 엄마가 한 말을 찬찬히 곱씹어 보았다. 그리고 앞으로는 핑계 대는 버릇을 고쳐야겠다고 마음먹었다.

많은 아이들이 잘못을 했을 때, 샤오쉰처럼 책임을 회피하려고 한다. 부모로부터 꾸지람을 듣거나 벌을 받지 않으려는 행동이다. 우리는 이런 아이를 이해해야 하지만 그렇다고 무조건 모른 척 눈감아서는 안 된다. 잘못을 하고도 변명만 둘러대는 것은 문제 해결에 도움이 되지 않으며 그저 무책임한 사람이 되는 길이라는 것, 모든 사람에게는 져야 할 책임이 있고 남자라면 더욱 용감하게 자신의 책임을 짊어져야 한다는 사실을 아이에게 똑똑히 알게 하자.

・"제 탓이 아니에요!"를 금지하라・

꽃병을 깨뜨린 아이가 말한다. "제가 안 그랬어요, 강아지가 그랬어요!"
엄마의 치마를 더럽힌 아이가 말한다. "제 잘못 아니에요. 누나가 엄마 치마 입다 그런 거예요."
동생을 넘어뜨린 아이가 말한다. "제 탓이 아니에요, 혼자 그런 거예요."

남자아이들은 "제가 안 그랬어요.", "제 잘못이 아니에요."와 같은 말을 자주 입에 올린다. 이는 책임을 면하기 위한 가장 확실한 방법일 것이다. 제 탓이 아니라는 말보다 먼저 스스로에게서 잘못된 원인을 찾아보게 하

자. 자신의 잘못이라고 생각되면 이를 깔끔하게 인정해야 한다. 변명거리를 찾는 행동은 다른 사람의 믿음을 저버리는 것이다. 또 어떤 일은 강하게 부정할수록 다른 사람에게 더욱 확신을 주기도 한다. 계속해서 대답을 회피하는 것은 속 시원하게 인정하는 것만 못하다는 사실을 아이가 잘 이해할 수 있도록 알려주자.

• 인정하고 바로잡는 사람만이 용감하다는 것을 알게 하라 •

남자아이는 영웅이 되고 싶어 한다. 그렇지만 영웅은 잘못된 행동을 하지 않는다고 생각하기 때문에, 온갖 다양한 이유를 들어 자신의 이미지에 먹칠을 하지 않으려 한다.

그러므로 우리는 아이에게 확실히 주지시키자. 바르게 행동하고 실수를 범하지 않는 것은 영웅의 소양이 분명하지만, 완전한 사람은 없으니 실수를 하더라도 용감하게 잘못을 시인하고 최선을 다해 이를 바로잡는 사람이야말로 존경받을 가치가 있는 사람이라는 것을 말이다.

영웅 이야기를 들려줄 때, 영웅의 이런 면모까지 함께 각색해준다면 아이는 더욱 총체적인 시각에서 용감함에 대해 이해하고 배울 수 있게 될 것이다.

61

책임감은
어릴 때부터 길러주어라

어느 날, 리리(力力) 엄마는 저녁 식사를 마치고 동네 엄마들과 모여 이야기를 나누고 있었다. 리리 엄마가 도저히 못 견디겠다는 듯이 입을 열었다. "우리 집 녀석은 애가 책임감이라고는 없어요. 놀고 나면 장난감이 사방천지로 널브러져 있고, 침대 위까지 엉망진창이에요. 나중에 커서도 그러면 어쩌죠? 다들 좋은 방법 좀 있으면 알려주세요."

뉴뉴(牛牛) 엄마가 먼저 대답했다. "나였으면, 진즉 한바탕 퍼부었을 거예요." 샤오차오(小超)의 엄마가 황급히 손을 저으며 말을 받았다. "그렇게 애한테 퍼붓는 건 좋지 못해요. 저는 먼저 그렇게 하면 안 되는 이유를 최대한 설명해요. 아무리 해도 말을 안 들으면 할 수 없이 야단을 치겠지만요." 웨이웨이(威威)의 엄마도 한 마디 거들었다. "소용없어요! 일리 있게 얘기도 하고, 야단도 치고, 때려도 봤어요. 그래도 아무 신경도 안 쓰더라고요." 리리 엄마가 궁금하다는 듯 물었다. "그럼 그 후에는 어떻게 하셨는데요?" 웨이웨이 엄마가 별 수 없다는 듯 대답했다. "그냥 제가 청소했죠, 뭐."

엄마들은 연신 고개를 끄덕이며 맞장구를 쳤다. "맞아, 맞아. 결국은 내가 할 수밖에 없어." 그러자 리리 엄마는 머리를 가로저었다. "어휴, 애를 혼내는 것도 좋은 게 아니고, 계속 뭐라고만 할 수도 없다는 거죠? 좋은 수를 내야 하는 것 아닐까요?"

그 말에 엄마들은 깊은 고민에 빠져들었다.

책임감이 아직 모자라는 것은 아이에게서 나타나는 일반적인 미성숙적 현상이다. 사실 남자아이에게서 이런 상황이 나타나는 것은 우리의 교육 태도와 떼어놓고 생각할 수가 없다. 그렇기 때문에 내 아이가 책임감 강한 아이가 되기를 바란다면 어릴 때부터 이를 철저히 교육하는 것이 좋다.

• 아들에게 책임의식을 심어주어라 •

엄마들은 이렇게 한탄한다. "요즘 남자애들은 어쩜 이렇게 게으른지, 이래서야 뭐든지 다 도와줘야 하잖아!" 그렇지만 이렇게 뒤집어 생각해 보는 것은 어떨까? 우리가 아이를 지나치게 애지중지한 것은 아닌가? 혹은 아이가 하면 더 귀찮아질까 봐 차라리 내가 해버리는 것이 낫다고 생각한 것은 아닌가? 바로 우리가 이렇게 독단적으로 생각해 대신 해치워 버린 일 때문에 아이는 "이 일은 엄마가 할 일이야, 나랑은 상관없어."라고 생각할 수 있다. 이런 아이에게 어떻게 책임감이 생길 수 있을까?

그러므로 엄마들부터 아들을 책임감 있게 키워야겠다는 의식을 확실하게 갖추어야 한다. 특히 아이가 철이 들기 전부터 의식적으로 책임감 교육을 시작해야 한다. 스스로 할 수 있는 일은 되도록 끼어들지 말고 혼자 하게 두는 것이다. 그리고 모든 사람은 스스로 해야 하는 일이 있고, 이 일을 잘 완수하는 것이 책임 있는 모습의 가장 기본적인 표현임을 아이가 알도록 해야 한다.

· 아이가 주도하게 하라 ·

아이들이 일정 연령에 이르면 무언가를 스스로 하려는 욕망이 생긴다. 예를 들어 숟가락질을 혼자 하려는 것이나 입고 싶은 옷을 골라 입으려는 것 등이다. 이때, 우리가 해야 할 일은 아주 간단하다. 그저 '놔두는 것'이다.

처음에는 행동이 굼뜨고 익숙하지 않아서 밥알을 온몸에 붙이고 식탁에 다 쏟아 놓거나 옷을 한 무더기나 꺼내 엉망으로 만들 수도 있다. 그러나 이는 모두 아이가 직접 해내야 하는 일이고 어디까지나 아이 자신이 책임져야 한다. 보호하고 지도할 수는 있다. 그러나 답답하다고 해서 일의 진행을 막무가내로 저지하거나 대신해서는 안 된다. 아이가 자신의 일을 혼자 해결하는 것은 어디까지나 책임감을 기르기 위한 첫걸음이기 때문이다.

· 발달 단계에 따라 다른 임무를 주어라 ·

아이의 책임감을 키우는 것은 순서에 따라 차근차근 진행해야 한다. 아이가 자라면서 여러 가지 능력이 점차 향상되면 엄마들은 각 단계에 맞는 임무를 찾아주어야 한다.

예컨대 아이가 유치원에 다닌다면 스스로 밥을 먹고 옷을 입고 신발을 신거나 너무 무겁지 않은 엄마의 쇼핑 가방을 함께 드는 연습을 시킬 수 있다. 초등학생이 되면 아이는 자기 방과 침대보를 정리하고 사용한 필기구나 책을 깨끗하게 정리하는 정도의 일을 할 수 있어야 한다. 비교적 간단한 집안일을 돕는 것도 가능하다.

아이에게 할 일을 부여할 때는 성장과 발달 단계에 맞추어 적용하고, 계속해서 조금씩 난도를 높이면 된다. 이는 아이가 성장함에 따라 부담해야 하는 책임 또한 무거워진다는 뜻이다. 어떤 일을 맡길 때는 아이가 잘 이해할 수 있게 설명을 곁들이고, 이 일을 잘 해내야 한다는 책임감을 심어주도록 하자.

62
자선사업에
관심을 갖게 하라

자선사업은 개인 혹은 사회적 집단이 박애, 공감, 원조 등의 관념을 기반으로 이재민, 빈민과 기타 생활에 어려움을 겪는 사람을 위해 원조하는 활동을 통칭한다. 사실 자선사업 역시 인간의 사회적 책임이며, 이는 그 사람의 도덕 수준과 자발적인 책임감의 발현이다.

내 아들이 책임감 강한 아이로 성장하기를 바란다면 인간으로서 져야 할 사회적 책임 역시 소홀히 해서는 안 된다. 아이가 어릴 때부터 자선사업 등에 관심을 가지고 익숙해지도록 노력해 보자.

· 자선사업이 존재하는 의의를 설명하라 ·

텔레비전에서 자선사업에 관한 기사가 연일 흘러나왔다. 사람들이 돈을 걸고 물건을 보내고 다양한 원조 활동을 하는 모습을 본 판판(凡凡)이 궁금증을 참지 못하고 엄마에게 물었다. "자기 물건하고 돈을 다른 사람한 테 그냥 줘요? 왜 그렇게 하는 거예요?" 엄마는 판판의 머리를 쓰다듬으며 설명해주었다. "그건 모든 사람들이 져야할 사회적 책임이라고 할 수 있단다. 엄마가 재해지역 주민들을 돕기 위해서 돈을 기부했던 것 기억하니? 너는 배불리 먹고 따뜻하게 입고 장난감도 많지만, 사실 세상에는 그렇지 못한 친구들이 아주 많아. 그 아이들은 아주 힘들게 살고 있는데, 도와주어야 할까, 아닐까?" 판판이 잠시 생각하더니 고개를 끄덕였다. "엄마, 무슨 말인지 알겠어요. 쓸데없이 그냥 주는 게 아니란 거죠? 도와 주려고 하는 거 맞죠?" 엄마가 고개를 끄덕이며 웃었다.

이처럼 간단한 이야기로도 아이에게 자선사업의 중요성을 설명할 수 있다. 사람들이 왜 이런 일을 하는지, 이런 일이 타인과 사회에 어떤 영향을 미치는지를 알게 하는 것이다. 또한 이런 활동은 아이의 긍정적인 영웅 심리를 적절히 자극할 수도 있다. 다른 사람을 사랑하는 마음으로 공헌하고 베풀어 공익과 사회를 책임질 수 있다면 이것 또한 영웅의 행동이라고 일러주는 것이다.

• 다양한 자선사업을 알게 하라 •

자선사업이 주로 기부금을 걷는 형식으로 진행되다보니, 아이들은 선의를 베풀고 공익을 위하는 것이 곧 돈을 내는 것이라는 생각하기 쉽다. 그래서 우리는 단지 그것만이 방법이 아니라는 사실을 알려주어야 한다. 물품을 기증하거나 자원봉사를 하는 등 생활 각 방면의 어려움을 해결하는 행위와 다른 사람의 심리적인 문제에 도움을 주는 행위는 모두 자선사업의 범위에 포함된다.

아이들은 아직 독립적인 경제 능력이 없기 때문에, 무보수로 봉사를 하거나 타인의 일을 돕는 정도로 자선할 수 있다. 아이를 거리로 데리고 나가 기부 외에도 할 수 있는 공익 활동, 자선 활동을 직접 보여주고, 천천히 이러한 사업에 대한 이해의 폭을 넓히도록 도와주자.

• 스스로의 능력을 가늠하게 하라 •

자선 활동은 자신의 능력과 수준에 맞게 참여해야 한다. 기부 역시 자신이 감당할 수 있는 범위 내에서 해야 하며 괜한 승부욕에 사로잡혀서 무리해서는 안 된다고 가르쳐야 한다. 학교 혹은 외부의 기부 활동에 참여할 때는 자신의 성의를 표시하는 정도면 충분하다. 물품을 기부할 때도 먼저 자신에게 불필요한지를 미리 고려해야 한다. 옷을 충동적으로 모두 다 기부해버리고 정작 자신은 입을 것이 없는 상황이 생겨서는 안 된다. 봉사활동에 참여할 때도 본래 자신이 해야 할 학업 등을 마무리하고 나서 참여해야지, 자선사업에 앞장서는 것을 핑계로 공부나 다른 중요한 일을 뒤로 미루는 것은 곤란하다. 결국 자신의 능력과 상황에 맞는 활동에 참여해야 맡은 임무에 온전하게 집중하고 완수해낼 수 있다는 말이다.

63

100 POINT of EDUCATION

다양한 사회 활동 참여를
응원하라

사회 참여 활동은 아이가 자신을 둘러싼 자연과 사회를 이해하는 데 도움을 주고, 직접적인 실천을 통해서 아이의 행동력을 제고시킨다. 특히 하루 종일 학교와 집이란 울타리 속에서 움직이는 아이에게는 필수적인 활동이라 할 수 있다.

그러나 아이들을 여러 활동에 참여시키라고 하면 일단 마음이 놓이지 않는 것이 사실이다. 특히 남자아이들은 워낙 짓궂고 노는 것을 좋아하다 보니 어딘가 참여하라고 보내기가 물가에 아이를 내놓는 것처럼 겁이 나는 것이다. 그러나 다양한 참여 활동은 아이에게 책에서 배울 수 없는 소중한 경험과 지식을 선사한다. 게다가 스스로 의문을 가지고 또 이를 제 손으로 해결하는 방식을 통해 지식도 늘릴 수 있고 호기심도 충족시킬 수가 있다. 그러므로 우리는 아이가 체험, 참여 활동에 자주 참여하도록 격려와 지원을 아끼지 않아야 한다.

• 아이의 사리분별력을 높여라 •

아이가 사회에 본격적으로 참여하기 전에 우리는 먼저 '사회'라는 개념을 이해시켜야 한다. 아이가 알아들을 수 있는 수준의 말로 간략하게 앞으로 일어날 수 있는 상황을 소개하는 것이다. 이때 주의해야 할 점은 사회의 긍정적인 면과 함께 부정적인 면도 알려주어야 한다는 것이다. 이는 나중에 아이가 사회의 부정적인 면을 알게 되었을 때 받을 배신감이나 상처를 경감시키고 아이의 사리분별력을 향상시키는 역할을 한다.

그러나 너무 심오하거나 아이가 이해하지 못할 수준의 이야기는 하지 않도록 주의하자. 어쨌든 이해력이나 인지 능력이 발달하는 것은 시간이 필요한 일이고, 사회의 어두운 면만을 알게 해 사회를 향한 발걸음에 오히려 두려움을 심어주어서는 안 되기 때문이다. 만일을 위해 '응급조치'에 관해서는 미리 주지시키는 것이 좋다. 위험한 일이 발생했을 때 구조나 도움을 요청할 수 있도록 112나 119에 전화하는 방법 정도는 아이도 알고 있어야 한다.

• 조직적으로 사회 활동에 참여하게 하라 •

'조직적으로 참여하라'는 말은 혈혈단신 적진으로 뛰어들 듯 혼자 무작정 사회 활동에 덤벼서는 안 된다는 뜻이다. 이유는 다음과 같다. 첫째, 사회 참여 활동에는 우선적으로 고려해야 할 문제나 선행되어야 할 일이 많다. 그런데 아이 혼자서는 사전에 준비하기가 어렵다. 둘째, 학교나 사회 차원의 조직적인 참여 활동은 아이에게 파트너십을 길러준다. 셋째, 조직 활동은 참여한 개인의 안전을 보장받을 수 있다.

활동에 참여하는 아이에게는 본인의 능력과 수준을 스스로 잘 가늠하게 가르쳐야 한다. 아이가 능력 밖의 일을 해서는 안 되고, 감당할 수 없이 큰 규모나 전문성을 요구하는 활동 역시 피해야 한다. 이를 고려해 주로 남자아이들이 할 만한 사회 활동은 아래 몇 가지로 요약해볼 수 있다. 학교 혹은 주변의 사회단체에서 진행하는 소규모 조사 활동, 흥미 있는 직업이나 회사를 찾아가 견학하고 배우는 활동, 도자기 공예 체험이나 모형 만들기와 같은 간단한 공예 활동, 야외에서 진행되는 수련회, 병영 체험 등이다.

· 활동에 진지한 태도로 임하게 하라 ·

아이가 이런 활동에 참여해 각 방면의 능력을 발전시키는 것은 좋은 일이지만, 아이들은 천성적으로 노는 것을 좋아한다는 사실을 간과해서는 안 된다. 밖에서 어떤 활동을 진행하기에 앞서, 활동에 참여한 이상 진지한 태도로 임해야 한다는 사실을 강조하자. 조사든 견학이든 스스로 문제의식을 가져야 하고, 돌아올 때는 활동의 수확과 느낀 점이 분명히 있어야 한다. 활동을 핑계 삼아 그저 놀도록 놓아두어서는 안 된다. 다양한 활동에 성실하게 참여해 활동의 즐거움과 앎의 즐거움을 함께 느끼도록 해주어야 한다.

엄마에게 의존하는
버릇을 고쳐라

    많은 가정에서 외동아이를 두고 있는 요즘, 자식을 향한 부모들의 사랑은 아무리 쏟아내도 모자람이 없을 것이다. 그렇지만 우리들의 '열렬한 내리사랑'이 오히려 나쁜 결과를 부를 수도 있다. 남자아이인데도 엄마에게 너무 심하게 의존하는 성향이 바로 그것이다.

    어떤 아이는 엄마가 화장실에만 가도 울기 시작한다. 다른 사람이 아무리 달래도 소용이 없다. 잘 때 엄마가 곁에 없으면 밤새 잠을 자지 않는 남자아이도 있다. 엄마 없이는 아무것도 못하는 자신감 없는 아이도 있고, 엄마가 함께하지 않으면 집 밖으로 한 발짝도 나가지 못하는 아이도 있다.

    이는 실제 우리 주변에서 일어나는 상황이다. 아들이 엄마에게 유난히 의존하는 버릇은 엄마로서도 견디기가 힘든 일이다. 혼자서 두 사람 몫을 감당해야 하기 때문이다. 우리는 아이를 평생 곁에 둘 수 없다. 그렇기에 아이는 지금부터 엄마의 그늘에서 벗어나 혼자 서는 법을 익혀야 한다.

• 아이와 거리를 두어라 •

아이가 아직 사리분별이 확실하지 않을 때는 부모의 세심한 보호와 배려가 필요하다. 그러나 점점 자라면서 자기 주관을 갖게 되면 부모들도 아이와 일정한 거리를 유지하며 잠자코 지켜보는 것이 좋다. 예를 들어 아이가 울고 떼를 쓸 때는 어르고 달랠 것이 아니라 일단 스스로 마음을 진정시킬 수 있도록 가만히 두어 보자. 혹은 아이가 제힘으로 무언가를 하려고 할 때 너무 심한 개입이나 간섭은 피하고 알아서 방법을 모색하도록 지켜보자. 물론 이런 방법은 아이가 위험에 빠지거나 상처를 입지 않는다는 전제하에서 말이다.

• 아이가 친구를 많이 사귀게 하라 •

어떤 아이들은 부모에게만 기대다 보니 사람들과의 접촉 자체를 꺼리곤 한다. 아이를 밖으로 데리고 나갔을 때는 놀이터를 비롯한 개방된 장소에서 많은 아이들과 자연스럽게 어울리게끔 하며 관계를 확장시켜 주어야 한다. 동시에 친구들과 지속적으로 만남을 이어가도록 주변 이웃이나 친구들의 아이를 집에 초대하는 것도 좋다. 아이가 말이 잘 통하는 친구와 함께 어울리다 보면 부모를 향한 의존도가 분산된다. 그리고 다른 사람과의 관계에서 성취감을 느낀 아이는 이후 차차 부모에게서 분리될 것이다.

• 엄마와 서먹한 사이가 되지 않도록 주의하라 •

일곱 살 샤오웨이(小衛)의 엄마는 무슨 일이든 엄마부터 찾는 샤오웨이가 지나치게 자신에게 의존한다고 생각했다. 그래서 지금부터라도 일부러 소원하게 대하기로 마음먹었다. 며칠 동안 엄마는 애교와 생떼를 번갈아 부리는 샤오웨이를 무시하고, 울고불고 매달리는 모습에도 무관심으로 일관했다. 이렇게 잠시 냉담하게 대하면 아이가 엄마에게 의지하는 습관이 자연스럽게 사라질 것이라고 생각했다. 과연, 엄마의 생각대로 샤오웨이는 더 이상 엄마에게 의지하지 않게 되었다. 그러나 동시에 엄마에게 유난히 쌀쌀맞게 대하고 말수도 확연히 줄어들었다.

우리는 아이가 수동적이기를 원하지도 않지만, 부모와 서먹서먹한 사이가 되는 것을 바라지도 않는다. 그러므로 아이의 의존적인 태도를 고치더라도 천천히 차근차근 단계를 밟아야지, 샤오웨이의 엄마처럼 갑자기 모든 관심을 끊어서는 곤란하다. 당연히 평소와 달리 너무 엄하게 대하거나 화풀이를 하듯 몰아세워서도 안 된다. 아이가 마음에 큰 상처를 입으면 부모를 믿지 못하고 외면하게 된다.

그래서 아이가 의존성을 탈피하게 할 때도 먼저 충분한 대화와 소통으로 부모의 따뜻한 사랑과 관심을 느끼게 해야 한다. 또한 이 모든 과정이 아이의 책임감과 독립성을 강화하기 위한 것임을 잘 이해시켜야만 한다.

65

원대한 이상을 꿈꾸고
깊은 사명감을 갖게 하라

이상(理想)과 사명(使命)은 긴밀하게 연관되어 있다. 자신의 미래에 관해서 아무런 희망이 없다면 원대한 이상이 생길 리 만무하고, 하루하루를 멍하니 흘려보낼 뿐이다. 이렇게 자기 스스로를 책임지지 않는 사람에게는 사명감을 더욱 기대하기 어렵다.

온 가족이 모여 저녁 식사를 하던 중이었다. '이상'에 관한 이야기가 나온 김에 엄마가 샤오빙(小氷)에게 물었다. "넌 꿈이 뭐야?" 열한 살 난 샤오빙은 잠시 생각하더니 대답했다. "지금은 확실히 모르겠어요. 내 친구는 비행기 조종사가 되고 싶다는데, 혹시 사고 나면 어떡해요. 회사에서 들어가는 것도 하루 종일 일하는 게 힘들어 보이고, 사장님이 될 거라는 아이도 있어요. 그런데 많은 사람을 관리하려면 힘들겠죠?"
샤오빙은 연신 이런저런 이야기를 했다. 그런데 엄마는 뭐라고 대답해야 할지 몰라 마음이 무거워졌다.

샤오빙은 다른 사람의 꿈과 희망을 제멋대로 평가하고, 부정적인 면만 부각시켜 보고 있다. 이는 자신만의 꿈과 포부가 없기 때문이다. 엄마들은 아이가 자신의 꿈을 갖는 것부터 시작해 점차 원대한 이상과 사명감을 가지도록 해야 한다.

우리는 모두 내 아들이 세상에서 떳떳하게 제 몫을 해내고 투철한 사명감도 갖기를 바란다. 그렇다면 아이가 어릴 때부터 자기에게 주어진 책임을 인지하게 만들고 스스로 꿈을 설계하도록 도와주자.

· 신경 쓰지 말라는 말은 금물이다 ·

엄마가 아들에게 공부를 열심히 하라고 격려할 때, 아마 이런 말을 할 것이다. "먹는 것, 입는 건 전부 다 엄마가 해줄게. 그런 건 신경 쓰지 말고 공부에만 집중해. 네 성적만 좋다면 아무리 힘들어도 우리는 괜찮다." 이런 말이 겉보기에는 아이에게 힘을 주는 것 같지만, 사실 아이의 책임감을 기르는 데는 전혀 도움이 되지 않는다.

엄마는 아이가 오로지 성적에만 매달릴 것이 아니라 올바른 꿈을 가질 수 있도록 이끌어야 한다. 아이에게 학업이 중요한 것은 당연지사이지만, 자신이 짊어진 책임도 너끈히 감당해내는 사람이 되는 것도 중요하다. 그러므로 도저히 역부족인 일을 제외하고는 아이 역시 집안일을 분담하고 함께 고민할 수 있게 해야 한다.

· 삶의 의욕을 불태워라 ·

아이의 두 눈은 언제나 부모를 주시하고 있기 때문에 스스로 꿈과 이상을 수립할 때, 부모의 생활방식이 기준이 될 가능성이 높다. 그러므로 아이에게는 언제나 우리가 올바르게 삶을 영위하는 모습을 보여야 한다. 부모가 텔레비전이나 게임에 빠져 하루 종일 게으름을 부려서는 안 된다. 그렇지 않으면 아이는 그런 삶도 전혀 나쁘지 않다고 인식하게 될 것이다. 먼 미래에 관해 꿈을 꾸는 것에는 흥미를 잃고 자연히 책임감도 떨어질 수밖에 없다.

아이 앞에서는 집안일도 열심히 하고 커리어를 더욱 쌓기 위해 분투하는 등, 삶에 대한 의욕을 보이자. 우리의 행동은 아이가 자신의 꿈과 이상을 좇는 데 좋은 본보기가 되어야 한다.

· 꿈과 이상을 좇게 하라 ·

우리가 아이에게 자신의 이상을 수립하게 하는 것은 꿈을 현실화함으로써 인생의 가치를 실현하고 이 사회에 기여하여 주어진 사명을 완수하게하기 위함이다. 이를 아이에게도 잘 알려주고, 자신이 찾은 이상을 말뿐이 아닌 현실로 꼭 이루기 위해 노력해야 한다는 점을 주지시키자.

꿈을 이루기 위해 아이는 먼저 학업, 즉 교과 지식을 꾸준히 학습해서 배운 내용을 철저하게 이해해야 한다. 그리고 끊임없이 스스로의 학습 범위를 확장하여 자신이 바라는 방향을 향해 노력해 나가야 한다. 여러 방면의 능력을 차근차근 단련하여 자신이 얻은 지식과 능력을 유기적으로 결합하여 활용할 수도 있어야 한다. 또한 부모들은 노력하는 아이를 위해 곁에서 뒷받침을 든든하게 해야 한다. 지식과 호기심을 충족시킬 다양한 읽을거리, 교구 등을 준비하거나, 다양한 자연 환경과 사회 현상을 접할 수 있게 야외 활동과 같은 기회를 제공하는 것이 좋다.

· 비현실적인 꿈을 꾸지 않게 하라 ·

아이에게 꿈을 가지라고 희망을 주는 것은 좋지만, 이룰 수 없는 비현실적인 꿈을 꾸게 해서는 안 된다. 아무리 원대한 포부라도 가장 중요한 것은 기초부터 차근차근 이루어 나가는 것이다. 현 단계에서 할 수 있는 일부터 시작해 한 단계씩 수준을 끌어올려야 하는 것이다. 한 걸음에 천 리 길을 가려는 생각, 가만히 앉아서 토끼를 잡는 요행수를 바라는 태도는 잘못된 것이다. 한 걸음 한 걸음 착실한 노력이 필요하다는 것을 아이가 꼭 알게 하자.

PART 8

큰소리치지 않고
EQ 높은 아이로 키우기

100 POINT OF EDUCATION

현재의 신체 발달이나 건강과 관련이 있든 미래의 비전과 관련이 있든, 우리 아이가 성장하
는 과정에서 감성지수(EQ, Emotional Quotient)의 발달이 대단히 중요한 역할을 한다는 것은
이미 수많은 연구에서 증명되었다. 그러므로 엄마들은 아들의 성장 과정이 더욱 순조롭게
흘러갈 수 있도록 EQ를 높이려는 노력을 아끼지 말아야 한다.

감성지수(EQ)는
미래의 열쇠이다

우리는 보통 한 사람의 성공 여부가 지능지수(IQ)에 달렸다고 생각한다. 그래서 아이가 조금이라도 더 좋은 조건에서 출발하기를 바라는 엄마들은 대부분의 시간과 정력을 아이의 지능지수를 높이는데 할애한다. 각양각색의 교육용 서적과 교구에 열정을 쏟아붓는 것이다.

그런데 우리가 이렇게 아이의 지능지수를 높이는데 열을 올리는 동안한 가지 독특한 현상이 나타났다. 대를 거듭할수록 아이들이 똑똑해지는동시에 감정 조절 능력은 급격하게 떨어진 것이다. 특히 남자아이들에게는 더욱 여러 가지 문제가 생겨났다. 감정 조절 능력이 떨어지며 타인과의 커뮤니케이션에 어려움을 겪게 되고, 스스로 어떤 결정을 내리기 힘들어함과 동시에 인내력과 의지력이 저하된 것이다.

사실 이런 현상이 나타난 이유는 부모들이 아들의 감성지수 발달을 등한시하였기 때문이다. 감성지수란 최근 심리학자들이 지능지수에 대응하여 제시한 개념으로, 주로 인간의 정서, 감정, 의지 등 정신 작용의 능력을 수치화한 것이다. EQ 이론의 창시자인 피터 샐로베이(Peter Salovey)는 감성지수가 총 다섯 가지의 감정 조절 능력을 관장한다고 하였다.

첫째, 자기 자신의 정서를 인지하는 능력
둘째, 자신의 감정을 적절하게 조절하는 능력
셋째, 자아 동기 부여 능력
넷째, 타인의 정서를 이해하는 능력
다섯째, 인간관계를 잘 관리하는 능력

심리학자들은 연구를 통해서 인간이 성공하는 요인 중 지능지수는 20%만을 차지하고 감성지수가 나머지 80%를 차지한다고 밝혔다. 그렇다면 '성공(100%)=지능지수(20%)+감성지수(80%)'라는 공식이 성립한다. 이처럼 감성지수는 아이의 성장과 성공에서 절대 빠져서는 안 될 중요한 요인 중 하나이다.

"세 살 버릇 여든까지 간다."는 속담이 있다. 어린 시절은 아이의 성격이 형성되고 정서적 발달이 이루어지는 중요한 시기이다. 한 사람의 감성지수와 어린 시절의 교육은 불가분의 관계에 있는 것이다. 중국의 저명한 작가인 라오서(老舍)도 저서 〈나의 어머니(我的母親)〉를 통해 이렇게 말했다. "나의 진정한 선생님, 내 성격을 만드신 분은 바로 어머니이다. 어머니는 글을 몰랐지만 나에게 삶의 가르침을 주셨다." 우리들도 한 아이의 어머니로서, 아이가 어렸을 때부터 감성 능력을 발전시키고 건강한 인격을 가질 수 있도록 최선의 노력을 다하자.

미국의 한 연구기관에서 188개 회사의 고급 관리자를 대상으로 지능지수와 감성지수를 테스트하고, 이 수치와 업무 성과의 상관관계를 분석하였다. 리더 역할을 하는 고급 관리자들의 업무 성과에서 감성지수의 영향력은 지능지수 영향력의 아홉 배에 달했다. 이는 지능지수가 약간 떨어지더라도 높은 감성지수를 보유한다면 성공적인 성과를 낼 수가 있다는 뜻이다.

연구 결과에서 보듯, 감성지수는 성공의 열쇠가 되는 요인 중 하나이다. 아이의 감성지수를 높이기 위해서는 먼저 아이가 감성지수의 존재를 깨닫고 정서적인 무지함을 탈피하도록 해야 한다. 이때 감성지수의 중요성을 이해시키는 것이 대단히 중요하다. 그래야 아이가 자신의 감정을 어떻게 조절하는지 차근차근 배워 나가며 감성지수를 끌어올릴 수가 있다.

이에 적합한 소재는 생활 속에서도 얼마든지 찾을 수 있다. 예를 들어 성공한 인물의 이야기, 부모가 겪은 인생 경험, 우리 주변에서 일어나는 다양한 사건 등. 이런 소재들을 함께 이야기하고 토론하는 방식으로 아이는 감정 조절의 중요성을 느끼게 된다. 또한 아이가 정서적인 문제를 겪을 때에도 함께 상황을 분석함으로써 감정이 사람에게 미치는 영향이 얼마나 큰지 그 중요성을 명확하게 인식시키고, 더불어 높은 감성지수를 가져야만 자신의 감정을 제대로 통제하고 스스로의 주인이 될 수 있음을 깨닫게 할 수 있다.

67

자아 동기 부여를
가르쳐라

톈유(天佑)는 엄마가 칭찬해주는 것을 가장 좋아하는 열 살짜리 꼬마이다. 엄마가 힘을 북돋우는 말을 해줄 때마다 톈유의 학습 의욕은 활활 불타올랐다. 하지만 엄마의 격려가 없으면 공부하려는 의지가 꺾였고, 따라서 성적도 함께 떨어졌다.

사실 아이들 대부분이 톈유처럼 엄마의 칭찬과 격려를 갈망하고, 이것이 충족되지 못하면 의지력이 저하되고 소심해진다. 이는 아이가 여태껏 엄마의 격려에만 크게 의지해 스스로 동기 부여하는 법을 배우지 못했기 때문이다.

미국 하버드대학교의 윌리엄 제임스(William James) 교수는 연구를 통해 한 가지 결과를 도출하였다. 아무에게도 응원이나 격려를 받지 못한 사람은 평소 어떤 일에 자기 능력의 20~30%만을 발휘하는데, 격려를 받은 후에는 80~90%까지 능력치를 끌어올릴 수 있다는 것이다. 다른 사람에게서 희망찬 기대와 격려의 말을 듣게 되면, 그렇지 못했을 때보다 서너 배나 뛰어난 성과 의지를 보인 셈이다.

아이가 스스로 동기 부여를 할 수 있다면 내재적인 에너지를 발휘하는 것은 물론, 잠재적인 능력까지 폭발시킬 수 있다. 그러면 자신의 목표를 향해 부단히 전진할 수 있고 고난과 좌절을 뛰어넘고 성장을 거듭할 수가 있게 된다. 반대로 자기 자신에게 어떤 자신감도 불어넣을 수 없는 아이는 스스로에게 숨겨진 잠재력을 제대로 펼쳐보지도 못하고 비관과 절망의 구렁텅이로 빠져들고 말 것이다. 그러므로 우리 아이가 어릴 때부터 스스로 성장 동력을 찾을 수 있도록 자아 동기 부여의 습관을 형성하게 하자.

· 동기 부여 의식을 강화하라 ·

엄마들이 평소 아들을 격려할 때 흔히 하는 말이다. "엄마는 네가 올바른 선택을 할 거라고 믿어.", "엄마는 네가 어려움을 잘 극복할 수 있을 거라고 생각해." 엄마들의 격려 속에서 아이는 자신이 건강하고 안정되어 있음을 느끼며 부모가 원하는 방향대로 나아가기 위해 스스로 동기 부여를 하게 된다.

그런데 이때 주어를 '엄마'에서 '너'로 바꾸면 어떨까? 예컨대, "네가 올바른 선택을 할 거라고 스스로 믿어야 한단다."처럼 말이다. 그렇다면 아이의 잠재의식 속에서 '엄마가 나를 믿는다'고 생각하던 것이 점차 '내가 나를 믿는다'로 바뀔 것이다. 이렇게 아이에게 격려를 해야 할 때도 자아 동기 부여 의식을 강화할 기회를 놓치지 말자.

• 적극적으로 동기 부여를 하게 하라 •

류쥔(劉俊)은 초등학교 6학년생이다. 중학교 입학시험까지는 대략 반년이 남았다. 성적이 반에서 중상위권 정도라서 원하는 학교로 진학할 수 있을지가 불확실한 류쥔은 요즘 하루하루가 가시방석이다.

엄마가 류쥔의 마음을 눈치 채고 여러 장의 카드를 준비했다. "아들아, 아무 거나 한 장 뽑아 봐. 네가 뽑은 카드에 적힌 말이 너한테 행운을 가져다주는 주문이 될 거야."

'행운의 주문'이라는 말에 류쥔은 들뜬 마음으로 카드를 뽑았다. 카드에는 이렇게 적혀 있었다. '나는 자신 있다. 반드시 해낼 수 있다고 믿는다.'

엄마가 웃으며 말했다. "이것 봐, 행운의 주문이 자신감을 가지라고 하잖니. 그러니까 너도 자기 자신을 믿어야 해."

류쥔은 무언가 깨달은 듯 대답했다. "결과가 어떻게 되든 일단 정말로 최선을 다 할 거예요. 열심히 해야 나중에 후회가 없을 것 같아요."

"네 스스로를 믿고 열심히 노력하면 분명히 성공할 수 있을 거야."

그날 이후 류쥔은 언제 어디든 행운의 카드를 가지고 다녔다. 그리고 매일 아침 눈을 뜨자마자, 그리고 잠들기 전에 항상 스스로에게 행운의 주문을 걸었다. "나는 자신 있다. 반드시 해낼 수 있다고 믿는다."

그리고 결과는 놀라웠다. '행운의 주문'이 정말로 류쥔에게 긍정적 영향을 주어 성적이 날이 갈수록 좋아진 것이다. 반년이 지난 후, 류쥔은 우수한 성적으로 꿈에 그리던 중학교에 입학할 수 있게 되었다.

'행운의 주문' 한 마디가 정말 그렇게 대단했던 것일까? 류쥔이 우리에게 그 해답을 알려준다. 류쥔은 매일같이 스스로에게 행운의 주문으로 격려를 아끼지 않았기에 공부를 열심히 할 수 있는 에너지가 샘솟았고 결국 원하는 목표를 이루었다. 아이가 스스로에게 동기 부여를 할 수만 있다면 목표를 성공으로 이끌 확률은 다른 아이들보다 훨씬 높아진다.

그러므로 우리는 아이가 적극적으로 스스로에게 동기 부여를 할 수 있도록 이끌어야 한다. 자아 동기 부여는 다양한 방식으로 이루어질 수 있다. 예를 들자면 류퀸처럼 스스로 적극적인 암시를 하는 방법이 있다. 또 매일매일 일어나는 사소한 변화를 기록으로 남겨 자신의 숨겨진 잠재력을 찾고 자신감을 얻는 방법도 있다. 방법이야 어찌 됐든, 아이가 스스로 동기 부여를 할 수 있다면 능동적인 마음으로 학습 및 일상생활에 변화를 불러일으킬 것만은 확실하다.

68

100 POINT of EDUCATION

아이의 만족을
지연시켜라

미국의 저명한 심리학자 미셸(W. Michel) 교수는 '마시멜로 실험'을 진행했다. 네 살 전후의 아이에게 마시멜로 하나를 주고 이렇게 이야기하는 것이다. "만약 지금 마시멜로를 먹으면 하나밖에 먹을 수 없어요, 이십 분이 지날 때까지 참으면 하나를 더 상으로 줄게요."

기다리는 동안, 어떤 아이는 유혹을 참지 못하고 바로 마시멜로를 먹어버렸다. 어떤 아이는 다양한 방법을 동원해 가며 참을성 있게 기다렸다가 마시멜로를 하나 더 받을 수 있었다. 그리고 교수는 실험에 참여한 아이들이 고등학교를 졸업 때까지 추적 연구를 진행했다.

연구 결과는 다음과 같았다. 이십 분을 참지 못하고 마시멜로를 먹어버린 아이는 청소년 시기에 비교적 충동적이고 집요하며 허영심이 강한 경향을 보였다. 자신이 바라는 바가 있으면 절제를 하지 못하고 곧바로 욕구를 충족시켜야만 직성이 풀렸다. 반면에 주어진 시간을 기다려 마시멜로를 하나 더 얻었던 아이들은 청소년 시기가 되자 더욱 자신감 넘치는 아이가 되었고, 훗날의 원대한 목표를 위해서 눈앞의 이익을 잠시 포기할 수 있는 능력을 겸비하게 되었다.

마시멜로 실험의 결론은 참고 기다릴 줄 아는 아이가 어떤 일이나 계획에서 성공할 확률이 그렇지 못한 아이들보다 훨씬 높다는 것이다.

보통 남자아이들은 테스토스테론의 영향을 받기 때문에 여자아이에 비해 더 충동적이고 조심성이 없다. 그러므로 부모들은 아이가 자신의 충동을 억제하는 능력을 기를 수 있도록 도와주어야 한다. 아이가 자신의 욕구를 잘 컨트롤할 수 있다면 이를 극복하고 이성적으로 사고하며 올바른 선택을 할 수 있기 때문이다. 이런 아이는 학습에서도 더 큰 성취감과 즐거움을 느끼게 되고 더불어 일상생활에서도 행복을 누릴 수 있을 것이다.

· 충동적인 행동을 막는 규칙을 정하라 ·

먹고 싶은 간식과 갖고 싶은 장난감 앞에서 많은 아이들이 이성을 잃고 무분별하게 행동한다. 그러나 보위안의 엄마는 사전에 약속을 하는 방식으로 보위안의 충동적인 소비를 막고 자기 제어 능력까지 길러주었다.

우리도 평소 규칙을 정하는 방식으로 아이의 행동 범위를 규제할 수 있다. 예를 들어 공공장소에서는 큰 소리를 지르거나 떼쓰지 않기, 아무 때나 울며불며 매달리지 않기, 주먹질 하지 않기 등등이다. 규칙을 정하고 난 후에는 그대로 행동할 수 있도록 엄하게 주의를 주어야 한다. 이렇게 약속을 지키는 과정을 겪은 아이는 조금씩 자신의 돌발적인 욕구를 잠재우고, 스스로의 행동을 단속하는 습관을 기를 수가 있다.

한 엄마가 아들을 데리고 마트에 장을 보러 갔다. 새 장난감을 발견한 아이는 소란을 피우며 장난감을 사 달라고 졸랐다. 그러자 엄마가 아들에게 말했다. "집에 벌써 장난감이 많잖니. 지금은 아니더라도 네 생일 때 엄마가 꼭 하나 사 줄게."

아이가 장난감을 갖고 싶다고 했지만 엄마는 곧바로 들어주지 않았다. 그렇다고 안 된다고 단칼에 거절하지도 않았다. 만족감을 잠시 지연하는 방법으로 아이가 자기의 욕망을 극복할 수 있게 하였다. 우리는 살면서 대단히 많은 일에 인내심이 필요하며 갖고 싶다고 해서 무엇이든 곧바로 손에 넣을 수 없다는 사실을 아이에게 잘 알려주어야 한다. 그러기 위해서는 아이의 요구 사항에 대해 '만족을 지연시키는 법'을 활용해야 한다.

예컨대 아이가 만화 영화를 계속해서 보려 한다면, 하루 한 편만 보기로 한 약속을 상기시켜주고 내일 다시 이어서 보면 더 재미있을 것이라고 설명해주는 식이다. 혹시 아이가 어려움에 처해 도움을 요청할 때도 즉시 손을 쓰지 말고 다시 한 번 혼자서 방법을 잘 생각해 보도록 격려하자. 적당한 팁을 살짝 알려주는 것도 좋다. 이런 교육 방식을 통해서 아이는 자신을 절제하고 충동을 이겨내는 법을 스스로 배워나갈 수 있다.

69
100 POINT of EDUCATION
어려움에 굴하지 않는
진취성을 심어주어라

"다른 애들은 90점을 받아도 만족을 못하는데, 넌 어떻게 80점 밖에 못 받았으면서 그렇게 좋아 죽니? 애가 어쩜 욕심이라고는 요만큼도 없어!"
"나보다 못하는 애들도 엄청 많아요!"

엄마와 아들의 흔한 대화이다. 아이에게 진취성을 심어주겠다고 한 마디 했을 뿐인데 아이는 오히려 불만을 가지고 저보다 못한 아이들이 더 많다고 말대꾸를 하는 것이다. 아이는 자신이 잘 하는 아이들보다는 못하지만 그래도 누구보다는 낫다는 생각을 한다. 이렇게 쉽게 현재에 안주하려는 마음은 보통 남자아이들에게서 흔히 나타나는 나쁜 습관이다.

이런 아이는 무엇이든 '될 대로 되라'는 식에, 뚜렷한 학습 목표도 없고 공부하려는 의지나 적극성도 낮아 성적 또한 제자리걸음을 하게 마련이다. 어릴 때처럼 주변 일에 호기심을 갖거나 흥미를 느끼지도 못하고, 무슨 일이든 그냥 대충대충 때우면 된다는 태도를 갖는다.

이런 성향이 계속되면 당장의 학업은 물론 먼 미래의 사회생활에도 그 영향이 적지 않을 것이다. 아이의 학교 성적이나 사회생활의 성공 여부는 단순한 지식이나 기술의 유무뿐만 아니라 적극적이고 진취적으로 난관에 굴하지 않고 나아가는 정신이 결정적으로 작용하기 때문이다.

영국의 철학자 러셀(Bertrand Russell)은 이렇게 말했다. "적극적이고 진취적인 사람만이 성공의 월계관을 쓸 수 있다." 진취성은 아이가 앞으로 나아갈 수 있게 하는 동력이다. 쉼 없이 자신을 움직이게 하는 추진력 덕분에 아이는 자신의 목표를 향해 한 발짝씩 가까워지는 것이다. 현재의 능력이 아직 부족할지라도 적극성과 진취성을 갖추기만 한다면 아이는 아름다운 미래를 위해 분투하고 학업이나 사회생활에서 훌륭한 성과를 얻을 수 있을 것이다.

· 아이가 앞으로 나아가도록 격려하라 ·

사실 생명의 본질은 바로 쉬지 않고 앞으로 나아가는 것이다. 어려움을 눈앞에 두고도 두려움 없이 나아가는 태도를 길러주기 위해서는 현재의 상황과 자신의 처지에 만족하지 않도록 해야 하며, 더 나은 방향으로 발을 내딛는 아이에게 격려를 아끼지 말아야 한다.

평소 무엇이든 계속해서 갈고닦아 어제보다 나은 자기 자신이 될 수 있도록 의욕을 북돋아주자. "오늘은 어제보다 조금 더 집중해서 수업 듣자.", "어제보다 오늘은 더 잘할 수 있을 거야." 하고 매일 이야기해주면 좋을 것이다. 그리고 그렇게 조금씩 발전하다 보면 아이는 자신의 목표에 어느 순간 훌쩍 다가가 있을 것이다.

옌거(嚴格)는 열한 살이다. 학교 성적에 워낙 욕심이 없어서 시험 점수를 80점만 받아도 만족한다. 그래서 엄마는 진취력을 심어주기 위해서 저녁 식사 시간 후에 게임을 함께 하기로 했다. 십자말풀이나 단어 끝말잇기 등이다. 옌거가 장기를 가장 좋아한다는 것을 아는 엄마는 규칙을 하나 정했다. 만약 옌거가 십자말풀이나 끝말잇기에서 이기면 장기를 한 판 두는 것이다.

게임을 갓 시작했을 때는 옌거가 알고 있는 단어의 양이 적어서 매번 엄마에게 질 수밖에 없었다. 당연히 장기는 한 판도 두지 못했다. 그럴 때마다 엄마는 일부러 옌거를 자극했다. "장기 두고 싶으면 다음에는 엄마를 한 번 이겨봐!"

그럴 때마다 옌거는 씩씩대며 다짐했다. "다음에는 무조건 이길 거야."

그때부터 옌거는 매일 숙제를 일찍 끝내고 혼자 책을 읽고 사전을 찾아보기 시작했다. 그렇게 시간이 흐르자 옌거의 어휘력이 몰라볼 정도로 늘었고 차츰 엄마를 이기게 됐다. 승리의 기쁨과 학습의 즐거움을 맛본 옌거는 이제 학교 공부에 힘을 쏟았다. 덩달아 학교 성적도 점차 올랐다.

엄마의 방법은 그야말로 '신의 한 수'였다. 게임을 통해 성취욕과 진취력을 불러일으키고, 스스로의 노력으로 얻은 긍정적인 결과를 경험하게 했기 때문이다.

성공에 대한 갈망이 더 커질수록 진취적인 태도 또한 더욱 강하게 형성된다. 우리는 아이의 연령과 특성에 근거해 최적의 방법으로 긍정적인 경험을 겪게 해야 한다. 그래서 적극성을 불러일으키고 최종적으로 아이 스스로 진취적인 태도와 정신을 갖추도록 하는 것이다. 단, 이 과정에서 아이를 너무 심하게 몰아세워 지나치게 강한 자극을 주는 것은 좋지 않다. 자신감과 에너지를 한꺼번에 잃을 수도 있기 때문이다. 평소에 자주 적극적인 태도의 장점을 경험하게 해서 스스로 나아갈 수 있는 마음가짐을 천천히 기르도록 돕자.

• 진취적인 마음이 무분별한 승부욕과는 다르다는 점을 알려주라 •

진취성을 길러주려다가 아이가 잘못된 인식을 가지게 되는 경우도 많다. 아이는 진취성을 승부욕과 동일시하여 전자를 단순히 다른 사람을 이기는 것이라고 오해할 수 있다. 그럴 때는 아이에게 이 두 가지가 완전히 다르다는 사실을 알려주어야 한다. 진취성은 자신의 현재 상태에 근거해 스스로를 더 발전시키고 향상시키는 것이다. 반면에 승부욕은 다른 사람과 자신을 비교하며 남을 이기려드는 나쁜 마음일 뿐이다.

70

돌발 상황에도 침착하고
태연하도록 가르쳐라

인생의 여정에 순풍만 부는 사람은 없다. 누구나 이런저런 돌발 상황을 겪게 된다. 내 아들이 용감한 사나이로 자라기를 바란다면 이런 돌발 상황에 의연하게 대처할 수 있도록 가르쳐야 한다. 용감함은 단지 겁이 없는 모습뿐만 아니라 예상치 못한 상황에 당황하지 않고 침착하게 대응하며 적극적으로 해결 방법을 찾는 모습에서도 드러나기 때문이다.

일고여덟 살쯤으로 보이는 사내아이들이 놀이터에 모여 놀고 있었다. 엄마들은 한편에서 서로 이야기를 나누고 있었다. 아이들이 이리저리 뛰어다니며 노는 가운데, 쑤밍(蕭明)이라는 아이가 넘어지며 땅바닥에 부딪히는 바람에 코피를 펑펑 쏟았다. 아이들은 갑작스러운 일에 당황하여 어찌할 바를 몰랐다. 그런데 원위(文宇)가 아주 침착하게 옆에 있던 친구에게 말했다. "빨리 쑤밍 엄마 불러와." 그리고 달려가 쑤밍을 일으켜 세우며 말했다. "휴지 있는 사람?" 아이들은 황급히 호주머니를 뒤져서 휴지를 원위에게 건넸다. 원위는 휴지로 쑤밍의 콧구멍을 막아 주었다.

어린 원위는 어떻게 이렇게 침착할 수 있었을까? "무슨 일이 생기든지 일단 차분해야 해. 그리고 방법을 찾는 거야." 엄마가 원위에게 돌발 상황에도 침착함을 잃지 말고 적극적으로 해결 방법을 생각하라고 끊임없이 교육한 덕분이었다. 그리고 일상생활에서 어떤 문제가 생겼을 때, 언제나 원위에게 구체적인 해결법을 가르친 것도 도움이 되었다. 그러므로 전혀 예상치 못한 일이 닥치더라도 당황하지 않고 평소 알고 있던 지식을 총동원해 해결의 돌파구를 찾을 수 있도록 가르쳐야 한다.

· 누구나 돌발 상황을 이겨낼 수 있다고 가르쳐라 ·

삶은 언제나 변수로 가득하고, 상상하지도 못한 일이 갑자기 나를 찾아올 수도 있다. 우리는 이 사실을 아이에게도 알려주어야 한다. 그리고 누구에게나 문제를 해결할 수 있는 힘이 있다는 것도 함께 알려주어야 한다. 그렇다면 아이는 무슨 일이 생길지 준비하고 예비하려는 경각심을 가지게 될 것이다. 그리고 어떤 돌발 상황이 생기더라도 자신이 이를 이겨낼 수 있다고 굳게 믿고 침착하고 의연하게 대처할 것이다.

· 돌발 상황에 대처하는 구체적인 방법을 가르쳐라 ·

사람이 어떤 일을 당했을 때 침착함을 잃지 말아야 한다는 사실을 어른들은 이미 잘 알고 있다. 그러나 아이들은 이를 잘 모르기 때문에 무슨 일이 생겼을 때 구체적인 방법을 잘 알고 있어야만 침착하게 대응할 수 있다. 그러므로 평소에 아이에게 돌발 상황 대처법을 잘 가르쳐주자.

예를 들어, 주변에서 일어난 생생한 사고 이야기를 들려주거나 관련 영상을 보여준 후, 어떻게 하면 좋을지 토론해 보는 것이다. 어떻게 이 일을 처리해야 할까? 더 좋은 방법은 없을까? 구체적인 실제 사례와 생동감 있는 토론은 아이에게 깊은 인상을 남긴다. 이는 비슷한 일이 발생했을 때 머릿속으로 정확한 해결 방법을 생각하는 데 큰 도움이 된다.

· 자신을 보호하고 구제하는 능력을 훈련시켜라 ·

살다보면 길을 잃거나, 화재가 발생하거나, 교통사고가 나거나, 나쁜 사람에게 해코지를 당하는 등 피하기 어려운 일들이 생긴다. 그러므로 아이가 어릴 때부터 부모님의 휴대전화번호와 112, 119 등 긴급 전화번호를 기억하게 하자.

또한 아이가 스스로를 구제하는 능력을 기를 수 있도록 평소에 훈련을 시켜야 한다. "집에 사람이 없는데, 너는 열쇠가 없어. 그럼 어떻게 해야 할까?", "나쁜 사람을 만났어, 그럼 어떻게 할 거야?", "넘어져서 무릎을 다쳤어. 어떻게 하는 게 좋을까?"처럼 어떤 상황을 가정하고 다양한 방법을 생각하도록 모의 학습을 진행하는 것이다.

처음에는 예상치 못한 상황에 어쩔 줄 몰라 당황할 수도 있다. 그러나 이런 의식적인 훈련을 통해, 위급한 상황에서 두려움은 아무런 도움이 되지 않으며, 침착하게 해결책을 생각해내는 것이 우선이라는 결론을 스스로 찾을 수 있을 것이다.

71

옳고 그름을 구분하는
능력을 배양하라

"저 형아가 막 때려! 나도 할래."

"욕 할래! 그냥 말하면 다른 애들한테 무시당해. 그러긴 싫어."

"염색한 머리 멋있다. 나도 노랗게 염색하면 애들이 부러워하겠지?"

아이들은 자발성이 강하지 못해서 쉽게 외부의 영향을 받는다. 그리고 옳고 그름을 정확하게 판단하기 힘들기 때문에 아무런 고민 없이 자기가 좋다고 생각하는 행위를 따르게 된다. 위에서 언급한 아이들의 말은 단순한 예시일 뿐이지만, 올바른 판단력이 형성되지 않은 아이가 저렇게 남의 잘못된 행동을 모방하는 것은 흔히 일어나는 일이다. 그러므로 아이 스스로 옳고 그름을 정확하게 판단할 능력을 배양시켜야 한다.

· 올바른 도덕관념을 심어주라 ·

사람들은 자신의 도덕관념을 기준으로 자신 혹은 타인의 행위를 평가하고 판단한다. 따라서 올바른 도덕관념의 유무가 시비를 가리는 데 중요한 작용을 하기 때문에 부모들은 아이에게 바른 도덕관념을 심어주도록 노력해야 한다.

평소 바른 교육 의미를 담은 서적을 탐독하고 아이에게 놀이나 이야기를 통해서 바른 도덕관념을 심어주자. 주변에서 일어난 일을 직접 들려주면서 교육할 수도 있다. 그렇게 아이의 도덕관념이 바로 선다면 스스로 주위 사람이나 현상을 판단할 수 있게 될 것이다.

· 사리 분별을 정확하게 하도록 이끌어라 ·

아이에게 올바른 도덕관념을 심어주었다면 사리를 분별할 수 있는 능력을 키워주어야 한다. 어떤 일은 해도 되고 어떤 일은 해서는 안 된다는 것을 분명히 하고, 그 기준을 마련하게 하는 것이다. 그래야 아이는 자기 자신의 행위가 옳고 그른지를 정확하게 판단하고 인식할 수 있다.

많은 엄마들이 아들의 순수한 영혼을 해칠까 두려워 사회의 나쁜 현상에 아예 노출시키지 않으려 한다. 사실 이런 방법은 옳다고 할 수 없다. 보다 현명한 방법은 선택적으로 아이를 노출시켜 사회의 부정적인 면에 관해 터놓고 이야기를 나누는 것이다. 나쁜 행동은 본보기로 삼아 무엇이 잘못된 것인지 알려주자. 아이는 언제까지나 부모의 그늘에서 아름다운 세상만 보며 살아갈 수 없고, 언젠가는 사회로 나가 다양한 현상에 직면할 것이기 때문이다.

이렇듯 우리는 일상생활 언제라도 아이가 '옳고 그름'을 인식할 수 있도록 도와야 한다. 그래야 아이가 올바른 기준을 세우고, 잘못된 길로 접어드는 오류를 범하지 않을 수 있다.

• 아이의 잘못된 생각을 제때 바로잡자 •

아이에게 사리 분별을 가르치다 보면 "안 돼"라는 말을 수도 없이 하게 된다. 아이는 이 말을 듣고 안 된다는 것은 알지만 왜 안 되는지, 그러면 어떻게 해야 하는지 이해하기가 어렵다. 그러므로 아이에게 안 된다고 할 때는 해도 되는 일인지 아닌지, 안 된다면 왜 그런지, 그리고 어떻게 해야 옳은지를 아이 스스로 먼저 생각하게 만드는 것이 좋다.

어느 날, 번번(奔奔)이 이렇게 말했다. "내가 히어로면 좋겠다. 그럼 내가 싫어하는 애들 다 때려주고, 걔네들도 나한테 꼼짝 못할 텐데."
그러자 엄마가 대꾸했다. "번번, 네가 다른 애들을 때리기만 한다면 친구들이 너랑 같이 놀려고 할까?"
번번이 잠시 생각하더니 대답했다. "아니."
"그것 봐! 네가 다른 친구들을 도와주고, 사랑해줘야 친구들도 너를 진심으로 믿고 좋아해줄 거야."

번번이 힘으로 다른 친구들을 때려눕힐 생각을 했을 때, 엄마는 먼저 번번에게 그렇게 해도 되는지, 왜 안 되는지를 생각하도록 질문을 던졌고, 앞으로 친구들을 어떻게 대해야 할지 알려주었다. 이 방법을 잘 활용한다면 우리 역시 원하는 효과를 쉽게 얻을 수 있을 것이다.

72
인정 많은
아이로 키워라

- 아이들 몇몇이 놀고 있는데, 한 남자아이가 실수로 넘어져 땅바닥에 나뒹군다. 그런데 다른 아이들은 그 아이를 일으켜 세우기는커녕 재미있다는 듯 웃고만 서 있다.
- 떠도는 길고양이를 본 한 아이가 중얼거린다. "이 더러운 고양이." 그리고 고양이를 발로 차버린다.
- 버스에서 꽤 고학년으로 보이는 남자아이가 자리를 차지하고 앉아있다. 할아버지가 위태롭게 서 있는 것은 안중에도 없다.

이런 광경을 목격했을 때, 우리는 이렇게 묻지 않을 수가 없다. "요즘 애들은 왜 저럴까? 남을 생각하는 따뜻한 마음은 다 어디로 가버린 것일까?" 어떤 엄마들은 이런 일을 대수롭지 않게 치부하지만, 바로 이런 사소하고 보잘 것 없는 작은 일들이 착한 우리 아이들의 영혼을 부지불식간에 오염시키고 만다.

남을 안타깝게 여기는 마음은 사람의 가장 기본적인 도덕 감정이며 인간관계의 가장 필수적인 조건이다. 동정심을 느끼지 못하는 아이는 성질이 냉담하고 도움이 필요함을 공감하지 못해 보통 인간관계가 좋지 못하다. 반대로 인정이 넘치는 아이는 착하고 열정적이며 누군가가 자신을 필요로 하면 두 팔 걷고 나서서 돕기 때문에 다른 사람과 아주 잘 지낸다.

사실 남을 위하는 성향은 어느 정도 타고 나는 것이다. 하지만 부모의 관심과 보호로 아이에게 올바른 교육과 지도를 해준다면 아이가 다정다감한 성격으로 자라날 것이다.

ㆍ남을 위하는 마음을 지켜주어라 ㆍ

올해 여섯 살인 청청(成成)이 길가의 풀숲에서 상처 입은 강아지 한 마리를 발견했다. "엄마, 빨리 이것 봐요. 강아지가 아파서 불쌍해요. 우리 집에 데려가요!" 그리고 청청은 강아지를 감싸 안으려고 하였다.
엄마가 급히 소리쳤다. "가까이 가지마!"
청청은 엄마를 이상하다는 듯이 바라보았다. 그러자 엄마가 말했다. "너무 더러워. 혹시 무슨 전염병이라도 옮으면 어떡하니?"
청청은 별 수 없이 엄마를 따라 자리를 떠났다.

엄마는 청청의 동정심을 지켜주지도 못했을 뿐더러 오히려 착한 마음을 짓밟고 말았다. 만약 아이가 이런 엄마에게 장기적으로 영향을 받는다면, 남을 위하는 마음은 점점 사라지고 냉담하고 무정하기 짝이 없는 아이로 변해버릴 것이다.

아이들은 강아지, 고양이, 꽃, 풀포기 전부 자신과 같이 영혼이 있는 존재로 인식하기 때문에 모든 것들에게서 감정을 느낀다. 그러므로 아이가 동정심을 표현할 때는 즉시 긍정의 제스처를 보이고 그 마음을 지켜주자.

· 남을 돕는 아이를 응원하라 ·

엄마와 여덟 살짜리 아들이 횡단보도를 건너던 중에 거동이 불편한 어르신 한 분을 발견했다. 엄마가 아이에게 눈짓을 보냈다. 그러자 아이가 곧바로 엄마의 뜻을 알아채고 어르신에게 다가가 길을 안전하게 건널 수 있도록 부축해드렸다.

일상에서 다른 사람을 도와야 하는 상황은 언제 어디서든 일어난다. 이때, 우리는 아이가 남을 돕는 것을 적극적으로 지지하고 격려해야 한다. 예를 들면, 무거운 짐을 들고 계단을 오르는 어르신이 있을 때 아이에게 짐을 함께 들어드리게 한다든지, 실수로 넘어진 사람을 발견했을 때 그 사람을 일으키고 아픈 곳은 없는지 살피게 한다든지 하는 것 등이다.

그 외에도 아이를 직접 사회적인 활동에 참여시킬 수도 있다. 양로원이나 보육원 등에서 봉사 활동을 하게 하거나 매체를 통해 빈곤한 지역의 친구들이 어떻게 생활하고 공부하는지를 직접 보게 해서 자신의 용돈, 학용품, 옷, 장난감 등을 기부하게 만들 수도 있다.

아이가 다른 사람을 도왔을 때는 즉시 칭찬과 격려를 해주어야 한다. 그래야 아이가 남을 돕는 행동에서 오는 즐거움을 체감할 수 있고, 착한 행동을 더 열심히 하게 된다. 그리고 부모의 칭찬과 격려로 아이는 남을 위하는 마음을 점점 더 크게 키워 나갈 수가 있다.

자신의 감정을
다스리게 하라

기분이란 외부의 자극으로 인해 생겨나는 감정의 반응이다. 기쁨, 분노, 슬픔, 즐거움, 공포, 질투심 등을 포함하는 다양한 감정 반응은 사람의 심리 상태에 직접적으로 영향을 미쳐 변화를 일으킨다. 기분은 보통 긍정적인 상태와 부정적인 상태로 나눌 수 있다.

성숙하고 지혜로운 아이는 이런 부정적인 감정에 사로잡히지 않고 기분을 컨트롤하는 데 능하다. 한 철학자가 말했다. "성공으로 가는 길에 만나는 가장 큰 적은 기회나 경험의 부족이 아니다. 자신의 감정을 컨트롤하지 못하는 것이다. 화가 났을 때, 이를 제대로 억제하지 못하면 주위의 조력자들을 뒷걸음질하게 만든다. 또한 의기소침해졌을 때 활력을 잃고 풀이 죽어버리면 눈앞의 기회를 모두 낭비하고 만다."

그러므로 아이의 일거수일투족을 잘 살펴서 기분의 변화를 찾아내고, 나쁜 감정에서 벗어나는 방법과 스스로 감정을 조절하는 방법을 가르쳐야 한다. 그래야 아이가 학업이나 생활에 온전히 집중할 수 있고 나아가 자신의 운명과 삶까지 장악할 수가 있다.

· 아이의 부정적인 감정을 이해하라 ·

위창(於强)은 열한 살이다. 어느 날, 방과 후에 집으로 돌아온 위창이 노발 대발하며 말했다. "우리 담임, 진짜 짜증나요. 아침 체조 시간에 조금 늦었다고 계속 세워 놓는 거 있죠!"

엄마가 위창을 달랬다. "화날 만하겠네. 엄마도 그 기분 알 것 같아."

엄마가 자기편을 들자 위창은 그제야 기분이 좀 가라앉았다. "그죠? 전교생이 전부 쳐다봤다니까요. 정말 부끄러워 죽는 줄 알았어요."

그러자 엄마는 위창을 일깨우는 한 마디를 덧붙였다. "엄마도 네 맘 이해해. 그러니까 다음부터는 서둘러서 운동장에 나간다면 그렇게 불쾌한 일이 일어나지 않겠지?"

위창의 엄마는 아들을 직접 비난하거나 책망하지 않았다. 그저 아이의 부정적인 감정 표현에 이해하는 모습을 보이면서 올바른 방식을 지도하였다. 그러자 위창의 기분은 풀렸고 선생님의 지시에 따르는 것이 낫다는 것도 기억하게 되었다.

아이가 기분이 나쁠 때는 속내를 다 털어놓게 하는 것이 좋다. 그리고 아이가 마음을 털어놓으면 부모는 이를 진심으로 이해해야 한다. 그래야 아이가 부모를 신뢰하고 부모의 말을 따르게 되며 차차 평정을 되찾을 수가 있다.

• 합리적으로 감정을 해소하게 하라 •

샤오보(曉波)는 여섯 살 폭군이다. 자기보다 어린 친구들이 말에 따르지 않으면 버럭 화를 내면서 주먹을 휘두르며 이렇게 말하는 것이다. "너 맴매할 거야! 맴매!"

장쉬(張旭)는 열두 살이나 되었는데도 기분 나쁜 일이 있으면 화를 참지 못하고 벽을 향해 주먹을 꽂는 버릇이 있다. 분이 식지 않으면 주먹이 온통 새빨개질 때까지 주먹질을 했다.

샤오보는 남을 때리는 방식으로, 그리고 장쉬는 자기 자신을 해치는 방식으로 감정을 해소하려 한다. 그러나 이 두 가지 방식은 그 어느 것도 합리적이지 못하며, 감정을 털어버리거나 가라앉히는 데 어떤 도움도 되지 않는다. 그러므로 부모들은 아이에게 합리적이고 이성적으로 자신의 감정을 해소하는 방법을 알려주어야 한다.

의식적으로 아이가 좋아하는 일로 화제를 전환해 주의력을 분산하는 방법, 밖으로 나가 바람을 쐬는 방법, 한바탕 울게 하는 방법 등으로 마음속의 부정적인 감정을 모두 쏟아내게 하는 것이 좋다. 또는 마음이 통하는 또래 친구를 만나게 해서 속 시원히 이야기하게 하는 것도 좋다. 이런 긍정적인 방식을 통해서 아이는 부정적인 감정에서 벗어날 수가 있고 스스로 감정을 조절하는 방법을 차차 익혀갈 수 있다.

74

100 POINT of EDUCATION

아이의 독립적인
문제해결 능력을 키워라

중학생을 대상으로 한 설문조사에 이런 문항이 있었다. '어떤 문제나 귀찮은 일이 생긴다면 어떻게 할 것인가?' 조사에 참여한 학생 중 70%가 '부모님이나 다른 사람에게 도움을 받겠다'라는 선택지를 골랐다. 그리고 30%만이 '스스로 해결하겠다'를 골랐다.

엄마들은 아이가 도움을 필요로 할 때, 구세주 역할을 마다하지 않는다. 무슨 일이든 있는 온 힘을 다해 아이가 직면한 문제를 대신 해결해준다. 아이를 돕는 것처럼 보이는 이런 행동은 사실 아이를 해치는 것이나 다름없다. 우리가 자주 개입할수록 아이는 독립적인 문제 해결의 기회와 능력을 잃게 되고 사사건건 부모에게 의존하게 되기 때문이다.

중국의 교육전문가 쑨푸위안(孫蒲遠)은 이런 말을 했다. "아이에게 관심은 필요하다. 그러나 아이의 앞길에 놓인 돌을 깨끗하게 치우고 울퉁불퉁

한 길을 모조리 평탄하게 만든다면, 잠깐은 무사할지 몰라도 스스로 순탄치 못한 길을 헤쳐 나가는 능력은 잃고 만다." 그러므로 아들의 일을 모두 도맡아서 해치울 것이 아니라 혼자 해결할 수 있도록 격려하는 버릇을 들여서 독립적인 문제 해결 능력을 길러주어야 한다.

• 아이를 대신하지 마라 •

남자아이는 천성적으로 엄마에게 기대려는 경향이 강하다. 일단 무슨 일이 생기면 가장 먼저 떠올리는 것이 바로 엄마의 손길이다. 이때, 아이가 스스로 할 수 있다고 판단된다면 본인이 서둘러 아이를 대신하지 말고, 함께 단련해 나가는 연습을 해 보자.

꼭 엄마가 함께 해야 할 경우도 있다. 이때 중요한 것은 엄마가 해결 방법을 알려주는 역할만 해야 한다는 것이다. 예를 들어, 수학문제를 풀다가 어려움이 생겼을 때 답을 바로 알려주는 것이 아니라 문제 풀이 단계를 하나하나 알려주고, 아이가 완전히 이해한 후에 스스로 답을 찾게 이끄는 방식이다. 그렇게 하면 아이는 눈앞의 문제를 해결함과 동시에 다른 문제를 풀 수 있는 응용력과 기술을 모두 습득할 수가 있다.

• 무력으로 문제를 해결해서는 안 된다는 것을 가르쳐라 •

남자아이들의 대뇌는 단순하고 직접적인 감정(공포, 분노 등) 표현을 담당하고 있는 부분이 비교적 크다. 때문에 행동에서 직접적이고 공격적인 성향이 크게 나타나며 말보다 행동으로 문제를 해결하려는 일이 비일비재하다. 이는 남자아이들이 문제에 직면했을 때, '무력'을 동원하기가 쉽다는 뜻이기도 하다. 그러므로 우리는 아이에게 '무턱대고 힘을 쓰는 것은 어떤 문제도 해결할 수 없으며 차분하고 평화롭게 해결책을 생각해야 한다'는 사실을 각인시켜야 한다. 또한 다른 사람을 대할 때 알아야 할 노하우도 평소에 잘 가르쳐서 아이가 다른 사람의 감정을 진심으로 이해하고 공감하며 자신의 감정을 다스릴 수 있게 하여 무력 사용을 피하도록 유도해야 한다.

• 아이가 혼자 문제를 해결하도록 격려하라 •

미지의 세계에 발을 내디딘 우리 아이에게 문제는 시도 때도 없이 생긴다. 게다가 아이가 성장함에 따라 맞닥뜨릴 문제는 갈수록 많아지고 복잡다단해진다. 그럴 때, 엄마는 우리 아들이 스스로 문제를 해결할 수 있도록 이렇게 격려해야 한다. "네가 스스로 할 수 있어. 엄마는 그렇다고 믿는단다."

물론 필요할 때는 올바른 문제 해결 방식에 대한 힌트를 줄 수가 있다. 예컨대, 자전거를 타고 가던 아이가 진흙길을 만난 경우를 생각해 보자. 자전거는 옴짝달싹 하지 않는다. 사실은 자전거 바퀴에 진흙이 가득해서 움직이지 않는 것이다. 엄마는 아이에게 자전거 바퀴를 잘 살펴보라고 힌트를 줄 수 있다. 그러면 아이는 이제 바퀴의 진흙을 제거할 방법을 생각할 것이다.

이 과정에서 아이는 손과 머리를 쓰는 능력이 동시에 단련될 것이고 독립적인 문제 해결 능력 또한 향상될 것이다. 게다가 스스로 문제에 대해 사고하고 해결하는 방식이 누군가에게 쪼르르 달려가 도움을 청하는 것보다 훨씬 더 값지고 귀하다는 것을 깨닫게 된다.

PART 9

큰소리치지 않고
공부 좋아하는
아이로 키우기

100 POINT OF EDUCATION

학업, 성적이라는 말만 들어도 엄마들의 신경은 곤두선다. 어떤 때는 차마 눈뜨고 볼 수 없는
처참한 성적표에 아이에게 불호령을 내릴 수밖에 없다. 그러나 꾸지람만 잔뜩 하고 아무런
효과가 없다면 이 또한 낭패일 것이다. 이성적으로 생각하자. 정확한 교육 방법을 통해서만
이 우리 아이가 공부를 좋아하게 만들 수 있다

스스로 학습 능력을
쌓게 하라

스스로 학습이란, 선생님이나 다른 사람의 도움 없이 혼자서 공부하는 능력을 말한다. 그런데 알다시피 선생님이 낸 숙제를 착실하게 하는 것만으로도 다행인 아이가 혼자 공부하기란 여간 고통스러운 일이 아니다.

안안(安安)의 지난 학기 기말고사 성적은 기대 이하였다. 그때 엄마가 안안에게 말했다. "방학 동안에 보충 좀 해야지. 학기 중에 배운 것도 혼자 다시 한 번 더 살펴보고. 나중에 다 쓸모가 있을 거야."

그러나 안안은 전혀 그럴 마음이 없었다. 방학이 되면 보기도 싫은 교과서는 던져 놓고 놀 생각이었던 것이다. 그런데 엄마 말씀을 들으니 딱히 틀린 말은 아닌 것 같아 일단 그러겠다고 약속을 했다.

여름 방학이 시작된 첫날부터 엄마는 매일 공부를 해야 한다며 안안을 들들 볶았다. 안안은 엄마가 시키는 대로 했다. 그런데 여름 방학이 다

끝나갈 무렵, 엄마가 안안의 지난 기말고사 시험지를 찾아냈다. 그리고 문제를 그대로 베껴 안안에게 다시 풀게 하였는데, 결과는 지난번과 똑같았다. 전혀 나아진 점이 없었던 것이다. 엄마는 미간을 찌푸리며 안안에게 물었다. "공부 열심히 하라고 했잖아?" 안안은 억울했다. "나도 열심히 했어요! 그런데… 나 혼자서는 잘 모르겠단 말이에요."

스스로 학습이 제대로 되지 않으면 불필요한 시간 낭비는 물론 모든 노력이 '도로 아미타불'이 된다. 아들 성적을 올리고 싶다면 부모들이 발 벗고 나서서 혼자 공부하는 방법을 가르쳐주어야 한다.

· 기본적인 학습 방법을 가르쳐라 ·

스스로 학습으로 성과를 보기 위해서는 기본적인 학습 방법이 매우 중요하다. 그렇지 않으면 의욕이 있어도 어디서부터 손을 대야 할지 모르고 귀한 시간만 허비하고 말 것이기 때문이다. 그래서 부모들이 아이들에게 적절한 학습 방법을 잘 알려주어야 한다.

책을 읽을 때는 문제의식을 가져야 하며 문제를 해결하는 과정 역시 학습의 일환이라는 점을 주지시킨다. 또는 혼자서 책을 읽는 것만으로 해결하기 어려운 문제가 생겼을 때는 일단 메모를 한 후에 문제를 다시 되짚어보고 관련 자료를 찾아본다든지 선생님이나 친구들, 부모님께 물어본다든지 하는 방법으로 확실하게 이해하고 넘어가야 한다는 점을 알려준다.

동시에 학습에 도움이 되는 참고 서적을 이용하는 법도 알려준다. 참고 서적은 두 종류로 나눌 수 있다. 첫째, 사전 등 직접 탐색하고 찾아보아야 하는 책. 이런 책은 미리 사용법을 알려주어야만 한다. 둘째, 학습 내용과

연관된 지식을 찾아볼 수 있는 참고서. 교과서에 나오는 지식은 때때로 너무 대략적이거나 집약적이어서 아이가 더 깊게 알고 싶어 한다면 참고서 등을 읽어서 지식의 범위를 넓히게 하면 좋다.

· 아이가 공부 게으름을 극복하게 하라 ·

아이들은 스스로 하는 예·복습을 통해서 자신의 이해 수준을 확인할 수 있다. 이전에 배웠지만 잘 모르는 내용은 다시 복습하고, 아직 배우지 못한 내용은 예습을 통해 이런저런 문제들을 사전에 생각하여 수업 시간에 더욱 깊이 있게 이해해야 한다. 스스로 학습은 누락된 부분을 찾아내는 동시에 새로운 지식에 관한 궁금증을 유발시키는 과정인 것이다.

스스로 학습을 게을리 한다면, 아이의 지식 수준은 아무리 뛰어나도 학과 수업 내용 정도에 그칠 수밖에 없다. 그렇다면 당연히 다른 지식과의 개연성이 떨어지게 되고, 무언가를 습득하고 학습하는데 큰 어려움을 겪어 금세 흥미를 잃게 될 것이다.

· 스스로 학습 습관을 길러주어라 ·

아이가 자기주도적인 학습을 할 때, 우리는 아이가 더 분발할 수 있도록 따뜻한 칭찬을 아낌없이 해주어야 한다. 아무리 노력한다하더라도 아이는 아직 아이다. 사고능력이나 학습 능력이 충분히 성숙하지 못했기 때문에, 조금만 집중하고 나면 지루해 하고 집중력이 흐트러지기 시작한다. 그러므로 아이가 게을러지기 시작할 때, 칭찬과 함께 적절한 제안과 의견 제시를 해주면 흥미를 지속시키고 학습 능력을 높이는 데 도움이 될 것이다.

76

두뇌 활동을
활발하게 하라

남자아이는 여자아이보다 논리 사유 능력이 강하며 분석력과 사고력
이 뛰어나다. 다만, 천방지축 성향 때문에 이런 장점을 발휘할 기회가 적
고 어떤 일이든 골똘히 생각하는 것을 귀찮게 여기는 것이 문제이다.

사고하는 것 자체를 싫어하는 이런 태도는 아이의 학습에도 적지 않은
영향을 준다. 생각을 하지 않으면 어떤 지식에 관해 속속들이 이해하기
어렵고, 간단한 문제도 논리적으로 해결할 수가 없다. 그러므로 우리는
아이들이 대뇌 '운동'에 게을러지지 않도록 해야 한다.

• 아이의 기상천외한 상상력을 지켜주어라 •

아이들은 어릴 때부터 현실과 동떨어진 황당한 상상을 자주한다. 그리
고 온갖 말도 안 되는 상황에 "왜?"라는 물음을 내놓는다. 그야말로 '기상

천외한' 질문들이다.

일부 엄마들은 이런 질문들을 견디지 못하고 귀찮아한다. 심지어는 아이를 나무라기도 한다. 그렇지만 이런 태도는 아이의 사고력을 말살하는 그릇된 행동이다. 궁금한 것을 자꾸 묻는다고 해서 아이를 핀잔하거나 가로막아서는 안 된다. 만약 아이의 물음에 답을 알고 있다면 정확하게 그리고 유익한 방식으로 대답해주는 것이 좋다. 어떤 아이가 엄마에게 "새는 날개가 있는데, 사람은 왜 없어요?"라고 물었다고 생각해 보자. 황당한 질문이지만 엄마는 이렇게 대답할 수 있다. "사람하고 새는 같은 종류의 생물이 아니라서 그런 거야. 더 자세하게 알고 싶으면《십만 개의 왜 그럴까요》에서 한 번 찾아보자." 이런 대답은 아이에게 지식의 욕구를 확장하는 역할을 한다.

단, 모르는 것을 아는 체하거나 거짓말로 대충 둘러대지 않도록 주의해야 한다. 또한 답을 안다고 해서 아이 앞에서 으스댈 것이 아니라 겸손하고 상냥한 태도를 유지해야 한다는 점도 잊지 말자.

· 의문을 가지는 아들을 응원하라 ·

"엄마!" 뎬뎬(典典)이 방과 후 집으로 돌아와 엄마를 불렀다. "오늘 수업 시간에 선생님이 글자를 잘못 쓰신 것 같아요." 엄마가 물었다. "그래? 선생님한테 말씀드렸니?" 뎬뎬은 고개를 가로저었다. "다른 아이들도 아무 말이 없어서 내가 잘못 알고 있는 줄 알았어요. 그런데 집에 오면서 생각해봤는데, 아무래도 선생님이 틀린 것 같아요."

엄마는 웃으며 대답했다. "사실, 선생님도 실수하실 수 있겠지. 네가 그렇게 의문을 가지는 것은 좋은 거야. 네가 맞는지 틀렸는지 확인해 보고 싶으면 사전이나 책을 한 번 찾아볼래? 네가 맞으면 내일 학교 가서 선생님한테 공손하게 말씀드려보는 것도 괜찮아." 덴덴이 잠시 생각에 잠기더니 엄마의 말이 그럴듯하다고 생각했는지 급하게 사전을 찾으러 뛰어갔다.

무슨 일이든 의문을 품는 것은 사고력을 향상시키는 중요한 태도 중 하나이다. 엄마들은 아이가 갖는 호기심과 의문을 지지하고 응원해야 한다. 또한 책 속에 있는 지식이나 선생님, 부모님의 말이 대부분 정확하거나 옳겠지만 그래도 절대적이지는 않기 때문에 의심의 끈을 놓지 않아야 한다는 사실을 잘 알려주자. 남자아이라면 과감하게 의문을 품고 때로는 틀렸다는 이의제기도 할 수 있어야 한다. 우리들은 여러 가지 방법과 지식으로 의혹을 풀 수 있도록 도와주기만 하면 된다.

그리고 의문을 가지는 태도는 좋지만, 이것이 무분별한 의심과는 다르다는 점을 잘 설명해야 한다. 아이가 매사에 신뢰하지 못하고 의심만 품어서는 안 되기 때문이다. 의문이나 이의에는 근거와 논리가 동시에 뒷받침되어야만 한다.

77

아이의 탐구심과
지식욕을 자극하라

남자아이는 활동적이며 호기심이 이는 사물이 있으면 무엇이든 끝까지 물고 늘어진다. 모르는 것은 그게 무엇인지 어떻게 쓰이는 것인지 알고 싶어 끝까지 파고든다. 엄마들은 이런 아들의 습성을 전부 알고 있다. 그런데도 가끔은 아이가 너무 유별나다고 느낄 수밖에 없다.

지렁이가 도대체 무슨 '일'을 하는지 궁금했던 아이가 지렁이를 몇 마리 잡아서 집으로 갖고 들어왔다. 아이는 책상과 바닥에 흙을 깔아놓고는 지렁이를 놓았다. 엄마는 벌레를 가져다 집안을 온통 흙투성이로 만드는 꼴이 정말 더럽고 황당하게 느껴졌다. 그래서 아이에게 득달같이 달려가 이렇게 소리쳤다. "쓸데없는 짓 좀 하지 마!" 그리고 아이의 '보물'을 가차 없이 밖으로 던져버리고는 한 마디 쏘아주었다. "가서 숙제나 해."

엄마의 입장에서는 집안의 청결을 유지하기 위한 행동이다. 그렇지만 이렇게 소리를 버럭버럭 지르며 화를 내면 아이의 호기심과 의욕은 여지없이 꺾이고 말 것이고, 지식에 대한 욕구마저 자취를 감출지도 모른다. 그러므로 앞으로 엄마들이 할 일은 아이의 탐구심과 지식욕을 되도록 지켜주면서 이를 적절히 자극하여 더 많은 지식을 획득하도록 이끄는 것이라는 점을 기억하자.

· 아이의 호기심을 지켜주어라 ·

외국의 한 교수가 강의에서 이런 이야기를 했다.

어느 날, 저는 한 아이가 바닥에 엎드려 있는 것을 발견하였습니다. 아이가 도대체 무엇을 하고 있는지 궁금했지만, 방해하지는 않았습니다. 그냥 아이 옆에 함께 엎드렸지요. 아이와 같은 눈높이에서 무엇을 보고 있는지, 무엇을 하고 있는지 알고 싶었기 때문입니다.
엎드리니 볼 수 있었어요. 아이는 달팽이를 관찰하고 있던 것이더군요. 달팽이가 지나간 후 바닥에 남은 흔적을 들여다보다가 때때로 그 끈적끈적한 자국을 만지기도 하면서요. 아이는 그곳에 아주 오랫동안 엎드려 있었습니다. 제가 일어나서 그 자리를 떠날 때까지, 아이는 온 신경을 집중해 잠시도 쉬지 않고 달팽이를 관찰하고 있었어요. 저는 이것이야말로 아이들이 태어날 때부터 가지고 있는 탐구 정신과 호기심이라고 생각합니다.

아이들은 자기가 흥미롭게 여기는 것에 대단히 큰 호기심을 느끼고, 그 사물의 구조와 재질, 그 영향에 대해서 철저하게 알고 싶어 한다. 그렇기 때문에 교수가 이야기한 아이도 아주 오랜 시간동안 집중해서 달팽이를 관찰할 수가 있었던 것이다. 우리는 이 교수의 행동을 모범으로 삼아야 한다. 아이가 위험에 처하지 않는다는 전제 하에서는 얼마든지 자유롭게 관찰하고 탐구하도록 허락하는 것이다. 함부로 아이의 행동을 중단시키거나 탓해서는 안 된다.

아마 아이는 자신이 본 것에 관해서 별의별 질문을 다 쏟아낼 것이다. 그러면 우리는 아이의 호기심을 그대로 지켜주면서 스스로 질문의 해답을 찾아낼 수 있도록 이끌기만 하면 된다.

· 교과서 외에 다양한 책을 읽게 하라 ·

교과서에 나오는 내용은 아이들이 필수로 알아야만 하는 지식이다. 그런데 아이가 더 많은 이해를 원한다면, 엄마들이 나서서 그 시야를 넓혀주어야 한다. 교과서 이외의 다양한 책을 읽게 하는 것이 그 좋은 방법이다.

먼저 아이가 좋아하는 분야의 책을 준비한다. 재미를 느껴야 책도 열심히 읽고 그 내용을 익힐 마음이 들지 않을까. 그리고 점차 아이에게 다른 분야의 책도 소개한다. 그래야 아이가 흥미를 느끼는 분야에만 머무르지 않고 더 많은 분야로 지식을 확장할 수 있다.

아이를 위한 책을 고를 때는 연령과 성격의 특성을 잘 고려해야 한다. 너무 심오하고 어려운 책은 아이가 읽어도 이해를 할 수가 없고 오히려 흥미를 떨어뜨릴 수가 있기 때문이다. 또한 아이가 다양한 책을 접하는 것은 수업 시간을 제외한 여가 시간이어야 함에 유의하자. 독서는 정규 학습이 끝난 후에 이루어져야지, 앞뒤가 전도되어서는 곤란하다.

세상을 알기 위해서 책만 보는 것은 어불성설이다. 자주 아이를 데리고 밖으로 나가 세상의 여러 가지 모습을 보여주는 것이 좋다. 예를 들자면 박물관, 전시회 등을 함께 방문하여 시야도 넓혀주고 새로운 지식을 알게 하는 것이다. 대자연의 품에 안겨 신기한 식물의 특성과 곤충의 습성 등을 관찰하게 하는 것도 좋다. 또는 먼 곳으로 여행을 떠나서 지역별로 각기 다른 인문지리를 이해하고 내가 사는 곳과는 다른 산수, 풍경 등을 느끼게 해주는 것도 도움이 된다.

야외 활동을 시작하기 전에는 안전이 가장 우선이며 위험한 사물을 피하고 위험한 행동을 하지 말아야 한다는 사실을 아이에게 각별히 유념시키자. 그리고 무언가를 관찰하고 탐구할 때는 꼭 사전 계획을 세워서 실행하도록 가르쳐야 한다. 무계획적으로 아무것이나 들여다본다면 관찰에 아무 성과도 이루지 못할 확률이 높다. 그리고 마지막으로 세상을 경험하는 것은 노는 것과 확연히 구분된다는 사실을 잘 알려주어야 한다. 노는 데만 몰두하여 아무 준비와 생각 없이 밖으로 나섰다가는 세상을 향한 탐험이 아무 의미 없는 시간이 되고 말 것이다.

"왜?"라는 질문에
진지하게 답하라

"이건 뭐예요?", "왜요?", "어때요?", "어떡해요?", "해도 돼요?" ·······.
남자아이들이 엄마에게 가장 자주 하는 말이다. 어떤 엄마들은 이런 말을
들으면 머리가 아프다거나 귀찮아 죽겠다고 한다. 어른의 입장에서는 전
혀 문제가 되지 않는 간단한 것들이기 때문이다. 그렇지만 우리는 성인이
다. 나이가 들고 경험이 쌓였기 때문에 많은 것을 아는 게 당연하다. 그러
나 조금씩 세상을 알아가는 과정에 있는 아이에게 세상은 모르는 것투성
이이고, 궁금한 것은 당연히 엄마에게 물어야만 한다. 곰곰이 생각해 보
자. 우리도 어린 시절에는 다른 사람에게 물어보고 싶은 것이 이렇게 많
지 않았을까?

그렇다면 이제 귀찮다는 생각은 말끔히 씻어버리자! 엄마가 아들의 질
문에 진지하게 답하는 것은 아이의 지식욕을 키우는 방법인 동시에 아이
의 학습 수준을 알 수 있는 좋은 기회이기도 하다. 게다가 질문을 많이 하

는 아이는 의욕적이고 적극적이다. 무슨 문제든 답을 얻으려고 노력하기 때문에 학습 능력도 자연히 향상될 수밖에 없다.

자, 그럼 우리는 아이의 질문에 어떻게 대처해야 할까?

· 질문을 주의 깊게 들어라 ·

성성(盛盛)은 호기심이 왕성한 아이다. 그래서 언제나 엄마에게 왜인지 묻는다. 그런데 성성의 엄마는 너무 바빠서 건성으로 대답하거나 아예 말을 듣지 않는 경우가 다반사였다. 어떤 때는 성성이 너무 귀찮다는 생각마저 들었다. 그렇지만 성성은 성성대로 엄마의 이런 태도가 불만이었다. 시간이 흐르자 성성은 더 이상 엄마뿐 아니라 그 누구에게도 아무것도 물어보지 않게 됐다. 물어보았자 아무도 거들떠보지 않으니 차라리 아무한테도 묻지 않는 게 낫다는 생각이었다.

상대방의 말을 주의 깊게 듣는 것은 가장 최소한의 예의이다. 상대가 어린아이라고 하더라도 이 점을 간과해서는 안 된다. 수많은 엄마들이 성성의 엄마처럼 '바쁘다', 혹은 '다른 일을 해야 한다', 핑계를 대면서 아이에게 성의 없이 대하곤 한다. 그러나 우리의 이런 태도는 아이의 지식욕을 해친다. 만약 엄마가 매번 이런 식이라면 아이는 더 이상 아무것도 묻고 싶지 않은 동시에 생각도 점점 소극적으로 변해갈 것이다.

아이가 무언가를 물을 때, 당장 처리해야 할 바쁜 일이 있더라도 이를 잘 알려주어 아이에게 양해를 구해야만 한다. "엄마가 지금 하는 일이 바쁜데, 조금 있다가 다시 와서 물어보면 안 될까?" 그래야 두 마리 토끼를 잡으려다 모두 놓치고 마는 상황을 막을 수 있다. 아이가 질문을 할 때,

특별히 다른 일이 없다면 당연히 아이의 이야기를 집중해서 차근차근 들어야 한다. 그러면 이런 기상천외한 질문이 어디에서 나오게 되었는지 이해할 수 있게 되고, 답을 쉽게 찾을 수 있다.

· 아이의 질문에 명확하게 답변하라 ·

여기서 말하는 '명확하게'라는 말은 어떤 문제든 모두 완벽하고 상세하게 설명한다는 뜻이 아니다. 그저 아이의 질문에 적절하고 지혜로운 해답을 주어야 한다는 뜻일 뿐이다.

예를 들어 아이가 "그게 뭐예요?"라고 물었을 때, 그 물건에 관해 지나치게 상세하게 알려주지 못하더라도 물건의 이름만 정확하게 알려주면 된다. 이 물건의 특징 등은 스스로 찾아보게 하자. 자신의 노력으로 원하는 지식을 얻게 하는 것이다. 또한, 아이가 "어떡해요?"라고 물을 때는 바로 답을 하지 못하더라도 함께 답을 찾아 볼 수 있다.

때때로 아이의 물음이 너무 심오해 엄마들이 도저히 답을 알지 못하는 경우도 생긴다. 그럴 때는 "엄마도 잘 모르겠네." 하고 솔직하게 이야기하는 것이 최선이다. 그리고 "그럼 네가 답을 찾아 엄마한테 가르쳐주면 되겠다!" 하고 아이를 격려하는 것이 좋다. 엄마의 격려에 아이는 스스로 답을 찾기 위해 더욱더 열심히 노력할 것이다.

· 스스로 문제를 해결하도록 가르쳐라 ·

아이의 질문에 진지하게 답변하는 것도 중요하지만, 지식과 경험이 차차 쌓이면 무슨 문제든 자신의 능력으로 해결해야 한다는 점을 분명하게 알려주어야 한다. 이는 조금씩 엄마의 그늘에서 벗어나 '혼자 서는 법'을 익히게 하는 것이라고도 할 수 있다.

이를 위해서는 일단 충분한 준비를 마쳐야 한다. 아이의 지식욕을 채워줄 책을 최대한 모자라지 않게 준비한다. 또, 도서관의 대출증을 발급해서 책은 어떻게 빌리고 반납하는지 이용방법 등도 알려주자. 그러면 아이가 집에 있는 책이 부족할 때, 도서관에 가서 관련된 책을 직접 빌려볼 수 있을 것이다. 컴퓨터와 인터넷을 이용해 여러 가지 관련 지식을 검색하는 법도 알려주면 도움이 된다. 단, 인터넷을 이용하게 할 때는 각별히 주의를 기울여야 한다. 아이가 웹서핑을 하는 시간이나 내용을 엄마가 잘 관리해서 아이가 유해한 정보에 노출되지 않도록 해야 한다.

79
100 POINT of EDUCATION
아이의 시야를
넓히도록 노력하라

생각이 깊고 시야가 넓어 아는 것이 많은 사람에게 '식견이 넓다'고 한다. 아직 어린 학생에게는 이렇게 다양한 지식과 능력을 두루 갖추는 것이야말로 공부를 하는 가장 주요한 목적이라고 할 수 있다.

시야를 넓혀야 한다고 하면 어떤 엄마들은 '책을 많이 읽히고 여러 가지 경험을 쌓게 해주면 되지 않냐'고 말한다. 틀렸다고 할 수는 없지만 그것만으로 식견이 넓은 아이로 키우기란 무언가 부족하다. 엄마들이 직접 아이에게 어찌어찌 하라고 시킬 것이 아니라 아이가 주도적으로 무언가를 탐구하고 싶은 갈망이 일어나도록 만들어야 한다. 아이가 진정으로 시야를 넓힐 수 있는 상황을 최대한 많이 만들어서 자신의 부족한 점을 끊임없이 보완하게 하는 것이다.

• "왜?", "어떻게?"라고 물어라 •

우리는 아이로부터 언제나 "왜?"라는 질문에 시달린다. 이는 왕성한 지식욕의 방증일 것이다. 그런데 반대로 엄마도 아이에게 자꾸 물어야 한다. 그래야 아이의 흥미욕구를 더 자극할 수가 있다.

엄마는 샤오웨(小越)가 교과서 말고 다른 책은 거의 보지 않는다는 사실을 알게 되었다. 그래서인지 공부를 할 때 응용력이 많이 떨어져 보였다. 엄마는 샤오웨의 시야를 넓혀주기로 마음먹었고, 그때부터 샤오웨에게 생활 속 현상에 관한 다양한 질문을 던졌다. "왜 끓기 시작한 물에서는 소리가 나지만 한참 끓인 물에서는 소리가 나지 않을까?"와 같은 의문과 "어떻게 하면 가장 짧은 시간에 요리와 빨래를 끝낼 수 있을까?" 등 집안일에 관해서도 샤오웨의 의견을 구했다. 이런 엄마의 질문 덕분에 샤오웨는 점차 다양한 현상이나 사물에 관해 알고 싶은 욕구가 생겼고, 문제를 해결하기 위해서 책을 뒤지기도 하고 직접 실험도 했다. 시간이 흐르자 샤오웨는 혼자서도 여러 궁금증을 해결하기 위해 답을 찾고 지식을 쌓게 되었고, 엄마는 더 이상 샤오웨를 걱정할 필요가 없어졌다.

아이들은 우리 주변에서 일어나는 일에 관해서 잘 알고 있는 듯하지만, 실제로는 정확히 이해하지 못하고 있다. 그래서 엄마의 질문은 너무 쉽거나 유치하지 않아야 하는 동시에 아이의 지식과 눈높이에 걸맞은 것이어야 한다. 또한 너무 깊고 오묘한 내용이어서도 안 된다. 그렇지 않으면 아이는 질문 자체를 이해하는 데 시간을 낭비하게 될 것이고, 호기심을 자극한다는 애초 취지에도 맞지 않게 된다.

• 새로운 사물을 경험하게 하라 •

아이가 새로운 사물을 적절히 경험하게 하는 것 역시 아이의 시야를 넓힐 수 있는 좋은 기회이다. 아이가 새로운 경험을 할 때, 우리는 옆에서 지켜보면서 아이의 학습 욕구를 자극하는 방향으로 이끄는 것이 좋다. 과학 전시회에 참여한 아이에게 이런 최첨단 과학 기술이 과학자들의 피땀 어린 연구로 완성되었음을 알려주는 것처럼 말이다.

새로운 사물에 관한 이해는 지식의 영역을 확장할 수 있게 한다. 동시에 우리의 조언은 아이가 자신도 훗날 이런 사물을 만들어낼 수 있다는 꿈을 꾸게 함으로써 앞으로 더 발전하도록 노력하게 만드는 원동력이 된다.

• 허용 범위를 정해주어라 •

엄마들은 아이의 시야를 넓히기 위해 노력을 아끼지 않아야 하지만, 그와 반대로 허용 범위를 정해주는 데에도 신경을 써야 한다. 새로운 사물과 현상 중에는 아이에게 긍정적인 영향을 미치는 것도 있지만 부정적인 영향을 미치는 것 역시 존재하기 때문이다. 아직 사리 분별을 명확하게 할 수 없는 아이는 호기심이 한 번 일면, 눈앞의 신기하고 새로운 것에 금방 빠져들게 마련이다. 그것이 좋은지 나쁜지는 전혀 고려 대상이 아니다.

그러므로 유익한 사물만이 배워야 할 대상이며 인간을 타락하게 하거나 사회에 해를 끼치는 것은 거리를 두어야 할 위험 요소임을 아이에게 우선 이해시켜야 한다.

80

100 POINT of EDUCATION

효과적인 학습 방법을
익히게 하라

공부에도 노하우가 필요하다. 효과적인 학습 방법은 학습 과정의 번거로운 수고를 덜어준다. 우리는 시험에서 1등을 한 아이를 마냥 부러워하지만, 그 아이가 1등을 할 수 있는 것은 본인만의 비결로 효율적이게 지식을 습득하고 시험에서도 자신이 가진 능력을 효과적으로 발휘했기 때문이다.

그러므로 우리 아이들이 효과적인 학습 방법을 익힐 수 있도록 하자. 그래야 학습에 능률적으로 임할 수가 있고 공부에 더욱 흥미를 느낄 것이다.

· 예습을 어떻게 할지 가르쳐라 ·

예습은 학습의 요점을 미리 파악하는 작용을 한다. 효과적인 예습은 아이가 수업 중에서 어떤 문제가 등장하고 어떤 내용을 이해해야 하며 무

PART 9 큰소리치지 않고 공부 좋아하는 아이로 키우기 · 289

엇을 이해하기 어려운지 사전에 살펴볼 수 있게 한다. 그래서 예습을 통해서 학습 내용을 대강 인지한 아이는 선생님이 수업을 진행할 때 목적의식을 가지고 수업에 참여할 수 있다.

예습 방법은 과목에 따라 다르다. 언어나 역사와 같은 과목은 먼저 배울 내용을 읽어 이해가 되지 않는 부분에 밑줄을 그어 놓고, 수업 시간에 선생님이 그 부분을 설명할 때 더 집중해서 들어야 한다. 수학과 과학 같은 과목은 기본 개념이나 공식 내용을 익힌 후에 스스로 연습해 보고, 수업 시간에 선생님의 설명에서 자신의 이해가 옳은지를 판단해야 한다. 만약 제대로 이해하지 못했다면 다시 한 번 확실히 이해할 수 있도록 선생님의 설명에 각별히 주의를 기울여야 한다.

· 복습을 어떻게 할지 가르쳐라 ·

많은 남자아이들이 복습에 어려움을 겪는다. 숙제도 잘 하지 않는 아이에게 별도의 복습이라니, 더 말할 필요도 없을 것이다. 그러나 우리는 복습이 거창한 것이 아니라 학습의 연장이며, 숙제를 하는 것 또한 그 자체로 복습의 일환이라는 사실을 아이에게 알려주어야 한다. 그러면 아이는 어렵지 않게 복습과 숙제를 연관 지어 생각하게 될 것이다.

처음에는 엄마가 간단하고 직접적인 질문을 함으로써 복습의 효과를 얻을 수 있다. 예를 들어 "오늘 학교에서 뭐 배웠어?", "뭘 새로 알게 됐어?"처럼 아이에게 물어보는 것이다. 이때, 아이는 오늘 하루 학교에서 배웠던 수업 내용을 되돌아본다. 수업을 듣고 나서 무엇을 이해할 수 없었는지, 어느 부분이 어렵게 느껴졌는지 등을 다시 생각하는 것이다. 그때는 엄마가 적당한 답변을 해주거나 스스로 다시 한 번 문제를 풀어보도록 하면 된다.

• 자신만의 학습 방법을 찾게 하라 •

샤오위(曉宇) 엄마는 아들의 성적 때문에 걱정이 이만저만이 아니었다. 어느 날, 엄마는 샤오위의 성적이 나쁜 것이 공부하는 방법을 잘 몰라서 라고 생각했고, 샤오위에게 말했다. "네가 공부하는 법을 몰라서 그래! 반에서 공부 잘하는 친구한테 가서 좀 물어보는 게 어때?" 샤오위가 이 말을 듣고 성적이 좋은 친구들을 찾아가 이야기를 나눴고, 한 친구의 공 부법을 관찰해 그 아이가 하는 행동을 똑같이 했다. 엄마도 처음에는 샤오 위가 공부하는 것을 보고 모든 것이 순조롭게 진행 중이라고 생각했다. 그 런데 막상 시험 결과가 나와 보니, 샤오위의 성적은 오른 것이 아니라 오히 려 더 떨어졌다. 엄마와 샤오위는 좋다는 공부법대로 했는데 왜 성적이 오 르지 않았는지를 생각할수록 가슴이 답답할 뿐이었다.

타인의 경험을 그대로 흉내 내는 것은 아무 신발이나 발에 꿰신는 것과 마찬가지이다. 신발이 크건 작건, 맞지 않는 신발은 불편하다. 정도가 심하 면 발이 다치기도 한다. 샤오위는 남의 공부법을 무분별하게 그대로 가져다 썼을 뿐, 자신의 특성이나 공부 스타일은 전혀 고려하지 못하였다. 모방만 일삼은 공부법이 아무런 효과가 없음은 어쩌면 당연한 결과일지도 모른다.

그래서 우리는 아이가 자기 스스로를 똑바로 알고 올바른 학습 방법에 접근하도록 해야 한다. 자신의 이해 수준을 고려해서 취약한 점을 보완하 고 강점은 유지하는 것이 자신에게 가장 효과적인 학습 방법이라 할 수 있을 것이다. 이렇게 아이가 스스로에게 맞는 공부법을 잘 찾아 응용해야 학습과 성적에 효과가 나타날 것이다.

81
100 POINT of EDUCATION

흥미에 빠져 학업을
외면하지 않도록 하라

사람들은 자신이 흥미를 가진 일에 대해서는 특히 관심을 기울이고 열심히 한다. 그럴 때는 성과 또한 우수하다. 남자아이들도 저마다 다양한 흥미와 관심사를 갖고 있다. 그래서 어떤 과목에 흥미를 강하게 느낄 수도 있고 혹은 학교 공부 자체에 관심을 갖지 못할 수도 있다. 내 아이가 어느 쪽이든, 아이의 흥미나 호기심을 외면한 채 공부만 하라고 강요해서는 안 된다. 그렇지 않으면 아이 마음속에서는 반항의 싹이 자라날 것이고, 결국에는 공부에 더욱더 싫증을 내고 말 것이다.

· 엄마의 흥미를 아이에게 강요하지 마라 ·

"우리 애는 허구한 날 농구에만 빠져 있어요. 농구를 못하게 하면 저한테 도리어 화를 낸다니까요. 제가 외국어 방면에서 일을 하니까 아이한

292

테도 영어 보충반을 등록해줬어요. 그런데 이 녀석이 아예 수업에 나가지를 않는 거 있죠! 어쩜 그렇게 사람을 걱정시키는지 모르겠어요.”

이 엄마의 말을 들으면 아들의 공부를 위해서 얼마나 마음을 졸이고 있는지가 느껴진다. 그러나 한편으로는 자신이 외국어 관련 일을 한다고 해서 이를 그대로 아이에게 강요한다는 사실도 알 수 있다. 게다가 아이가 좋아하는 운동을 못하게 하고 무작정 영어 공부를 시키다니, 아이가 공부를 싫어할 만도 하다.

엄마의 취미는 아이의 취미가 아니다. 내가 좋아하는 것이라고 해서 아이에게 그대로 물려주려 해서는 절대 안 된다. 그저 아이에게 엄마의 흥미에 관해서 알려주고 스스로 좋아하는 것을 찾는데 참고하도록 하면 그만이다. 또한 아이가 스스로 결정한 취미를 충분히 존중하고, 학업과 취미에서 동시에 성과를 얻을 수 있도록 잘 이끌어주어야 한다.

· 흥미에 진지하게 임하도록 이끌어라 ·

아이의 흥미는 처음에 놀이와 깊은 관련이 있다. 예를 들어 친구들과 운동을 할 때, 처음부터 그다지 재미있다고 느끼지 못하면 그 활동은 끝까지 놀이의 수준에 그친다. 반대로 너무 재미있다고 생각하는 놀이는 지나치게 심하게 즐기다가 학업에 지장을 주기도 한다.

그렇기 때문에 우리는 아이가 자신의 흥미를 확실하게 인식하고 진지하게 임하도록 지도해야 한다. 그리고 아이가 어떤 분야에 흥미를 느낀다면 그 방면으로 더 많은 경험을 하고, 더 깊이 이해할 수 있게 지원을 아끼지 말자. 동시에 다른 분야에도 소홀하지 않도록 일깨우고, 모든 학문이 독립적으로 존재하는 것이 아니라는 점을 이해시켜 다방면의 학문을 고루 익히도록 해야 한다. 만약 아이가 학습 외의 활동에 흥미를 느낀다면 그 관심의 방향을 올바르게 잡아주고 학업의 보조 역할을 톡톡히 할 수 있도록 이끌어주자.

· 취미 때문에 공부를 포기하지 않게 하라 ·

우리는 아이가 흥밋거리에 시간을 빼앗길 것을 염려해 아이의 취미를 제지한다. 이는 아이의 학습 의욕을 꺾는다. 그래서 우리는 아이에게 미리 '예방주사'를 놓아야 한다. 공부와 취미의 우선순위를 명확하게 정해주고 주객이 전도되지 않게 인식시키는 것이다. 만약 공부와 취미가 충돌하게 된다면, 안타깝지만 때로는 포기할 줄도 알아야 한다는 점을 아이에게 잘 알려주자. 학업에 전력투구해야 할 중요한 단계에 있는 아이에게는 아무래도 공부가 더 중요하기 때문이다.

또한 아이에게 취미에 대한 좋은 습관을 길러주어야 한다. 학교에서 아이는 스스로를 단속하고 머릿속이 온통 취미 생각에 사로잡혀 수업에 빠지거나 지각하거나 조퇴를 하는 등 행동을 해서는 안 된다. 그러나 혹여 그런 일이 벌어졌다고 해서 부모가 이성을 잃고 아이를 다그치는 일은 당연히 없어야 한다. 아이의 의사를 존중하고 긍정하는 동시에 학업의 중요성에 대해서 재차 당부하는 것이 좋다.

82

아이를 성적으로만
판단하지 마라

우리는 성적표가 아이의 학습 수준을 판단하는 유일한 증거라고 생각한다. 그리고 우리는 학업 성적이 한 사람의 모든 것을 증명할 수 있다고 단정 짓곤 한다.

우리의 그릇된 '인식'은 아이에게 스트레스와 공황장애를 일으키는 근본 원인이다. 우리는 성적표 한 장, 그 위에 적힌 숫자 몇 개에 근거하여 아이의 미래를 점치고, 나아가 성급한 결론을 내리며 섣불리 절망하기도 한다. 그런데 이런 태도가 아이에게 어떤 심리적인 영향을 주는지 아마 꿈에도 모를 것이다. 아이는 그럴수록 공부를 더욱더 피하려 할 것이고 자포자기의 심정으로 세상을 비관하게 될지도 모른다.

그러므로 엄마들은 성적표로 아이의 발전 가능성을 막아서거나, 착하고 그렇지 못함을 판단해서는 안 된다. 성적을 대하는 태도는 반드시 엄마들부터 바뀌어야 한다.

· 성적표를 유일한 잣대로 삼지 마라 ·

엄마들은 아마 모두 이런 생각을 할 것이다. '시험은 학습 내용을 점검하는 것이고 시험 성적은 그 점검의 결과이다. 성적이 좋다면 이는 아이가 공부를 열심히 한 것이고 성적이 나쁘다면 이는 당연히 아이가 열심히 하지 않은 탓이다.'

성적은 학습 과정의 일부분일 뿐이다. 사실 성적표도 학습의 결과를 완전히 증명할 수 없다. 시험 중에 잠깐 부주의했다거나 시험을 치는 요령에 익숙하지 못한 아이라면 결과가 뜻대로 나오지 않을 수 있기 때문이다.

아들에게 성적에 관해 이야기할 때는 시험지, 답안지를 근거로 이야기를 나누어 시험 성적이 좋지 못했던 원인을 분석하고 이해하도록 노력해야 한다. 성적표가 아이의 부족한 부분을 반영하고 있다는 긍정적인 생각으로 올바른 지도를 병행해야 아이는 더 발전할 수 있을 것이다.

· 아이가 자신의 성적을 직시하게 하라 ·

우리는 아들의 성적을 있는 그대로 받아들여야 한다. 여러 가지 요소가 성적에 영향을 미친다는 사실을 인식하고 그 요소에 꼭 맞는 '특효약'을 처방해야 하기 때문이다. 아이가 덤벙대는 성격이라면 디테일에 신경 쓰는 연습을 반복하고, 시험 요령이 없어서 그런 것이라면 문제를 풀 때 시간 배분을 하는 방법이라든지, 쉬운 문제를 먼저 풀고 어려운 것은 잠시 미루어둔다든지 하는 팁을 알려주는 것이 좋겠다.

또한 아이 역시 자기 성적을 있는 그대로 직시하게 만들어야 한다. 실수로 성적이 한 번 떨어진 것은 별일이 아닐 수도 있지만, 계속해서 성적이 부진할 수 있다는 사실은 아이에게 일종의 경고가 되어주기 때문이다.

이런 경고를 통해서 아이는 자신에게 부족한 점은 없는지를 돌아보고, 부족한 점을 제때 보완할 수 있을 것이다.

· 다방면으로 고루 발전하게 하라 ·

사람의 됨됨이를 보려면 그 사람의 발전 정도를 전방위로 살펴야 한다. 그렇기 때문에 아이를 향한 평가 또한 성적표라는 국소적인 범위에서 벗어나야만 한다. 성적표에 적힌 숫자는 참고 사항일 뿐이다. 아이는 좋은 학업 성적 외에도 다양한 능력과 소양을 키워나가야 한다.

또한 학업에서도 수학 등 주요 과목의 성적에만 신경 쓰기보다는 정치, 지리, 역사 등의 과목에도 관심을 보여서 각 방면을 종합적으로 두루 발전시킬 수 있게 해야 한다.

83
100 POINT of EDUCATION
공부와 휴식을 적절히
병행하게 하라

창창(强强)은 이제 초등학교 4학년이다. 그렇지만 창창은 학교 수업 외에도 특별 활동으로 보충 학습을 하고, 집에 있을 때는 쉴 새 없이 문제집을 풀어야 한다.

그런데 며칠 전, 선생님이 창창 엄마에게 이런 말을 했다. 창창이 수업시간에 꾸벅꾸벅 졸며 집중하지 못하고, 어떤 때는 남은 수업은 신경도 쓰지 않고 잠을 자버린다는 것이었다. 엄마는 너무나 이상해서 선생님의 권유대로 창창을 데리고 병원에 가서 검사를 해 보았다. 그 결과, 의사는 창창의 뇌가 너무 심한 스트레스에 시달려 성인들에게서나 발병하는 만성피로증후군이 나타났다고 했다. 의사는 창창의 엄마에게 아이의 충분한 휴식을 주어 더 이상 증세가 악화되지 않도록 주의하라는 당부를 전했다.

우리는 아이의 학업을 대단히 중요시하기 때문에 어린아이들에게도 엄격한 생활을 강요한다. 아이들은 매일 아침 일찍 학교로 나서고, 방과 후에는 보충 학원으로 분주하게 뛰어다닌다. 그리고 집에 돌아오면 숙제와 예습, 복습도 해야 한다. 이렇게 모든 일과를 끝내고 나면 늦은 밤이다. 주말이면 부모는 회사에 가지 않고 잠시 쉴 수 있지만, 아이들은 끝내지 못한 과외 공부를 붙잡고 있다. 그렇게 따지면 아이가 하루에 소화하는 '작업량'은 성인의 그것과 별반 다를 바가 없을 것이다.

이런 살인적인 스케줄이 바로 창창과 같이 어린아이에게 만성피로를 불러일으킨 주범이라는 것은 아주 명확하다. 우리는 아이에게 충분한 휴식과 즐거운 놀이 시간을 보장해주고, 아이가 공부와 휴식을 조화롭게 병행하도록 도와야 한다. 신체가 건강하고 컨디션이 좋아야 학습이 효율적이고 아이의 노력 또한 그에 합당하는 결과를 얻을 수가 있기 때문이다.

· 시간표는 아이와 함께 짜라 ·

엄마들이 아이와 함께 시간표를 짜야 하는 이유는 아이가 아직 자제력이 부족하기 때문이다. 만약 아이가 혼자 스케줄을 구상한다면 아마도 놀이 시간에 더 많은 시간을 할애하기 쉽고, 반대로 엄마가 혼자 아이의 시간표를 작성한다면 분명히 공부하는 시간을 많이 배정할 것이다.

그러므로 아이가 공부해야 할 과목과 그동안 유지해 온 특별 활동 등을 바탕으로 두 사람이 의견을 잘 조율해 학습 시간과 휴식 시간을 적절히 배분해야 한다. 가만히 앉아서 공부를 한 후에는 몸을 움직이며 놀 수 있는 시간을 마련해야 한다. 또한 주말에는 다양한 놀이 활동을 하도록 배려해 아이가 스트레스를 풀 수 있게끔 하자.

· 열심히 공부하고 열심히 쉬게 하라 ·

이런 아이들이 있다. 공부를 하면서 몇 분만 더 하면 쉬는지를 계속해서 주시하다가 막상 쉬는 시간이 되면 공부를 열심히 하지 않았다고 걱정하는 것이다. 이런 상황이 반복되면 공부는 공부대로 되지 않고 놀 때도 노는 게 아닌 것이 된다.

그래서 우리는 아이에게 공부할 때는 최선을 다해서 집중하고 몰두해야 하며, 쉴 때는 책을 내려놓고 뇌의 긴장을 완전히 풀어야 함을 알려주어야 한다. 그리고 둘 사이에는 융통성을 발휘해야 함을 함께 알려주는 것이 좋다. 예를 들어 아이가 문제집을 풀다가 어려운 문제를 발견해서 계획된 시간 내에 다 풀지 못했다고 가정해 보자. 일단은 그 문제를 최선을 다해 풀고, 일단락한 다음에 휴식을 취해야 한다. 계획된 휴식이라고 해서 곧바로 책을 덮는 것은 좋지 못한 방법이다. 시간표의 취지가 훼손되어서는 안 되지만, 그 내용은 얼마든지 융통성 있게 바꿀 줄도 알아야 한다.

· 노는 것만이 휴식은 아니라는 것을 알게 하라 ·

공부와 휴식을 적절히 배분한다고 하면, 아이는 이렇게 단순화시켜 생각할 수 있다. '공부'는 말 그대로 공부이고 '휴식'은 노는 것. 그래서 엄마가 쉬라고 하면 아이들은 놀기 바쁘다. 그러나 남자아이들은 그 외에도 많은 것을 할 수 있다. 예컨대, 달리기나 배드민턴과 같은 운동을 할 수도 있고, 꽃에 물을 주거나 반려동물을 데리고 산책을 나가는 등 집안일을 하는 것도 휴식이다. 또, 그림이나 글씨 쓰기, 좋아하는 과학 실험을 하는 등 취미 활동을 하면서도 머리는 얼마든지 식힐 수가 있다.

PART 10

큰소리치지 않고
효과적으로
경제관념 심어주기

금융지능지수(FQ, Financial Quotient)란 재무관리 능력을 수치화한 것이다. 금융지능지수가 높으면 소유한 재화를 합리적으로 통제할 수 있을 뿐 아니라 이를 운용하여 더 많은 부를 축적할 수도 있다. 금융지능지수는 이제 IQ, EQ와 함께 아이에게 꼭 가르쳐야 할 항목이다. 하지만 아이가 아직 어리고 심리적으로 덜 성숙한 상태이기 때문에, 쉽지 않은 도전이 될 것이다. 그러나 좋은 엄마라면 아이에게 큰소리를 치지 않고도 효과적인 방법을 찾아 FQ를 쑥쑥 높일 수 있다.

84
100 POINT of EDUCATION
아이의 불합리한 요구를
단호하게 거절하라

엄마는 딩제(丁杰)를 데리고 마트에 물건을 사러 갔다. 딩제는 새로운 무선 조종 자동차를 발견하고서 엄마에게 사 달라고 떼를 쓰기 시작했다. 엄마가 말했다. "집에 이미 다섯 대나 있잖아. 더 이상은 안 돼." 그렇지만 딩제는 집요하게 매달렸고, 엄마는 화가 났다. "안 돼. 오늘은 못 사." 마침내 울음을 터뜨린 딩제는 울면서 소리를 바락바락 질렀다. "살 거야!" 엄마는 힐끔힐끔 쳐다보는 사람들의 눈빛을 도저히 당해낼 수가 없었다. 그래서 곧바로 자동차를 사 들고 마트를 빠져나왔다.

엄마들에게 전혀 생소하지 않은 상황일 것이다. 아이가 세 살이 되기 전에는, 아이 물건이라도 엄마가 직접 마음에 드는 것을 산다. 그런데 아이는 자라면서 점점 자신이 갖고 싶은 것을 사 달라고 요구하기 시작한다. 게다가 아이들의 소유욕은 엄청나게 강하다. 새것, 집에 없는 것이라면 무엇이든 가지고 싶어 하고, 사 주지 않으면 울며불며 생떼를 부린다. 어떤 아이들은 아예 바닥에 드러눕기도 한다. 어떤 엄마들은 이런 상황이 발생하면 그 물건을 사주는 것으로 소란을 잠재운다. 하지만 이런 방법은 아이 마음에 '사고 싶다→엄마가 사 주지 않는다→울며 떼쓴다→엄마가 사 준다'식의 나쁜 습관을 심어줄 뿐이다. 이러한 습관은 돈을 낭비하는 성향으로 발전하기 쉽다. 사달라는 요구에 엄마가 쉽게 응하기 때문에 아이는 무엇이 합리적이고 무엇이 그렇지 않은지 구분하지 못하는 것이다. 결국 아이가 스스로 돈을 사용하게 됐을 때, 무엇이든 따져보지 않고 사고 싶다고 사버리는 무절제한 소비 생활을 하게 된다.

이런 문제들이 생기지 않게 하려면 아이의 불합리한 요구를 단호하게 거절해야 하며, 동시에 효과적인 방법을 통해 아이가 엄마의 의견을 따르게 해야 한다.

• 떼쓰는 아이를 차분하게 대하라 •

이미 나쁜 습관들이 몸에 배인 상황이라면, 이제 와서 아이에게 안 된다고 말하기란 결코 쉬운 일이 아니다. 우선, 아이가 소란을 피울 때 남들이 쳐다보는 눈길에 익숙해지기 위한 마음의 준비를 단단히 해야 한다. 엄마의 "안 돼."라는 한 마디가 아이의 미래에 더없이 긍정적인 영향을 미친다는 것을 생각한다면, 남들의 시선쯤은 아무것도 아니다.

떼를 쓰는데도 엄마가 냉정함을 잃지 않는다면, 아이는 자기 행동이 이제 아무런 소용이 없다는 것을 인식하고 점점 평온을 되찾을 것이다. 이 과정이 얼마나 걸릴지는 아이마다 차이가 있다. 그러나 엄마는 반드시 인내심을 발휘해야 한다. 그리고 마침내 아이가 조용해졌을 때, 이렇게 타이를 수 있다. "네가 필요한 물건은 엄마가 반드시 사 줄 거야. 갖고 싶은 것이 있으면 엄마에게 알려 줘. 엄마가 생각해 보고 살 건지 말 건지를 결정할게. 그런데 네가 울고 성내며 엄마를 힘들게 하면 그때는 절대로 사 줄 수 없어." 이렇게 한두 번 정도 아이에게 잘 설명한다면, 아이가 마트에서 눈물로 엄마를 위협하는 일은 더 이상 없을 것이다.

• 무엇이 합리적인 소비인지를 가르쳐라 •

세상에 물건은 셀 수 없이 많다. 그렇지만 그 많은 물건이 전부 필요한 것은 아니다. 꼭 필요한 물건, 가격이 저렴하면서 질이 좋은 물건을 골라 사야 한다. 이는 아이들도 마찬가지이다. 하지만 아이들은 아직 어려서 무엇을 사야 할지 잘 모르기 때문에 우리가 직접 합리적인 구매 방식을 알려주어야 한다. 예를 들어 아이에게 새 바지를 사줄 때는 이전에 입던 바지가 작아져서 입을 수 없기 때문에 새로 바지를 사야 한다는 사실을 알려준다. 반대로 아직 쓸 만한 연필이 있는데도 새것을 사고 싶어 하는 아이에게는 이렇게 말해줄 수 있다. "지금은 살 수 없어. 네가 갖고 있는 연필도 아직 쓸 수 있잖니." 무언가를 사는데 동의하는 이유와 거절하는 이유를 자꾸 반복해서 이야기하다 보면 아이도 어느새 합리적인 구매와 요구가 무엇인지를 이해하게 되고, 욕심나는 물건 앞에서 자신을 절제하는 법에 점차 익숙해질 것이다.

85

100 POINT of EDUCATION

쉽게 얻어지는 것은
없다는 사실을 알게 하라

옛날에 한 목수가 있었다. 손재주가 어찌나 좋은지 멀리까지도 이름이 알려져 그에게 일을 맡기려는 사람들이 줄을 이었다. 물론 품삯도 넉넉히 받았다. 그런데 이 목수는 좀처럼 돈을 모으지를 못했다. 번 돈을 물 쓰듯 썼기 때문이었다. 목수가 사는 마을에는 한 알부자 노인이 살고 있었다. 겉보기에 별 볼 일 없어 보이는 노인의 재산은 갈수록 늘어만 갔다. 돈을 많이 버는데도 재산을 모으지 못해 답답했던 목수가 노인을 찾아가 부자가 되는 법을 알려 달라고 청했다. 목수의 말을 들은 노인이 이렇게 말했다. "잠깐만 기다리게, 등불 좀 끄고 와서 다시 이야기하세나." 그러자 목수가 이 말을 듣고 "이제 알겠습니다." 하고 대답하면서 바삐 돌아갔다.

이 이야기에서 교훈을 찾기란 어렵지 않다. 노인이 부유해진 가장 큰 이유는 그가 절약할 줄을 알았기 때문이다.

'근검은 덕 중의 덕이고, 사치는 악 중의 악이다'라는 말처럼 근검절약은 전통적인 미덕이다. 수많은 명사들 역시 집안을 다스리는 덕행 중에서 근검절약을 특히 강조하였다. 명나라의 이학자 주백려(朱柏廬)는 《주자가훈(朱子家訓)》에서 이렇게 말했다. "죽 한 그릇, 밥 한 그릇도 쉽게 오지 않았음을 마땅히 여기고, 실 한 가닥, 천 한 조각도 힘들게 만들었음을 항상 기억하라(一粥一飯, 當思來處不易, 半絲半縷, 恒念物力維艱)."

그러나 경제가 발전함에 따라 생활이 풍족해지자 많은 사람들이 선조들의 교훈을 잊어버렸다. 자녀가 물질적으로 모자랄 것 없는 생활을 누릴 수 있게 해 줄 능력이 있으니 아이를 위해서 돈을 아끼지 않게 되고 결과적으로 아이도 이런 무절제한 소비 습관에 물들게 된다. 부모들이 이미 절약해야 할 시대가 지나갔다고 생각하는 이상, 아이들의 머릿속에는 근검절약이라는 개념이 생길 수가 없다.

근검절약은 정말로 구시대적인 생각일까? 절대로 그렇지 않다. 아이들의 관점에서 돈을 있는 대로 쓰는 것을 자꾸 경험하다 보면, 돈이란 쉽게 벌 수 있는 것이라 느끼게 되고 따라서 노동이라는 행위를 존중하지 않게 된다. 또, 사회적인 자원 소비의 관점에서는 생산되는 물건이 많아질수록 지구상의 자원이 줄어드는 문제가 발생한다. 모두가 흥청망청 자원을 낭비하여 지구상에서 모든 자원이 고갈된다면 우리 다음 세대는 어떻게 할 것인가? 그러므로 근검절약은 지구의 유한한 자원과 인간 노동력의 결과물을 귀하고 소중하게 여기는 바른 태도이다. 물질적으로 풍족한 오늘날이지만, 우리는 여전히 아이가 근검절약을 알도록 해야 한다.

· 절약하는 엄마가 되어라 ·

보통 가정에서 살림을 주도하는 사람은 엄마이다. 그렇다면 아이에게 근검절약의 모범을 보여야하는 것 또한 엄마가 될 것이다. 식사 준비를 할 때도 적당량을 준비하고 음식이 너무 많이 남아서 낭비하는 일이 없도록 하자. 생활용품도 사용할 수 있을 때까지 최대한 사용하고, 낡은 옷은 가구나 바닥을 닦는 청소용 걸레로 사용하자. 또한 물이나 전기 등도 아낄 수 있는 한 아껴서, 아이가 엄마의 영향으로 자연스럽게 근검절약을 몸에 익힐 수 있게 하자.

· 절약에 관한 이야기나 실천 방법을 들려주어라 ·

동서고금을 막론하고, 근검절약을 강조하는 이야기는 얼마든지 많다. 북송(北宋)의 문장가 안수(晏殊)는 공무를 처리할 때 특히 검약에 힘썼다. 서신이나 공문서를 받으면 위, 아래, 옆의 여백을 모두 편편하게 다림질을 해서 시를 쓸 때 연습장으로 사용하였다. 또 영국의 엘리자베스 2세는 여왕의 신분이었음에도 매일 밤 직접 버킹엄 궁전의 홀과 복도의 등을 끄러 다녔다고 한다. 이런 이야기를 우리 아이에게 들려준다면, 근검절약의 교훈과 방법을 조금 더 쉽게 이해할 수 있을 것이다.

· 사소한 일상에서 절약을 배우게 하라 ·

우리는 아이에게 절약하라고 하지만, 아이는 그 방법을 모를 수도 있다. 일상생활 중에서 부모가 아이에게 가르쳐야 할 부분이 바로 그런 사소한 절약법이다. 음식은 적당량을 준비해야 남기지 않게 된다는 사실,

책가방이나 필통도 갖고 싶다고 해서 새것으로 바꾸다 보면 절약할 수 없다는 점, 옷은 편안하고 따뜻하면 그것으로 족하며 비싼 명품이 필요한 것은 아니라는 것 등이다.

·돈 버는 고생을 느끼게 하라·

아이가 어느 정도 자라면, 방학을 틈타 신문 배달이나 물품 판매 등의 활동을 간접적으로 경험하게 해보자. 그러면 아이는 다양한 체험을 할 수 있고, 돈을 버는 일이 얼마나 힘든지를 몸소 느끼게 된다. 그래서 부모님의 노동과 근검절약의 소중함을 보다 깊이 이해하게 될 것이다.

86

100 POINT of EDUCATION

아이를
과잉보호하지 마라

밍밍(明明)의 아빠와 엄마는 자영업을 해서 일이 무척 바쁘기 때문에, 외할머니와 외할아버지가 밍밍을 보살폈다. 아침 일찍 나가서 저녁 늦게 돌아오는 엄마는 밍밍과 함께 놀아준 적이 거의 없었다. 아주 가끔씩 시간을 내어 밍밍을 데리고 마트에 쇼핑을 하러 가는 것이 전부였다. 그런데 엄마의 말을 빌리자면, 밍밍과 함께 쇼핑을 하는 것은 거의 '마트를 집으로 옮기는' 수준이나 다름없었다.

이 외에도 엄마는 밍밍의 부탁이라면 무엇이든 다 들어줬다. 하루는 밤 열두 시에 잠에서 깬 밍밍이 울면서 아이스크림이 먹고 싶다고 졸랐다. 집에는 아이스크림이 없었고, 엄마는 아빠에게 차를 타고 나가서 얼른 사오라고 했다. 그러자 아빠는 엄마를 나무랐다. "당신, 밍밍한테 너무 지나쳐." 엄마가 대답했다. "그럼 달랑 하나 있는 아들인데, 어떡해?"

'과잉보호'는 아이를 애정의 바닷속에 빠뜨려 허우적대게 하는 것이다. 아이에게 아낌없이 사랑을 주는 것은 물론 좋은 일이지만, 과잉보호는 전혀 좋을 것이 없다.

요즘에는 '캥거루족'이라고 불리는 사람들도 있다. 성년이 되었지만 경제적인 자립을 하지 못하고 여전히 부모에게 생계를 의탁하는 사람을 말한다. 그들이 캥거루족이 된 중요한 이유 중의 하나가 바로 유년 시절에 부모가 너무 과잉보호를 한 탓이다. 부모가 무엇이든 대신해주고 원하는 것을 재깍재깍 대령하니, 이들은 성장한 후에도 독립적인 능력이 없을 뿐더러 고생하기 싫어 계속 부모에게 기대게 된다.

러시아의 정치가였던 펠릭스 제르진스키(Felix Dzerzhinsky)는 이렇게 말했다. "부모가 아이를 너무 위하고 감싸며 무리한 요구를 만족시켜주다 보면, 그 아이들은 커서 타락하고 말 것이다. 의지는 한없이 약하고 자기밖에 생각할 줄 모르는 이기적인 사람이 되는 것이다. 그러므로 부모들의 사랑은 결코 맹목적이어서는 안 된다."

부모가 자식을 사랑하는 것은 당연하다. 특히 엄마들은 두말할 필요도 없다. 그렇다면 어떤 사랑이 맹목적이지 않은 사랑일까? 정답은 바로 '지혜로운 사랑'이다. 아빠와 엄마, 그리고 주변 사람들 모두가 아이를 지혜롭고 슬기롭게 사랑하는 것이다.

• 물질보다 지혜로운 사랑을 베풀라 •

안안(安安)이 태어나고, 엄마는 회사와 논의해서 업무가 비교적 탄력적인 부서로 자리를 옮겼다. 그래야 더 많은 시간을 안안에게 할애할 수 있기 때문이다. 안안은 원래 자립심이 강했다. 그래서 혼자 밥을 먹고 옷을 입게 된 이후부터 엄마는 먼저 손을 내미는 법이 없었다. 경제적으로는 풍족한 편이었지만, 엄마는 안안을 위해서 돈을 흥청망청 쓰지 않았다. 그렇게 자라난 안안에게 사람들은 하나같이 입을 모아 독립성도 강하고 세상 물정도 잘 아는 철 든 아이라고 칭찬했다.

안안의 엄마는 지혜로운 사람이다. 안안이 진정으로 필요로 하는 것이 무엇인지를 알고 질적으로 풍부한 사랑을 듬뿍 주었기 때문이다.

엄마의 지혜로운 사랑은 양심의 가책을 돈으로 대신하는 것이 아니라, 아이와 자주 함께 어울리는 것이다. 많은 엄마들이 직장일이 바쁘다는 핑계로 아이와 많은 시간을 함께하지 못한다. 그래서 미안한 마음을 물질적으로 보상해주려 한다. 비싸고 귀한 옷과 장난감을 안겨주거나 학생 신분에 과한 용돈을 쥐어주는 것이다. 사실 아이들의 물질적 요구 수준은 생각보다 낮다. 그저 배불리 먹고 따뜻하게 입으면 그만이다. 아이가 진정으로 필요한 것은 바로 엄마가 하루에 적어도 한 시간, 아니 삼십 분 정도만이라도 진심을 다해 자신과 함께 해주는 것이다. 그렇게 자주 부대끼며 물질적인 사랑이 아닌 정신적인 사랑을 받기를 원하는 것이다.

또한 지혜로운 사랑은 아이를 자유롭게 자라게 해서 독립적인 면을 강하게 키워주는 것이다. 이런 엄마들이 있다. 이미 아이 혼자 밥을 먹을 수 있는데도 많이 먹으려고 억지로 밥을 떠먹이는 엄마, 흙에서 뒹굴고 나무에 오르고 싶은 아이를 더럽다는 이유로 안에서 얌전히 장난감만 갖고 놀게 하는 엄마, 수영을 배우고 싶어 하는 아이에게 더 우아한 취미를 가지라며 피아노 학원을 강요하는 엄마……. 아이가 이런 상태로 자라면 처음에는 몸이 자유롭지 못할 뿐이지만, 시간이 지날수록 마음마저 자유롭지 못하게 된다. 하고 싶은 대로 하지 못할 바에야 될 대로 되라는 식으로 엄마에게 전부 의탁해버릴지도 모른다.

이런 사랑은 과잉보호일 뿐, 지혜로운 사랑과는 거리가 멀다. 지혜로운 사랑은 아이가 자기 자신과 타인을 해치지 않는 범위 내에서 자유로울 수 있게 하는 것이다. 식사 시간에 무엇을 얼마나 먹을지를 아이가 스스로 결정하게 하고, 배우고 싶은 것을 정할 때도 엄마가 아이와 함께 의견을 주고받아 보자. 이렇게 성장한 아이는 독립적이고 자주적이며 스스로를 책임지는 든든한 인재가 된다.

지혜로운 사랑이란 큰 재산을 물려주는 대신 꿈과 희망을 꺾어버리는 것이 아니다. 세계 최고의 갑부인 빌 게이츠 부부를 위시해, 거부(巨富)가 된 사람들은 모두 자녀에게 막대한 부를 그대로 물려주지 않으려 한다. 이것이 자기 자녀를 돈의 노예로 만들 것이며, 열심히 노력하려는 열정마저 짓밟는다는 사실을 잘 알고 있기 때문이다. 그들도 이러한데, 우리 같은 보통 부모들은 더욱더 그래야 하지 않을까?

87

어릴 때부터
고생을 알게 하라

프랑스의 대문호 발자크(Honore de Balzac)는 이런 말을 남겼다. "고난은 인생의 디딤돌이다. 노력하는 사람에게는 재산이지만, 나약한 사람에게는 깊고 깊은 수렁이다."

그러나 요즘의 아이들은 삶의 어려움을 느낄 새가 없다. 부모들이 감히 아이가 힘든 것을 두고 보지 못하는 것이다. 그래서 부유한 가정에서는 아이가 하고 싶어 하는 것을 다 들어주고, 경제 사정이 좋지 못한 집에서도 어떻게든 아이의 요구에 맞춰주려고 최선을 다한다. 그래서 아이들 대다수가 어려움을 겪을 기회조차 없는 것이 현실이다. 물자가 풍부해 사고 싶은 것은 얼마든지 살 수 있고, 교통도 편리해서 가고 싶은 곳이 있으면 어디든 갈 수가 있다. 또한 통신도 발달하여 언제 어디서든 연락하고 대화를 나눌 수 있는 세상이다.

생활의 어려움을 전혀 겪어보지 못했기 때문에, 우리 아이들은 돈을 쓰는데 겁이 없다. 땀 흘려 얻은 성과, 금전의 소중함을 깨닫지 못하고 부모에게 감사하는 마음조차 느끼지 못한다. 현대 사회의 간편함과 신속함에 익숙해져서, 스스로 개척하고 창조하는 삶을 이해하지 못한다. 힘들었던 적이 없으니 역경을 이겨낼 자신도 없어서 작은 어려움에도 쉽게 무릎을 꿇고 만다. 온실 속의 화초처럼 곱게 자란 아이가 용감하고 지혜롭기 어렵다는 것은 만고불변의 진리이다. 내 아들이 그렇게 자라기를 바라는가? 당연히 그렇지 않다. 그렇다면 아이가 생활의 어려움과 고난을 알고 조금이라도 이를 경험해 볼 수 있도록 엄마가 노력해야 한다.

혹시라도 아이에게 집안 살림이 어렵다는 것을 억지로 숨기려 하지는 말자. 집안 형편이 좋지 않더라도 엄마가 아이에게 미안하거나 양심의 가책을 느낄 필요는 없다. 우리는 이미 아이에게 생명이라는 가장 훌륭한 선물을 주었기 때문이다. 아이에게 생활의 어려움을 숨길 것이 아니라, 엄마 아빠가 얼마나 고생스럽게 삶을 꾸려가고 있는지, 더 나은 삶을 위해서 얼마나 적극적으로 노력하고 있는지를 그대로 보게 하자. 아이 또한 집안의 구성원으로서 생활을 개선하기 위해 할 수 있는 노력을 다해야 할 책임과 의무가 있다.

· 고생을 경험할 기회를 일부러 만들어라 ·

경제적으로 여유가 있는 집이라도 아이에게 생활의 풍요로움만을 향유하게 해서는 안 된다. 일부러라도 고생을 겪게 해주어야 한다. 최근 들어, 일본의 학교에서는 이런 방법이 유행한다고 한다. 정기적으로 무를 말갛게 끓인 국과 좁쌀 알갱이로 지은 밥을 '기근 체험 점심'으로 제공하고, 날씨가 추워도 정해진 기간에는 반드시 반바지와 짧은 치마를 착용해야 한다. 반대로 날씨가 더울 때는 아무리 더워도 정해진 기간 동안 반드시 긴 바지와 긴 치마를 착용해야 한다. 이런 방식을 모두 따라할 수는 없겠지만, 적절히 응용해 볼 수는 있다. 변변치 못한 음식을 먹으면서 배고픔을 견디게 한다든지, 여름 캠프 등에 참가하여 육체적으로 힘든 경험을 하게 한다든지, 방학 동안에는 전혀 용돈을 주지 않고 스스로 할 만한 일을 찾아서 돈을 벌어 보게 한다든지 하는 것 등이다. 그러면 아이는 평소 자신의 삶이 얼마나 윤택하였는지를 깨닫게 되고 동시에 부모님이 얼마나 힘들게 일하고 있는지, 그 소중함도 알게 될 것이다.

· 부모와 떨어져서 사는 경험을 하게 하라 ·

줄곧 도시에서만 살아온 아이는 어딜 가나 교통이 도시처럼 편리하고 언제 어디서든 쇼핑을 할 수 있을 것이라고 생각한다. 하지만 실상은 그렇지 않다. 한 번쯤 우리 아이를 집에서 떨어져서 교통이 불편하고 물자가 부족한 곳에서 잠시만이라도 생활하게 한다면, 편리하게 사는 것이 얼마나 축복받은 일인지 금세 알게 될 것이다. 부모님이 자신을 위해서 선사하는 모든 것이 전부 쉽게 얻어지는 것이 아니라는 것도 말이다.

아이에게
위기의식을 심어주어라

19세기 말, 미국 코넬대학교에서 '개구리 실험'을 진행했다. 실험자는 개구리 한 마리를 펄펄 끓는 물속에 갑자기 집어넣었다. 개구리는 물에 닿자마자 화들짝 놀라 튀어나왔다. 삼십 분이 지나고, 실험자는 그 개구리를 다시 차가운 물이 담긴 비커에 집어넣었다. 개구리는 당연히 아무렇지 않았다. 실험자가 아주 천천히 비커를 가열했지만 개구리는 온도가 조금씩 변하는 것을 느끼지 못한 채, 물 밖으로 나오지 않았다. 나중에 온도가 참을 수 없을 정도로 뜨거워졌을 때 그대로 죽음을 맞이할 수밖에 없었다.

과학자들은 이를 '삶은 개구리 증후군'이라 부른다. 개구리가 끓는 물에서 재빨리 튀어나온 것은 외부의 갑작스럽고 강렬한 자극에 반응했기 때문이었다. 하지만 차가운 물에 들어갔을 때는 물이 서서히 뜨거워져도 이를 깨닫지 못하고 위기감을 완전히 상실하였다. 그리고 절체절명의 위기가 정말로 눈앞에 와 있을 때는 이미 튀어오를 능력을 잃어버린 후였다. '삶은 개구리 증후군'의 결과는 위기의식의 중요성을 시사한다.

이 실험이 아니더라도 위기의식에 관한 가르침은 언제나 있었다. 춘추전국시대의 저작 《좌전(左傳)》 중에는 "편안할 때 위기를 생각하고, 생각이 미치면 이를 대비하고, 이를 대비를 하면 근심이 없다(居安思危, 思則有備, 有備無患)."는 말이 등장한다.

우리 삶에서도 편안함과 근심은 언제나 함께한다. 편안할 때 나쁜 일이 생길 것을 걱정하고 위기를 고려해야 위기가 실제로 닥쳤을 때 평정을 유지할 수 있고 계속해서 앞으로 나아갈 수가 있다. 위기의식을 잃지 않는 사람은 언제나 도전하며 자기 자신을 발전시켜 나간다. 또한 현실에 자만하고 안주하지 않으며 부단한 노력으로 스스로를 업그레이드할 수 있다.

아이가 황제 같이 호의호식하게 된다면 돈을 생각 없이 쓰게 될 것은 당연하다. 위기의식과도 멀어져 매너리즘에 빠진 개구리로 전락하고 말 가능성이 높다. 또한 생활에 변화가 생겼을 때, 적응할 수 없고 현실을 받아들이지도 못하게 된다.

경제적으로 위기의식을 전혀 느끼지 못할 경우, 경제 활동을 하려는 의지 자체가 생기지 않을 것이고 경제 능력과 금융지능지수도 발전할 수가 없다. 경제 능력이 없고 금융지능지수도 높지 않은 아이가 사회에 나갔을 때 닥칠 삶은, 진정한 위기일 것이다. 그러므로 장기적인 안목을 지닌 엄마라면 아들의 미래를 꿰뚫어 보고, 경제적으로 위기의식을 심어주는데 중점을 두어야 한다.

· **용돈기입장으로 아이의 위기의식을 키워라** ·

왕정(王錚)이 초등학교 1학년이 되자, 엄마는 매달 100위안을 용돈으로 주기로 했다. 그런데 왕정은 용돈이 너무 적어서 불만이었다. 엄마는 말했다. "네가 아껴서 잘 사용한다면, 쓰고도 남을 돈이야." 그리고 엄마는 왕정에게 공책 한 권을 주면서 용돈을 어디에 썼는지 전부 기록하도록 했다.

왕정은 처음 돈을 받은 며칠 사이, 사고 싶은 것이 있으면 고민 없이 그냥 사버렸다. 그리고 나중에 엄마가 준 용돈기입장에 쓴 돈을 기록했다. 그런데 정작 필요한 것은 다 사지도 못했는데 돈을 거의 다 써버린 것이 아닌가. 이러다가는 마지막 날까지 버티지도 못하고, 필요한 물건도 다 사지 못하겠다는 생각이 들었다. 그때부터 왕정은 용돈을 계획적으로 쓰기 시작했다.

왕정의 경험에서 우리는 용돈기입장이 아이에게 위기감을 불러일으키고 돈 관리의 중요성을 일깨운다는 것을 알 수 있다. 내 아이에게도 이런 방식을 사용한다면 위기의식을 심어주고 경제관념도 갖게 할 수 있다는 점을 잘 기억하자.

89

아이를 '부잣집 도련님'으로
키우지 마라

팡보(方博)의 부모님은 사업을 하고 있다. 사업이 아주 잘 돼서 생활도 넉넉하고, 팡보에게 용돈도 아낌없이 주었다. 그래서 팡보는 학교에서 '돈 많은 도련님'으로 유명했다. 팡보의 호주머니에는 못해도 몇백 위안, 많게는 수천 위안씩 들어 있기도 했다.

어느 날 엄마는 회사에서 직원들과 회의를 하다가 갑작스럽게 학교에서 걸려온 전화를 받았다. 학교로 와서 팡보를 데려가라는 것이었다. 매우 이상한 일이었다. 평소에 팡보는 혼자서도 문제없이 등하교를 했기 때문이다. 학교에 도착해서야 엄마는 그날 있었던 일을 알게 되었다. 학교가 파하고 집으로 돌아가는 길에 팡보가 불량청소년들에게 돈을 뺏기고 있는데, 지나가던 어른이 이를 보고 아이들을 쫓아버리고 팡보를 학교로 데려다 준 것이었다.

요즘에는 팡보와 같은 아이들이 학교에 한둘이 아니라고 한다. 아이들이 큰 단위의 돈을 가지고 다니고, 특히 명절 이후나 학기 초에는 이런 '돈 많은' 아이들이 넘쳐난다고 한다. 게다가 자수성가한 부모들이 아이가 달라는 대로 큰돈을 쥐어주며 학교에 돈 많은 도련님이 생겨나는 데 한몫하고 있다. 아이가 부자 행세를 하는 것이 성장에 좋은 영향을 미칠까? 당연히 그렇지 않다.

아이가 부자 도련님으로 보이는 것은 일단 아이의 안전에 전혀 이롭지 않다. 돈을 많이 가지고 다니는 아이는 팡보처럼 친구들이나 불량 청소년의 타깃이 되기 쉽다. 돈 한두 번 뺏기는 것도 억울한 일이지만, 이것이 반복되면 마음에 큰 상처를 받을 위험이 크다.

또한 아이가 부잣집 도련님으로 자라는 것은 어른이 된 후의 일에도 부정적인 영향을 미친다. 미국의 강철왕 앤드류 카네기(Andrew Carnegie)는 이렇게 말했다. "거부의 자녀들이 운이 좋다고 생각하지 마라. 대다수의 부잣집 자녀들은 부의 노예가 되어 어떤 유혹도 이겨내지 못하고 타락에 빠져들 뿐이다. 향락에 물든 아이들은 절대로 빈곤한 집안 출신 아이들의 상대가 되지 못한다. 빈곤한 아이들, 심지어 책을 읽을 기회도 없던 아이들은 성인이 된 후에 반드시 큰 사업을 이루어낸다."

이렇듯, 아이가 어릴 때부터 돈을 펑펑 쓰는 버릇이 들면 학업은 물론 성품이나 여러 가지 능력을 기르는 데 문제가 생기고, 미래에까지 악영향을 미치게 된다.

· 용돈을 지나치게 주지 마라 ·

아이가 자라면, 혼자서 필요한 학용품을 사거나 군것질을 할 수 있도록 엄마들이 용돈을 준다. 그러나 아이에게 너무 지나치게 많은 돈을 주어서는 안 된다. 용돈을 줄 때는 대중교통 이용, 학용품 구매, 군것질 등 아이에게 필요한 것이 무엇인지 고려하고 구체적인 금액을 산정해서 일주일에 한 번, 또는 한 달에 한 번 정도로 지급하는 것이 좋다. 아이가 다음 용돈을 받는 날 전에 돈을 다 쓰더라도 더 주는 법이 없어야 한다. 이를 확실히 지키지 않으면 아이는 돈이 필요할 때마다 끝도 없이 나오는 줄로만 알 것이다.

· 세뱃돈 관리 ·

세뱃돈은 명절에 집중적으로 받기 때문에 금액이 평소보다 훨씬 크다. 그래서 엄마는 아이가 이 돈을 잘 관리하도록 은행에 저축을 하거나 저금통에 모으게 하고, 꼭 필요할 때가 아니면 절대로 꺼내 쓰지 못하게 해야 한다. 그래야 아이 손에 쓸데없이 큰돈이 머무르지 않을 것이다.

어릴 때부터 저축하는
습관을 길러주어라

설날이 지나갔다. 여덟 살인 샤오카이(小凱)는 엄마 아빠를 따라서 친척 집을 방문하고 며칠 만에 2,000위안(한화 약 32만 원)이 넘는 세뱃돈을 받았다. 정신없이 지나간 연휴였기에 엄마도 샤오카이가 받은 세뱃돈에 미처 신경을 쓰지 못했다. 그런데 어느 날, 엄마가 집안에서 전에 보지 못한 장난감을 하나 발견했다. 엄마는 샤오카이에게 물었고, 샤오카이는 자기가 세뱃돈으로 산 것이라고 말했다. 엄마는 이대로 둬서는 안 되겠다는 생각이 들었다. 며칠만 지나면 샤오카이가 세뱃돈을 모조리 다 써버릴 것이 뻔했기 때문이었다. 생각 끝에 엄마는 샤오카이가 세뱃돈을 모두 저축하게 만들기로 마음먹었다.

삶이 윤택해지면서 이제는 아이들도 적지 않은 돈을 소유하게 되었다. 아이들은 평소에 부모에게 받은 용돈이나 세뱃돈, 명절 용돈을 모으기도 한다. 이 돈을 어떻게 관리해야 할지는 아이들에게 대단히 중요한 일이다. 아이의 습관이 형성되는 시기에 돈을 마음대로 쓰게 놓아두면 과소비의 나쁜 습관을 가지게 될 것이 불 보듯 뻔하다. 이때, 우리가 아이에게 돈을 관리하는 지식과 기술을 가르쳐준다면 낭비벽을 막고 올바른 경제관을 가지게 할 수 있다. 용돈을 관리하는데 매우 중요한 방법이 바로 저축이다. 사람은 누구나 저축을 해야 한다. 저축의 가장 중요한 역할은 집안에 큰 변고가 생기거나 누군가 큰 병에 걸리는 등 미래에 일어날 각종 잠재적인 위기와 응급 상황에 대처하는 것이다. 또한 저축은 일정 금액이 모이면 차를 사고 집을 사는 등 집안의 생활 수준을 높이는 데 필요한 자금원이 된다. 그러므로 우리는 아이가 어릴 때부터 저축하는 좋은 습관을 갖도록 해야 한다.

사람은 무슨 일을 하건 목표를 우선 정해야 한다. 목표는 행동의 방향이자 행동의 목적이 된다. 저축이라는 목표 또한 마찬가지이다. 아이가 저축을 해야 할 명확한 목표가 생긴다면, 돈을 쓰고 싶은 충동을 쉽게 억제할 수 있고 실제로 그 돈을 모을 수 있다. 저축의 목표는 커도 좋고 작아도 좋다. 그럴싸한 학용품도 좋고 읽고 싶었던 책, 갖고 싶었던 장난감 총, 컴퓨터 등 무엇이든 저축 목표가 될 수 있다.

·아이에게 저금통 세 개를 선물하라·

저금통은 아이들이 돈을 모으는데 필수적인 용품이다. 아이가 마음에 들어 하는 저금통 세 개를 선물하자. 어린아이들은 저금통을 갖고 있는 것만으로도 돈을 모으려는 마음이 강해진다. 굳이 세 개인 이유는 그 기능이 각자 다르기 때문이다. 하나는 매일 쓰는 교통비, 식비 등을 넣어 두고 자유롭게 꺼내 쓰는 저금통이고, 하나는 비교적 단기간의 목표를 위해

돈을 모으는 저금통, 그리고 남은 하나는 장기적인 계획을 세워 오랫동안 쓰지 않을 돈을 모으는 저금통으로 사용하는 것이다. 이렇게 여러 개의 저금통으로 용도에 맞게 저축함으로써 아이는 효율적이고 명확하게 재무 관리법을 배울 수가 있다.

• 은행 저축 통장을 개설해주어라 •

둥둥(東東)은 이른 아침부터 일어나 들뜬 상태로 외출 준비를 마쳤다. 엄마가 오늘 은행에 가서 통장을 개설하고 카드를 만들어준다고 했기 때문이다. 이른 아침 은행은 비교적 한산했다. 통장을 만들러 왔다고 하자 은행 직원은 둥둥에게 신청서를 주면서 작성하라고 했다. 신청서에 있는 수많은 저축 통장 종류와 여러 가지 전문 용어에 둥둥은 일순간 어안이 벙벙해졌다. 그러자 엄마가 나서서 둥둥에게 하나하나 설명해주었다. 아주 오랜 시간이 걸리긴 했지만, 둥둥은 통장을 만들고 저축에 관해서 많은 것을 이해할 수 있었다. 은행 문을 나서면서 둥둥은 카드를 손에 쥐고 엄마에게 말했다. "엄마, 너무 좋아요, 고마워요!"

아이가 여덟아홉 살쯤 되면 우리도 이렇게 직접 은행에 데려가서 통장을 개설하고 카드를 만들어줄 수 있다. 그리고 갑자기 큰 금액의 돈이 생기거나 한동안 사용하지 않을 세뱃돈이 생겼을 때, 은행에 저축을 하게 하면 좋다. 그러면 큰돈을 마음대로 쓰는 것도 막을 수 있고 저축하는 습관도 길러줄 수가 있다. 또한 아이가 은행에서 업무를 볼 때는 저축의 기본 원칙이라든가 번호표 뽑고 대기하는 법, 저축 이율 계산 등 기본적인 내용을 알려줌으로써 아이의 기본 상식을 늘릴 수도 있다.

91

올바른 소비관념을
길러주어라

금요일, 야오즈한(姚子涵)이 학교에서 돌아와 엄마에게 말했다. "엄마, 나이키 운동화 좀 사주세요!" 부엌에서 저녁을 준비하던 엄마가 일을 멈추고 물었다. "지금 신는 것도 산 지 이 주밖에 안 됐잖아. 왜 또?" 야오즈한이 투덜거렸다. "제 건 좋은 브랜드가 아니잖아요. 오늘 순하오(孫浩)가 나이키 신발을 신고 왔는데, 진짜 좋아요. 나도 갖고 싶어요." 엄마는 화를 냈다. "신발이 편하고 신기 좋으면 그걸로 된 거지, 넌 왜 친구하고 그런 걸 비교하니? 그러면 돈이 아무리 많아도 성에 안 찰걸!" 그러자 야오즈한은 아무 말도 없이 방으로 들어갔다.

최근 학생들 사이에서 서로의 겉치레를 비교하는 현상이 극심하다고 한다. 절반을 넘는 아이들이 친구의 호화스러운 생일 파티, 친구가 입은 비싼 의류를 부러워한다. 그래서 부모님께 자신도 그런 생일 파티를 하고 옷을 입고 싶다고 졸라서 친구를 따라하고 사치를 한다. 왜 이렇게 많은 아이들이 남과 자신을 비교하게 되었을까? 그 이유는 주로 아래 세 가지로 설명할 수 있다.

첫째, 부모가 아이에게 잘못된 본보기를 보인 것이다. 어떤 부모들은 걸핏하면 남과 자신을 비교한다. 아이 앞에서 누구네 집이 새 차를 샀고, 어느 직원이 또 명품 가방을 샀더라는 이야기를 해서 무의식중에 아이에게 친구들과 겉치레를 비교하는 분위기를 부추기는 것이다.

둘째, 부모가 아이를 너무 오냐오냐하는 것이다. 어떤 부모들은 집이 그만큼 여유가 있다고 해서 아이가 원하는 것이라면 무엇이든 다 들어준다. 이는 점차 아이의 물질적인 욕망만을 자극하고 자연스럽게 친구들의 외양에만 집중하게 만들어 서로를 비교하는 습관을 형성한다.

셋째, 아이의 허영심이 비교 심리를 이끄는 것이다. 허영심은 건강하지 못한 심리 상태이다. 그 목적은 자존심을 만족시키기 위한 것이지만, 허례허식이나 가식적인 방법으로 남의 관심을 얻으려 하는 잘못된 태도이기도 하다. 허영심이 있는 아이는 자신이 소유한 물건으로 스스로 드러내기를 좋아한다. 그래서 무분별한 비교와 허세의 잘못된 길로 접어드는 것이다.

비교 심리에 근거해 소비를 하려는 생각은 좋지 못한 소비관이다. 이런 소비관은 아이의 눈에 물욕만이 가득하게 만들고 올바른 가치관을 왜곡시킨다. 또한 아이가 무분별한 소비 습관을 갖게 하고 동시에 부모들에게 막중한 경제적 부담감을 안긴다. 그래서 엄마는 아들이 올바른 소비관념을 가지고, 나쁜 소비를 하지 않도록 노력해야 한다.

• 비교 심리에 근거한 소비를 지지하지 마라 •

아이가 소비 욕구를 드러냈을 때, 그것이 비교 심리에서 출발한 것이라는 생각이 든다면 절대 응원해서도 지지해서도 안 된다. 예를 들어 친구에게 좋은 학용품이 있는 것을 보고 아이가 자신도 갖고 싶다고 한다. 만일 억지로든 기분 좋게든, 사준다는 것은 아이 입장에서는 엄마의 지지와 허락을 얻은 것이나 마찬가지다. 그리고 이를 시작으로 아이의 비교 심리와 불필요한 소비는 끝없이 계속될 것이다. 그래서 이런 상황이 발생한다면, 엄마들은 어떻게든 거절의 원칙을 고수해야 한다.

• 가정의 실질적인 소비력을 이해하게 하라 •

왕펑(王峰)의 부모님은 평범한 회사원이다. 집안 형편이 빠듯하지는 않으나 그다지 풍족하다고도 할 수 없다. 그렇지만 엄마 아빠는 하나밖에 없는 아들이 원하는 것은 무엇이든 들어줬다. 왕펑이 초등학교 고학년이 되자 그 욕심은 도를 넘어섰고, 이제는 부모님도 더 이상 감당하기가 힘들었다.

어느 날, 왕펑이 또 비싼 청바지를 사달라고 하자 엄마는 한참을 망설이다가 아들에게 말했다. "오늘 엄마랑 계산 한 번 해 보자. 우리 집 한 달 수입이 3,000위안이야. 그중에서 수도, 전기, 가스, 전화비가 대략 500위안, 우리 집 대출금이 500위안, 식비가 아무리 아낀다고 해도 1,200위안, 네 학용품하고 용돈이 200위안, 그 외에 생활용품도 사야하고 아프면 병원에도 가야 해. 그렇게 따지면 우리가 어떻게 너한테 그렇게 비싼 청바지를 사 줄 수 있겠니?"

왕펑은 이런 엄마의 모습을 한 번도 본 적이 없었다. 게다가 한 달에 쓰는 돈이 이렇게 많은 줄도 몰랐다. 잠시 후 침묵하던 왕펑이 대답했다.

"엄마, 저 청바지 없어도 괜찮아요."

아들이 어느 정도 크고 나면 엄마는 집안의 재정 상태를 알려주는 것이 좋다. 살림을 꾸리는 데 필요한 비용과 씀씀이의 규모 등을 확실히 알게 해서 집의 실질적인 소비 능력과 경제력을 이해하게 하는 것이다. 이를 통해서 가족 구성원으로서 아이의 책임감도 키울 수가 있고 합리적인 소비 능력을 제고시킬 수도 있다.

• 돈은 알뜰하게, 가치 있게 쓰게 하라 •

돈이 많든 적든, 이는 모두 부모가 고생해서 번 것이다. 그러므로 반드시 알뜰하게 써야 한다. 아이가 효율적인 소비를 할 수 있도록 할인 쿠폰을 이용한다든지 여러 상점의 가격을 비교해본다든지 하는 다양한 팁을 알려주면 좋다.

또한 소비는 자신의 수입으로 감당할 수 있는 수준으로 하고 남들과 비교해서는 안 되지만, 아끼지 말아야 할 곳에서 너무 인색해서는 안 된다는 점을 잘 알려주어야 한다. 만약 아이가 인라인스케이트와 같은 운동을 좋아한다면, 엄마는 아이에게 돈을 아끼지 않고 좋은 장비를 마련해주어야 한다. 이런 장비는 내구성과 안전성이 뛰어나야 하며 사용감도 우수해야 한다. 돈 몇 푼을 아끼기 위해서 품질이 보장되지 않는 싸구려를 사는 것 또한 일종의 낭비라는 점을 잊어서는 안 된다.

92

아이에게도 경제권을 가질
기회를 주어라

중국에 이런 옛말이 있다. "집안을 돌보지 않으면 물건 귀한 줄을 모르고 아이를 키워보지 않으면 부모님 은혜를 모른다." 틀림없는 말이다. 어렸을 때는 부모님이 그렇게 인색하고 쩨쩨하게 보일 수가 없다. 먹고 싶은 것, 좋아하는 것도 사 달라는 대로 안 사주시니 말이다. 그래서 나중에 직접 돈을 벌고 가정을 꾸리게 되면 사고 싶은 것은 마음껏 사고 내 아이에게도 깐깐하게 굴지 않겠다고 생각한다. 하지만 정말 가장이 되고 나면 부모님들처럼 나 역시 근검절약을 해야겠다고 마음먹게 된다. 아무리 많이 번다해도 수입에는 한계가 있으니 버는 족족 헤프게 써버릴 수 없는 노릇이 아닌가.

우리가 아이에게 비싼 장난감을 사주지 않을 때, 갖고 싶은 좋은 브랜드의 옷을 사주지 않을 때, 친구에게 비싼 선물을 주고 싶은데 허락하지 않을 때, 아이는 우리가 어린 시절에 했던 생각을 똑같이 할 것이다. 그럴 바에는 차라리 아이가 열두세 살쯤 되었을 때, 한 달 정도 집안의 경제권을 주고 직접 살림을 해 보게 해서 가정을 꾸려나가는 것이 얼마나 힘든지 알게 하면 어떨까. 그렇다면 부모를 향한 원망을 일찌감치 마음속에서 씻어낼 수 있을 것이다. 또한 경제관념을 제대로 이해할 수 있는 좋은 기회가 된다는 점에서도 아주 중요한 의의가 있다.

· 기본적인 수입과 지출을 이해하게 하라 ·

아이에게 재무관리를 맡기기 위해서는 우리 집의 가장 기본적인 수입과 지출을 이해하게 하는 것이 우선이다. 대다수의 가정은 수입이 비교적 안정적일 것이다. 부모의 월급이 지급되는 날, 이를 모두 아이에게 주고 기본적인 고정 지출을 알려준다. 주택대출금, 각종 공과금, 전화와 휴대전화 요금, 인터넷 요금 등이 이에 해당할 것이다. 이는 대부분 고정적인 금액이다. 그리고 금액이 고정적이지는 않지만 필수적인 지출이 있다. 식비를 포함한 생활비, 경조사비를 포함한 부모님의 사회 생활비, 아이의 학비와 학용품비, 의복비 등. 이런 내용을 알고 나면 아이가 가정의 재무 상황에 관해 대략 이해를 할 것이다.

· 아이에게 모두 맡겨라 ·

아이가 기본적인 수입과 지출에 관해서 이해하고 나면 부모들은 과감하게 손을 놓고 아이가 집안일을 주도적으로 할 수 있게 해야 한다. 마트에 가서 장을 보고 나서도 아이가 직접 계산을 하게 한다. 집안 살림을 충분히 체험하게 하는 것이다. 물론 집안일을 할 때는 아이가 평소에 부모를 돕는 것처럼 부모가 도움을 주어야 한다.

이 과정에서 아이가 체험을 그만두고 싶어 할 수도 있다. 시작부터 돈을 펑펑 써버렸거나 결과가 이미 눈에 보이면 아이는 중도에 포기를 선언할 것이다. 이런 상황이 되었을 때는 아이가 끝까지 임무를 수행할 수 있도록 이끌고 상황을 개선할 수 있는 여러 가지 팁을 건네는 것이 좋다. 그러면 아이는 무슨 일이든 끝까지 마무리해야 한다는 책임감을 느낄 테고, 자신이 저지른 실수를 다양한 방법으로 만회할 수 있다는 데서 자신감을 회복할 수 있다.

· 아이와 함께 결산하라 ·

한 달간의 살림 체험이 끝나면, 아이와 함께 이를 결산하고 마무리하는 시간을 가진다. 결산은 주로 살림을 하는 동안 수입과 지출이 적절하게 맞아떨어졌는지를 본다. 이는 아이에게 재무관리 능력이 있는지를 가늠하는 기준이 된다. 그리고 이 능력은 이후 생활에서도 계속해서 발전시키도록 해야 한다. 전체적인 마무리를 통해서는 아이의 감회를 들어볼 수 있다. 만약 아이가 부모님의 노고와 생활의 어려움, 돈을 아껴 쓰고 절약해야 한다는 사실을 느꼈다면, 아이의 재무관리 능력을 키우고 낭비하는 소비 습관을 막기 위한 우리의 목적을 잘 이룬 것이다.

93

금전의 노예가 아닌
주인이 되게 하라

사람들은 흔히 이렇게 말한다. "돈이 만능은 아니지만, 돈이 없으면 무엇도 할 수 없다." 돈은 사람을 배불리 먹이고 따뜻하게 입히고 생활의 질을 높이는 기능을 한다. 그래서 금전적으로 여유가 있는 사람은 언제나 자신감이 넘치며, 이는 스스로의 가치에 대한 표현이기도 하다.

그러나 영국의 철학자 베이컨은 이런 말을 하였다. "돈이란 좋은 하인이지만, 일순간 나쁜 주인으로 변하기도 한다." 상당히 공감하는 말이다. 남의 돈을 빼앗으려다 붙잡혀 감옥에서 허송세월을 보내는 사람이 있는가 하면, 돈을 벌기 위해서 천륜을 저버리고 부모와 자식을 버리는 비정한 사람들도 있다. 또한 재물에 눈이 멀어 뇌물을 받고, 모조품을 만드는 등 비양심적으로 법을 어기는 사람들은 더욱더 많다. 이런 사람들은 모두 돈에 지배당하는 노예나 다름없다.

엄마로서 우리는 모두 내 아들이 넉넉한 환경에서 자라길 바란다. 그러나 결코 돈의 노예가 되기를 바라지는 않는다. 그러므로 아이가 어릴 때부터 돈을 올바른 시각에서 바라보고, 돈의 주인이 될 수 있도록 해야 한다.

· 올바른 금전관(金錢觀)을 확립하라 ·

신신(鑫鑫)은 점유욕이 강한 아이다. 엄마에게 용돈을 처음 받게 되었을 때부터, 신신은 돈만 생기면 슈퍼마켓을 부지런히 들락거리면서 이것저것을 사 모았다. 돈이 떨어지면 즉시 엄마에게 달려갔고, 매일 갖가지 이유를 들어서 용돈을 받아냈다. 이런 신신의 모습에 엄마는 조금 걱정이 되었다.

어느 날, 또 돈을 달라는 신신에게 엄마가 말했다. "신신, 돈이 있으면 뭘 할 수 있니?" 신신이 대답했다. "사탕도 사고, 장난감도 사요!" 엄마가 다시 물었다. "그럼 돈으로 엄마, 아빠의 사랑도 살 수 있어? 흙장난할 때 느끼는 재미도 돈으로 살 수 있니?" 신신은 곰곰이 생각하더니 대답했다. "안 될 것 같은데……." 그러자 엄마가 신신의 손을 꼭 쥐며 말했다. "돈은 물건을 사는 데 쓰지만, 무엇이든 살 수 있는 건 아니야. 그러니까 돈으로 물건을 사는 것 말고도 우리가 해야 할 일이 아주 많단다. 그렇지 않을까?" 신신은 아리송한 표정으로 고개를 끄덕였다.

신신 엄마의 말대로 돈은 아주 유용하지만 만능은 아니다. 돈은 우리가 살아가는데 필요한 것을 제공해주기 때문에 없어서는 안 될 필수적인 것이지만, 생활의 전부가 될 수는 없다. 이것이 바로 돈에 대한 올바른 생각이다.

· 돈의 도덕적 가치를 알려주어라 ·

돈은 소비와 구매라는 경제적 가치를 지니고 있지만, 도덕적으로도 가치를 발휘할 수 있다. 아이에게도 이런 내용을 잘 알려주어야 한다. 소위 돈의 도덕적 가치라고 한다면 돈으로 선행을 베풀 수 있는 점을 들 수 있을 것이다. 예를 들어 이재민을 위한 성금이나 빈곤 지역 아이들의 학업을 위한 기금 등은 도덕적으로 큰 의의를 지닌다. 아이에게 돈의 도덕적인 가치를 알게 하면 돈의 사용처에 관한 시각도 넓힐 수 있다. 개인을 위한 소비나 향락뿐만 아니라 타인을 위한, 타인과 함께 나눌 수 있는 소비를 통해서 아이의 올바른 도덕관념도 한층 더 투철해질 것이다.

· 용돈을 스스로 관리하게 하라 ·

아이가 예닐곱 살쯤 되면 용돈을 스스로 관리하게 하는 것이 좋다. 스스로 용돈 관리를 하면 돈에 대해 주인 의식을 느낄 수 있기 때문이다. 처음 용돈을 줄 때는 매주 한 번씩 주되, 금액은 아주 적어도 된다. 돈을 몽땅 써버릴지, 저금을 할지는 아이가 주관하도록 한다. 그러나 그 돈을 어디에 썼는지는 엄마가 꼭 알아야 한다. 이는 엄마로서 피할 수 없는 책임이다. 또한 돈을 어디에 썼는지 알면, 아이가 합리적인 소비 습관을 가지도록 이끄는 데도 도움이 된다.

94

부를 지키는 법을
전수하라

옛날부터 지금까지 수많은 '가족'의 흥망사를 살펴보면 삼대 이상 부귀 영화를 누린 예를 찾아보기가 힘들다. 그래서 사람들은 "부자는 삼대를 못 간다."고 말하곤 한다.

실제로 수많은 기업가들이 자수성가한 이후, 자만하여 본분을 잊어버리고 흥청망청 지내다가 몰락의 길로 들어섰다. 스스로 쌓은 부를 지킬 줄을 모르니 어떻게 자손들에게 이를 전할 수 있을까?

옛말에 이르길 '돈을 벌기는 쉽지만 이를 지키기는 어렵다'고 하였다. 누구나 돈을 많이 벌고 싶어 한다. 내 아이에게 호의호식하는 생활을 누리게 해주고 싶지, 어렵고 가난한 삶을 물려주고 싶은 사람은 없다. 그러나 돈을 많이 벌더라도 이를 제대로 지켜내지 못하는 일이 허다하다. 또한 우리에게도 그런 일이 일어나지 말라는 법은 없다.

부모가 일평생 고생해서 번 돈을 부모님이 돌아가시기도 전에 모조리

탕진해버리는 불효자, 기껏 번 돈을 자식에게 한 푼도 물려주지 못하고 다 잃어버리는 어리석은 사람, 탐욕에 사로잡혀 뇌물을 탐하다가 잠깐의 영화를 뒤로하고 감옥에 갇히는 공무원…… 돈이 내 지갑으로 굴러 들어왔다고 해서 기쁨에 도취되어서는 안 된다. 이 돈을 제대로 지킬 방법을 알지 못한다면 언제 다시 빠져나갈지 모르기 때문이다.

마찬가지로 내 아이 또한 경제적인 능력이 아무리 좋아도 살다보면 언젠가는 이런 위기에 직면하게 될 것이다. 엄마로서 우리는 아이가 자신의 부를 온전히 지켜낼 수 있도록 그 비법을 잘 전수해야만 한다.

· 도움이 필요한 사람을 돕게 하라 ·

20세기 초 강서(江西) 지역에 주(周)씨 성을 가진 소금 상인이 있었다. 그는 수백만 냥이나 되는 재산을 모았지만 인색하기 짝이 없었다. 한번은 큰 흉작이 들어 관부에서 그를 포함한 소금 상인들에게 기부를 좀 해 달라고 하였다. 그러나 그는 돈을 한 푼도 내놓지 않았고, 하는 수 없이 친구가 오백 냥의 은자를 대신 내어주었다. 그에게 그 정도 돈은 하찮은 돈일 뿐이었다. 그런데도 친구가 돈을 냈다는 사실을 나중에 알게 된 그가 너무 많은 돈을 썼다며 불같이 화를 냈다.

훗날 어떤 사람이 그에게 물었다. "이렇게 큰 재산을 모은 비결이 있습니까?" 그가 대답했다. "다른 건 없습니다. 그저 모으고 안 쓰는 것이지요." 그는 여든 살이 되어 세상을 떠났고, 삼천만 냥이나 되는 은자를 유산으로 남겼다. 그의 자손들은 열이 넘었지만 가족이 모두 뿔뿔이 흩어져서 살았다. 그리고 십여 년이 흐르는 동안 그가 남긴 가산은 모두 가족들 손에 자취를 감추고 말았다.

소금상인이 이룬 '부를 지켜내는 방법'이란 한 세대 밖에 유지되지 못했다. 그는 정당한 방법으로 부를 획득하였고 이를 흥청망청 쓰지도 않았다. 하지만 굶어죽는 사람조차 외면할 정도로 지나치게 인색하고 야박하였다. 그래서 스스로는 돈을 모으는데 성공하였지만, 그 다음 세대에서 완전히 실패하고 말았다. 우리는 절대 이같이 각박하게 굴면 안 된다. 도움이 필요한 사람이 있으면 아낌없이 내어주고 도와주는 모범을 자손들에게 보여야 자손들이 대대손손 부를 지혜롭게 지켜낼 수가 있을 것이다.

· 너무 많이 물려주지 마라 ·

명나라의 저명한 학자 관동명(管東溟)은 세상 사람들에게 이렇게 말했다. "금을 쌓아 자손에게 물려준들 자손이 이를 능히 지킬 수 있는 것은 아니고, 책을 쌓아 자손에게 물려준들 자손이 이를 능히 읽을 수 있는 것은 아니니, 보이지 않는 곳에서 몰래 덕을 쌓아 이를 대대로 교훈으로 물려주는 것만 못할 것이다."

그렇다. 우리가 아이를 위해 재산을 남기더라도 이를 잘 이용할 수 있을지는 미지수이다. 그 돈에 매달려 근검절약하는 법을 배우지 못하고 혼자 힘으로 살아가지도 못하며, 부모의 노력에 감사하기는커녕 오히려 더 많은 재산을 남겨주지 않았다고 원망할지도 모른다.

· 부를 지키는 것의 진정한 의미를 알게 하라 ·

사람들은 막대한 부를 거머쥐고 오래오래, 최대한 이용할 수 있을 때까지 이용하고 싶어 한다. 물론 누구나 그 비결을 아는 것은 아니지만 언제나 방법은 있다.

섭운대(聶雲臺)는 증국번(曾國藩)의 외손자로 제조업, 전력, 상업, 금융 등 다방면으로 기업을 경영하였고 거대한 부와 업적을 이루며 크게 명성을 떨치었다. 그는 상하이 대화(大華) 방직 공장을 설립하였고, 훗날 상하이 화상(華商) 방직연합회 회장 및 상하이 총상회(總商會) 회장을 역임하였다. 그는 수많은 명문가들이 어떻게 몰락하는지, 하루아침에 벼락부자가 된 집안이 어떻게 다시 사라지는지를 두 눈으로 목격하면서 보통 사람들과는 다른 생각을 갖게 되었다.

《부를 지키는 법(保富法)》이라는 책에서 섭운대는 인과관계의 법칙을 바탕으로 인생을 통찰하고 역사의 경험과 교훈을 녹여내어, 어떻게 부를 쌓고 지킬 것인지 그 방법을 심도 있게 다루고 있다. 막대한 유산을 모은 사람이 이를 후대에 남겨주려 한다면, '공들여 심은 꽃이 오히려 피지 않는 것'처럼 자신이 원하는 결과를 얻지 못할 수 있다. 그러나 반대로 자녀를 위해 많은 재산을 남기지 못했지만 검소함과 소박함을 가훈으로 삼은 집에서는 '마음을 비워 버들가지가 무성하게 자라난 것'처럼 후손이 대대로 번창해 나갈 수 있을 것이다.

책의 제목은 '부를 지키는 법'이지만 이 책은 사실상 부를 나눔으로써 자신의 복을 지키고 나아가 선을 이루는 법으로 이루어져 있다. 섭운대는 '인과율을 굳게 믿고 덕으로 가진 것을 널리 퍼뜨리며 복으로 돌아올 것을 소중히 하여 마음을 관대하게 가지는 것'만이 자신의 복과 부를 지킬 수 있는 가장 훌륭한 방법이라고 하였다. 우리들 역시 아이가 부모로부터 물려받은 것을 독차지하려는 욕심을 내지 않도록 가르쳐야 할 것이다.

PART 11

큰소리치지 않고
평화로운 사춘기 보내기

생물학적으로 사춘기란 신체가 미성숙한 단계에서 성숙한 단계로 변화하는 시기이다. 이는 아동에서 성년으로 나아가는 과도기적 시기를 이른다. 사춘기에 남자아이의 몸과 마음은 거대한 변화를 겪기 때문에 부모의 관심과 지도가 각별히 필요하다. 부모가 아이의 변화에 욱하지 않고 따뜻하게 대해야 아이가 사춘기를 평화롭게 보낼 수 있을 것이다.

95

사춘기 아들을
올바르게 대하라

반항은 부모의 말을 듣지 않는 것, 즉 부모의 뜻에 위배되는 말이나 행동을 하는 것을 말한다. 우리는 통상 남자아이가 사춘기에 접어들며 반항을 시작하기 때문에 반항기가 없는 것은 오히려 비정상이라는 생각을 한다. 사실 꼭 그러한 것은 아니다. 만약 우리가 이 시기 아들의 특성을 잘 이해한다면, 아이의 표현 방식을 반항이라고 쉽게 단정하지는 못할 것이다. 더구나 그런 아이에게 공연히 야단을 치는 일은 더욱 없을 것이다.

아이가 사춘기에 들어서면 전에 없는 큰 신체 변화를 겪게 되고, 아이는 그에 대한 이해가 부족하기 때문에 생리적인 변화에 당황하고 불안감을 느끼게 된다. 이때 아이의 마음은 '반(半)독립적이고 반의존적인' 상태다. 자의식이 생겨나긴 하지만 스스로를 성숙한 태도로 바라볼 수 없기 때문에 내면에서 일어나는 모순과 충돌에 속수무책이 된다. 그래서 거슬리는 사람이나 사물, 일이 생기면 즉각 반항 심리를 드러내는 것이다.

게다가 사춘기는 주로 아이가 중·고등학생일 때 겪는다. 이때는 이미 학업으로 인한 압박이 극에 달했거나 초등학생 때부터 쌓인 스트레스가 더 이상 참을 수 없을 정도가 되어 겉으로 폭발하는 시기이다. 이 폭발은 아이의 행동을 반항으로 보이게 한다. 또한, 복잡한 현대 사회에서는 아이가 접하는 사회적 이념이 부모의 그것과 상반될 때가 종종 있다. 아이들의 사고력이 미성숙한데다 우리의 교육 방식에 허점까지 생긴다면, 아이는 저도 모르게 이에 맞서게 되고 말 그대로 '반항아'가 되어버린다.

그렇다면 반항하는 사춘기 아들에게 우리는 어떻게 해야 할까?

• 사춘기를 맞이할 준비를 하라 •

아이가 사춘기에 들어가기 전에 여러 가지 방법을 동원해 미리 사춘기를 이해시키는 작업이 필요하다. 책을 준비해 관련 지식을 읽어보게 하거나, 시간 여유가 있을 때 아이와 함께 사춘기라는 것에 관해 이야기를 나누고 심리적인 준비를 하게 하자. 이런 방법을 통해서라면 아이가 급격한 신체적, 환경적 변화에 느끼는 두려움, 불안감, 반항심 등을 어느 정도 줄일 수 있을 것이다.

• 아이에게 잔소리하지 마라 •

중국의 교육전문가 린거(林格)의 프로젝트팀에서 중학생 1,000명을 대상으로 가정교육에 관한 설문조사를 실시하였다. 질문지 문항 중에 '엄마의 어떤 행동이 가장 싫은가?'라는 문항이 있었다. 조사 결과, 응답자 중 550명이 '잔소리'를 택했다. 이는 엄마의 잔소리가 아이에게 반항심을 불러일으키는 중대한 원인이라는 사실을 말해준다. 엄마들은 자신의 언어 습관에 특히 주의하여 아들에게 두 번, 세 번 당부하는 행동을 삼가고 아이를 자꾸 탓하거나 나무라지 않도록 해야 한다. 머리가 굵어진 아이를 억압하는 방식으로는 더 이상 원하는 효과를 얻을 수 없다. 아이가 반항하는 것이 아니라 우리의 방법이 잘못되었다는 점을 명심해야 한다.

• 아이의 마음으로 들어가라 •

사춘기라고 해서 모든 아이들이 반항을 하지는 않는다. 반항을 하는 아이들은 주로 가정에서 정신적인 위안을 충분히 받지 못한 경우가 많다. 그래서 엄마들은 아이에게 물질적으로 만족감을 주었다고 해서 만사 오케이라고 생각해서는 안 된다. 애정 어린 관심을 갖고 진심으로 아이를 이해하도록 노력해야 한다는 것을 절실히 깨달아야만 한다.

이렇게 자문해 보자. '내 아들은 속으로 무슨 생각을 할까?' 만약 우리에게 그에 맞는 답이 없다면 내 아들은 반항을 하게 될 것이다. 학업 스트레스, 사회의 각종 불건전한 영향이 아이에게 반항의 구실을 제공할 수도 있겠지만, 가장 근본적인 원인은 아이의 정서적인 욕구가 채워지지 못하는 것이다. 이런 아이의 엄마들은 서로 놀라울 정도로 닮아 있다. 교양이 부족하고 언제나 아이에게 소리를 지른다는 점이다.

자, 그럼 나 자신을 돌아보자. '나는 그런 엄마가 아닌가?' 만약 그렇다고 생각된다면, 끊임없이 스스로를 갈고 닦으며 아이와 상냥한 말투로 대화를 하도록 노력하자. 엄마가 유연한 마음가짐으로 아이와 소통할 수 있다면, 아이는 반항할 필요가 없어진다.

96

사춘기 아들에게
자유를 주어라

사춘기의 남자아이는 그 어느 때보다 자유를 갈망한다. 신체가 성장함에 따라 독립적인 인격체로 거듭나기를 바라고, 부모의 속박으로부터 벗어나기를 바라고, 자신의 생활과 학업에 관한 문제를 스스로 결정하기를 바란다. 심지어 스스로 돈을 벌어 경제적으로 독립해 '절대적인 자유'를 실현하길 꿈꿀 때도 있다.

이는 사춘기를 겪는 아이들에게 지극히 정상적인 생각이다. 사춘기 자체가 미숙함을 벗고 성숙함을 입는 과도기적인 시기이고, 성숙한 남성의 상징이 바로 '자주적인 독립'이기 때문이다. 그래서 아이가 온전히 자유로운 공간을 바라는 것 또한 지극히 정상적이고 지극히 당연한 생각이다.

그렇다면 '자유'란 무엇을 말하는가? 혼자 생활할 수 있는 공간을 내어주는 것일까? 아니면 모든 일을 스스로 알아서 하도록 부모가 일절 개입하지 않는 것을 말하는 것일까? 둘 다 틀렸다. 아이에게 진정으로 필요한 것은 바로 부모에게 존중받고, 이해받고, 간섭받지 않는 마음의 자유이다. 여기에서 만족감을 얻지 못한다면 아이는 우리에게 맞서고 말대꾸를 하고 화를 내게 된다.

그렇기 때문에 우리는 사춘기를 겪는 아들에게 자신을 발견하고 이해할 수 있는 자유를 보장해주어야 한다. 아이는 독립된 개체로서 이미 우리가 상상조차 하지 못할 발전 가능성을 가지고 있다. 우리가 아이에게 자유를 보장함으로써 이 발전 가능성을 최대한으로 이끌어낼 수가 있다.

· 아이의 프라이버시를 존중하라 ·

엄마가 가오치(高旗)의 방을 청소하다가 베개 아래에 있던 일기장을 발견했다. 무심결에 일기장을 넘기던 엄마의 눈길이 '테스트가 실패했다'라고 쓴 일기에 머물렀다. 궁금함을 참지 못한 엄마가 가오치에게 이 이야기를 꺼냈다. 가오치는 엄마가 일기를 훔쳐 봤다고 확신했고, 말다툼 끝에 문을 박차고 뛰어나갔다.

엄마는 아들의 프라이버시를 존중해야 한다. 관심을 쏟는다는 핑계로 사생활을 몰래 훔쳐보아서는 안 된다. 이를 쿨하게 받아들일 아들은 어디에도 없다. 아이의 비밀이 엄마에게는 별 것 아닌 것 같고 사소해 보여도, 아이에게는 스스로가 지나온 흔적이고 마음의 자산이며 다른 사람이 결코 침범할 수 없는 소중한 부분이다.

게다가 아이를 향한 관심은 두 사람의 충분한 커뮤니케이션을 통해서 채워질 수 있다. 진정으로 아들의 마음을 이해하는 엄마라면 굳이 사생활을 캐는 방식을 사용하지 않아도 될 것이다. 활발한 소통으로 엄마는 아들에게 충분한 자유를 줄 마음의 여유가 생기게 되고, 아들 역시 엄마에게 무언가를 숨길 필요가 없기 때문이다. 아이가 활발하게 소통하기 위해서는 먼저 아이를 혼내지 않는다는 원칙이 전제되어야 한다. 이 점을 잘 지켜낸다면 엄마를 향한 아이의 신임도 역시 한껏 높아질 것이다.

• 아이의 생각을 강요하지 마라 •

류(劉)는 아들과 이야기를 나눌 때마다 자신의 생각을 강요한다. 자기 말에 따르면 기뻐하고 그렇지 않으면 분이 풀릴 때까지 한바탕 잔소리를 늘어놓는다. 아들은 이런 엄마에게 복종해야 할지 거부해야 할지 고민하느라 언제나 마음이 불편하다.

류의 모습이 혹시 내 모습은 아닌가? 아들과 대화를 나눌 때, 내 생각을 억지로 강요하지는 않는가? 언제나 내 생각이 옳다고 생각하는가? 만약 엄마가 자기주장만을 고수한다면, 아이의 내면은 억압에 사로잡혀 있을 것이고 차마 말하지 못한 각종 불만을 한가득 품게 될 것이다.

사춘기 남자아이는 더 이상 내 생각대로 움직이는 귀여운 꼬맹이가 아니라는 점을 기억해야 한다. 이제 아이는 스스로 선택하고 결정하기를 원하며, 요구당하고 통제받는 것에 거부감을 느낄 때가 되었다. 그래서 아이가 사춘기에 들어서면 단순히 꾸지람이나 명령만 삼가야 할 것이 아니라 의논하는 어투를 사용하도록 더욱 신경 써야 한다. 그래야 아이는 엄마에게 존중받고 있다고 느낄 것이다.

• 방임이 아닌 자유를 주어라 •

아이에게 자유를 준다고 해서 완전히 제멋대로 하도록 두 손 놓고 방임하라는 뜻은 아니다. 그러면 아이는 금세 극단적인 길로 접어들거나 탈선을 저질러 스스로를 망치게 될지도 모른다. 사실 사춘기의 남자아이들은 자유를 부르짖지만, 실제로 모든 것을 혼자 책임지도록 했을 때는 도리어 나약한 모습을 보인다. 이는 아이의 사고력이 아직 완전히 성숙하지 못한 것과 관련이 있다. 그래서 이 시기 아이들에게는 효과적인 조언이 더욱더 필요한 것이다.

무엇을 입고, 먹고, 할 것인지 등 그다지 중요하지 않은 일은 아이가 스스로 결정하도록 자율권을 주는 것이 좋다. 아이가 어려움을 느낄 시에는 엄마가 나서서 충분한 설명과 함께 그렇게 생각하는 이유를 들어 참고할 만한 이야기를 해주자. 중대하고 원칙적인 문제에 있어서는 아이가 잘못된 쪽으로 치우치지 않게 건설적인 의견을 제시하고 스스로 정확한 선택을 하도록 유도해야 한다. 그래야 아이가 자율성을 보장받는 동시에 자신감을 얻을 수 있다. 이것이 반복되면 아이는 진정으로 독립적이고 자주적인 사람으로 거듭나게 된다.

97

사춘기 아들의
심리적 요구를 파악하라

사춘기는 보통 12~18세 시기를 말한다. 남자아이들에게 사춘기는 신체적으로 급격하게 성장, 발육이 이루어지는 중요한 시기이기도 하지만 동시에 매우 곤란한 시기이기도 하다. 부모로부터 의존성을 벗고 자아정체성을 확립해야하는 '심리적인 단유(斷乳)기'이지만, 심신이 덜 성숙한 상태의 아이에게 '자아 리모델링'이란 결코 쉬운 일이 아니기 때문이다.

이런 심리적인 변화와 더불어 사춘기 아이에게는 온갖 모순적인 생각이 들게 마련이다. 독립성과 의존성 사이의 모순, 어른으로서의 자신과 어린이로서의 자신 사이에 생기는 모순, 인간관계에서 생기는 개방성과 폐쇄성의 모순, 성에 관한 호기심과 이를 억제하려는 마음에서 생기는 모순 등등이다. 그런데 이런 모순들은 어차피 피할 수 없는 내적 갈등이다. 그러므로 우리 엄마들은 아들이 순조롭게 사춘기를 보낼 수 있게 최대한 노력하고 심리적인 지원도 아끼지 않아야 한다.

그렇다면 아이의 갈등과 모순은 어떤 방식으로 표현될까? 그리고 우리는 어떻게 아이를 지도해야할까?

·흡연과 음주에 바르게 대처하라 ·

순평(孫鵬)이 친구의 생일 파티에 참석했다가 술에 취해 집으로 돌아왔다. 엄마는 순평을 나무라고 싶은 마음이 굴뚝같았지만 일단 화를 꾹 참았다. 그리고 술이 깰 수 있도록 따뜻한 차를 따라주었다. 그런데도 순평이 정신을 차리지 못하자 엄마가 말했다. "들어가서 한 숨 자."

이윽고 순평이 술에서 깨자 엄마는 다정하게 물었다. "뭐 좀 먹을래?" 순평은 고개를 저었다. 엄마는 말을 이었다. "친구들하고 모여서 즐겁게 노는 건 괜찮아. 그런데 술을 그렇게 많이 마시면 몸도 힘들고 머리도 아파. 지금도 얼마나 힘들어! 다음에는 술은 조금씩만 마셔."

순평은 진지하게 고개를 끄덕였다.

남자아이가 사춘기에 접어들면 담배를 피운다거나 술을 마시는 방식으로 성년의 존재감을 표현한다. 게다가 친구들끼리 어울릴 때는 주량으로 경쟁을 하기도 한다. 엄마가 이런 아이의 행동을 강하게 부정한다면 아이도 반감을 크게 가질 것이다.

순평의 엄마는 비교적 지혜롭게 대처한 편이다. 아이에게 먼저 관심과 이해의 제스처를 보여주고 간결하게 이유를 납득시켰기 때문이다. 이럴 때 아이는 엄마의 말을 훨씬 더 쉽게 받아들이게 된다. 물론 아이가 강한 중독성이나 환각성 약물 등에 노출되는 것을 막기 위해는 적당한 기회에 약물이나 음주, 흡연의 위해성에 관해서 잘 설명하고 다른 사람의 예를 들어서 경계심을 적절히 심어주는 것이 좋다. 아이가 스스로를 보호할 수 있게 교육하는 것이다.

· 경제적으로 독립하려는 마음을 이해하라 ·

친구와 약속을 한 샤오펑(曉峰)이 엄마에게 200위안을 달라고 하였다. 그런데 엄마는 100위안만을 주었고, 볼이 잔뜩 부어 의기소침한 샤오펑은 속으로 이런 생각을 하였다. '내가 돈을 벌면 좋을 텐데.'

경제적 독립은 독립의 가장 기본적인 상징이다. 사춘기의 샤오펑은 엄마의 간섭에서 벗어나고 싶다는 생각이 들자 자연스럽게 경제적 독립을 떠올리게 되었다. 보통, 남자아이들이 중학생 정도 나이가 되면 씀씀이가 커진다. 먹고 입고 쓰는 것에 조금씩 욕심이 생기고 친구들과 단체로 어울리는 일이 많아지기 때문이다. 그래서 돈을 자유롭게 쓰고 싶어 한다.

엄마들은 그런 아이의 마음을 깊이 이해해야 한다. 무조건 안 된다고 핀잔을 주지 말고 집안 형편을 아이와 함께 공유하며 씀씀이에 더욱 주의해야 한다. 엄마의 솔선수범은 아이에게 책임감을 느끼게 할 것이고, 따라서 부모와 아이가 경제적으로 충돌이 발생하는 일이 줄어들 것이다.

· 소통의 기회를 찾아라 ·

사춘기 아이는 덜 성숙한 심리 상태의 지배를 받기 때문에 도리나 이치를 따지는 이야기는 듣고 싶어 하지 않는다. 혹시라도 무슨 이야기를 하려고 하면 당장 이런 대답이 돌아올 것이다. "나도 안다고!" 이 시기의 남자아이들은 자신이 무엇이든 다 안다고 생각한다. 그래서 엄마의 잔소리는 귓등으로라도 들으려 하지 않는다. 하지만 실상은 그렇지 않다. 아이의 속마음은 '아이가 아닌 성숙한 어른이 될 수 있게 도와주세요'라고 말한다. 그래서 엄마들은 아이의 이런 심리를 잘 이해하고 보듬어주어야 한다.

아이와 소통할 기회를 잡아 아이가 어른으로서의 덕목을 잘 이해하고 성장할 수 있게 도와주자. 특히 주의해야 할 사항은 어떤 일의 단편적인 결과만 보고 아이를 몰아세우면 안 된다는 점이다. 무슨 일이 생겼다고 해서 그 자리에서 아이에게 도덕책에 나올 법한 이야기를 늘어놓을 필요는 없다. 함께 잠깐 산책을 한다든지 나들이를 하거나 일광욕을 하는 등, 비교적 평온하고 차분한 분위기에서 관련된 화두를 간접적으로 꺼내어 보자. 그러면 지금 엄마가 나를 일방적으로 가르치는 것이 아니라 함께 어떤 현상에 관해 이야기를 하는 것이라는 인상을 심어주게 된다. 이런 평화로운 대화를 통해 아이는 한층 더 성숙할 수 있고 심리적 만족감도 얻을 수 있을 것이다.

98
100 POINT of EDUCATION

아이가 변론할 수 있는
기회를 주어라

주말 저녁, 식사를 하던 중에 엄마가 장톈(張天)에게 물었다. "이번 주 학급회의 토론 주제는 뭐였어?"

장톈이 대답했다. "'돈으로 행복을 살 수 있는가'였어요."

"주제 괜찮네. 돈은 삶에서 물질적인 기초잖아, 이 기초가 있어야 행복도 이야기할 수가 있겠지." 엄마가 말했다.

그런데 장톈은 이와 반대 입장이었다. "난 그렇게 생각 안 해요. 돈으로 는 당연히 행복을 살 수 없어요."

엄마는 양보하지 않고 반론을 펼쳤다. "그래도 돈이 없으면 밥도 못 먹는데, 그게 어떻게 행복할 수가 있겠니?"

"행복은 정신적인 거예요. 제가 매일 밥을 배부르게 먹는다고 해서 매일 행복한 건 아니잖아요." 장톈 역시 자신의 주장을 굽히지 않았다.

"그건 말도 안 되는 논리야." 엄마가 장톈의 말을 일축해버렸다.

그러자 장톈은 몹시 불쾌하다는 듯 말했다. "엄마랑은 얘기하기 싫어요!" 그리고 자리에서 일어나 밖으로 나가버렸고, 엄마는 아들의 행동에 화가 나 버럭 소리를 질렀다. "너 이게 무슨 태도야?"

이런 상황은 우리 가정에서도 얼마든지 일어난다. 특히 사춘기 아이가 있는 집이라면 더욱 그러하다. 사춘기 아이들은 언제부턴가 말대꾸를 시작하고 엄마와 논쟁이 잦아지며 말끝마다 토를 달고 반박을 한다. 이는 사춘기 남자아이들에게서 나타나는 전형적인 특징이다.

사춘기에 접어든 아이의 추상적, 논리적, 창조적인 사고체계는 조금씩 발전을 거듭한다. 사물의 현상을 통해 본질을 파악해내고 여러 각도에서 문제에 접근하는 법을 배우면서 자신만의 관점을 처음으로 형성하게 된다. 이 관점이 옳든 그르든, 이는 독립적인 사고 체계의 발현이다.

사고가 점차 독립성을 갖추게 되면서 비판적인 사고와 시각을 갖게 된 아이는 다른 사람의 의견을 부정하길 좋아하고 언제나 논쟁을 벌이며, 어떤 문제에 관해 고집스럽게 매달리고 끝까지 파고드는 성향을 띠게 된다. 이런 특징은 아버지, 선생님, 선배 등 상대를 가리지 않고 나타난다. 하룻강아지 범 무서운 줄 모르고 어른들을 향해 도전하고 맞서 젊은 혈기를 발산하는 것이다. 그러나 이 시기의 아이들은 표현 방식의 문제 때문에 종종 어른들의 심기를 건드리기도 한다.

사실 사춘기는 우리가 아이를 진정으로 독립적인 인격체로 생각하고 있는지, 아이와 평등하게 소통할 의지가 있는지를 판단할 수 있는 좋은 계기가 되기도 한다. 그러므로 자신을 변론하고 설명할 수 있는 기회를 가능한 한 자주 주어야 한다.

· 아이의 말대꾸를 부추기지 마라 ·

논쟁을 일으키는 것이 사춘기의 시기적 특징이기도 하지만, 이런 태도가 언제나 아무 이유 없이 갑작스럽게 나타나는 것은 아니다. 혹시 우리의 언행이 이를 부추기는 것은 아닌지 돌아볼 필요가 있다.

자오융(趙勇)이 학교에서 돌아와 손을 씻고 과일을 먹고 있었다. 다 먹고 남은 씨앗을 쓰레기통에 버리고 돌아서는데, 엄마가 말했다. "쓰레기통 좀 비워라. 다 큰 애가 봤으면 좀 치울 줄도 알아야지."
자오융이 이 말을 듣고 반박했다. "제 눈엔 안 보이니까 보이는 사람이 비우면 되겠네요."
이 말을 듣고 엄마는 화를 참지 못하고 호통을 퍼부었다.

사실 엄마가 처음부터 "아들, 엄마 좀 도와줘, 쓰레기통 좀 비워줄래?" 하고 부탁했다면 아이가 말을 듣지 않을 일도, 두 사람이 언성을 높일 일도 없었을 것이다. 아이가 말대꾸를 한다고 생각하기 전에 내 언행은 얼마나 아름다운지 다시 한 번 생각해 볼 일이다.

· 참을성 있게 아이의 말을 들어라 ·

아이가 어떤 잘못을 했든지 소리부터 지르는 행동을 삼가자. 먼저 아이가 자신의 상황을 충분히 설명할 기회를 주고 마음의 소리에 귀를 기울여야 한다. 우리가 기세등등하게 퍼붓는 말 때문에 아이는 자존심에 큰 상처를 입고 부모와 격렬하게 맞서게 된다. 그렇다면 결국 부모들 역시 상처를 입게 되고 아이는 억울한 마음이 들 것이다.

사춘기 아들을 어린애 취급이 아닌 한 사람의 성인으로 존중하는 태도로 대해야만 한다. 내가 주변 '어른'에게 소리를 지르고 거칠게 대한다면 상대방은 반감을 가지게 될까? 당연히 '그렇다.' 내 아이를 대할 때도 다른 이를 대할 때처럼 참을성 있게 듣고 이해하고 용서하며 올바른 방향을 알려주어야 한다.

• 아이와 같은 눈높이에서 문제를 탐구하라 •

평소 아이와 함께 어떤 문제에 관해 이야기를 나눌 때는 내가 아이를 가르친다는 마음을 걷어 내고 나 자신을 낮추어야 한다. 일단 내가 가르친다는 생각을 하게 되면 우리의 어조는 거만한 태도를 숨길 수가 없다. 아이가 이를 느낄 때, 거부감을 갖게 될 것은 두말하면 잔소리이다. 아이는 우리가 자기를 대하는 방식 그대로 엄마를 대한다. 그런 의미에서 사춘기 아들은 엄마에게 반성의 기회를 주는 존재이다.

만약 우리가 아들과 같은 눈높이에서 문제를 바라보고 진심으로 아들의 말에 귀를 기울이며 요즘 아이들의 가치관을 이해하려 노력한다면, 편안한 마음으로 함께 이야기를 나누기만 해도 아주 순조롭고 유익하게 대화를 이끌어갈 수 있을 것이다.

99
100 POINT of EDUCATION
사춘기의 연애에 관해
이야기하라

아이가 사춘기로 접어들면 결코 소홀히 할 수 없는 문제가 등장한다. 이성을 향한 관심이 증가하고 여자 친구를 사귀고 싶은 마음이 싹트는 것이다. 이는 아이의 몸과 마음이 정상적으로 성장하고 있다는 뜻이지만, 엄마들은 아이가 이성 교제를 하게 되면 학업이나 미래에 영향을 미치지 않을까 걱정을 하게 된다. 그러나 우리가 걱정을 한다고 해서 아이의 마음이 손바닥 뒤집듯이 바뀌는 것은 아니다. 그렇지만 혹시 모를 사고를 미연에 방지하고 싶은 것이 엄마들의 마음이기에, 아이가 연애보다 그 외의 생활에서 가치를 찾을 수 있도록 노력을 기울여야 한다.

또한 필요하다면 아이와 함께 '이성 교제'에 관해서 집중적으로 이야기를 나누어 아이가 감정에 휩쓸리지 않고 올바른 연애관을 정립할 수 있도록 도와주어야 한다. 만약 아이에게 이미 여자 친구가 있다면, 그 관계를 밝고 건전하게 유지할 수 있도록 지혜롭게 보살펴주자.

• '로미오와 줄리엣 효과'를 조심하라 •

소위 '로미오와 줄리엣 효과'라고 하면 사랑에 빠진 연인을 반대하고 외부의 영향으로 두 사람의 사랑이 더욱 깊어지고 견고해지는 현상을 말한다.

만약 아들이 이미 누군가와 교제를 시작했다면, 이 관계를 강하게 부정해서는 안 된다. 아이를 질책하는 것은 더욱 안 될 말이다. 이는 아직 미숙한 두 사람의 감정에 기름을 붓는 격이다. 아이는 자신의 자주권이 침범당했다는 생각을 하게 되고, 결국 부모에 대한 반항 심리를 싹틔우게 된다. 반대급부로 여자 친구와의 관계는 더욱 친밀해질 것이다. 이는 절대 우리가 원하는 결과라고 할 수 없다.

• 사춘기의 연애를 받아들여라 •

아들의 마음속에 사랑이 자리 잡았다면 우리는 이를 자연스레 받아들여야 한다. 어쩌면 우리의 이해와 수용이 아이의 풋사랑을 금세 끝나게 할 수도 있다. 사춘기의 감정은 대부분 갑작스럽게 나타나고 불안정하기 때문에 연애 감정 역시 첫눈에 보고 반하는 일시적인 감정일 때가 많다. 그런 감정은 외부의 어떤 방해나 저지가 없는 이상 금세 사라지고 만다.

어떤 심리학자와 교육전문가는 사춘기의 연애 감정은 '폭로'되어야 한다고 주장한다. 그들은 부모들이 올바르게 대응하기만 한다면, 부모의 허락 하에서 이루어지는 이성 교제가 아이들끼리 몰래하는 교제보다 몇 백 배는 안전하다고 말한다. 그리고 사춘기에 이루어지는 공개적인 이성 교제는 반년을 채 넘기지 못하고 끝나는 경우가 대다수라는 것이다.

아이가 현재 이성 교제를 하든 그렇지 않든 우리는 아이와 함께 성숙한 사랑에 관해서 이야기를 나누어 보는 것이 좋다. 진정한 사랑이란 서로를 만나고 알아가면서 차차 호감을 갖는 과정이지 결코 일시적인 충동에 의한 것이 아니다. 그리고 예쁜 여자라서 여자 친구로 사귀고 싶다는 생각은 대단히 단순하고 유치한 발상이다. 또한 인연이란 두 사람이 서로를 깊이 이해하고 각자의 인품, 성격과 능력 등을 고려할 때, 비로소 이루어지는 관계이다. 이런 성숙한 사랑을 우리 아이도 알아야만 한다.

게다가 진정한 사랑은 무작정 받기만 하는 것이 아니라 베풀고 함께 노력해야 하는 것이다. 서로 진심으로 상대방을 생각하고 배려하며 포용하고 응원하는, 일시적인 욕망의 표현이 아닌 책임감의 발현이다. 그러므로 우리는 충분한 마음의 준비가 되어 있지 않다면 섣불리 이성 교제를 하지 않아야 한다는 점을 아이에게 잘 이해시켜야 한다.

100

엄마도 아들과 '성(性)'을
이야기할 수 있다

사춘기의 정의는 '남녀의 생식 기관이 발육, 성장하는 시기'이다. 이는 곧, 사춘기의 도래가 성적인 성숙으로 대표된다는 뜻이다. 생식 기관의 발육과 성장으로 인해 남자아이는 성 지식에 큰 관심을 갖게 되고, 심지어는 직접 경험해 보기를 갈망하기도 한다.

우리는 아이의 이런 건강한 심리적 욕구를 우리는 수치스럽고 불결하다고 생각해서는 안 된다. 혹여나 그런 아이를 탓하거나 꾸짖는 것은 더욱 없어야 한다. 이 원칙을 어길 시에는 아이가 '성'과 '죄악'을 동일시하는 등 성에 대한 왜곡된 인식을 갖게 될 지도 모른다.

많은 엄마들이 성에 관해서는 입을 떼기 어렵다고 말한다. 일단 성에 관한 이야기라면 회피하기 급급하다는 것이다. 그렇지만 엄마의 이런 태도는 아이의 호기심을 더욱 자극한다. 아이가 올바른 경로로 성 지식을 얻지 못한다면, 친구나 인터넷, 심지어 음란물에서 답을 찾을지도 모른다. 하지만 이런 방법으로는 아이가 성을 바르게 이해하는 것이 더욱더 불가능하다. 그러므로 엄마가 아주 침착하게 이에 대해 이야기해준다면 아이는 '성'이라는 사춘기의 필수 코스를 가뿐히 통과할 수 있을 것이다.

· 성에 대한 신비감을 없애라 ·

대다수 남자아이들의 성에 대한 이해도는 우리의 상상을 뛰어넘는다. 그러나 아이가 많이 알고 있다고 해서 완전히 이해했다고 말하기는 힘들다. 이런 아이들은 스스로 방법을 찾거나 또래 친구들에게서 이야기를 듣는 것 보다 엄마가 나서서 직접 그 신비의 베일을 벗겨주는 것이 낫다.

먼저 생식 기관의 구조와 기능에 관해서 설명해야 한다. 이는 아이가 자신의 신체에 관해서 알 수 있는 좋은 기회이다. 여성의 생식 기관에 대해서도 사진 등을 이용해 알려주고, 어떻게 자기가 엄마의 자궁 속에서 자라고 태어났는지도 알려주어야 한다. 또한 엄마의 출산 경험을 토대로, 너를 맞이하기 위해서 어떤 준비를 하였고 너를 가졌을 때 얼마나 힘들었으며 출산 전후로 엄마의 신체에 어떤 변화가 있었는지 등 생생한 이야기를 들려주어 생명 창조의 기적과 부모의 어려움을 깨닫게 하면 좋을 것이다. 이야기를 듣고 난 후, 아이는 성에 관해 깊이 이해함과 동시에 부모님께 감사하고 자신의 몸과 생명을 소중히 하는 마음을 품게 될 것이다.

· 사춘기 성행위의 위험에 관해 이야기하라 ·

우리는 결혼 연령 즉, 성행위의 연령에 왜 제한이 있는지를 건강의 관점에 입각해 아이에게 설명해줄 수 있다. 최우선적인 원인은 때 이른 성행위가 정상적으로 성장해야 할 청소년의 신체에 타격을 준다는 것이다. 여자의 경우 너무 이른 시기에 성행위를 하게 되면 신체에 큰 무리가 가고 각종 부인과 질환 등을 얻어 평생 불임을 겪을 수 있다. 남자아이에게 이런 이야기를 할 때는 엄마가 여성을 대표해 여성 질환을 겪는 고통과 위험성, 엄마가 되고 싶은 갈망 등을 설명해주면 된다. 그러면 엄마를 사랑하는 마음이 자연스럽게 여성을 존중하는 사고로 전환될 것이고, 여성을 상대로 황당무계한 모험을 벌이는 일은 절대 하지 않을 것이다.

· 피임 상식을 가르쳐라 ·

'피임'은 성교육 중에서 절대 빠져서는 안 되는 필수적인 교육이다. 아이에게 피임에 관해 이야기할 때 우리가 직접 아이를 가졌던 경험을 시작으로 이야기를 이끌어갈 수 있다. "너처럼 건강하고 똑똑한 아이를 낳기 위해서 엄마와 아빠는 정말 많은 준비를 했어. 준비가 끝날 때까지는 아이를 가지면 안 되니까 꼭 피임을 해야만 했단다." 이렇게 이야기를 풀어나가면 아이는 피임의 필요성과 상식에 대해 알게 될 뿐만 아니라, 부부 간에 꼭 피임을 해야 하는 이유를 인식하게 될 것이다.

혹시라도 성행위에 관해 이야기하게 될 때는, 반드시 이미 혼인한 부부를 대상으로 예를 들어야 한다. 그래야 아이가 은연중에 '성행위란 부부 사이에 이루어지는 것'이라는 인식을 갖게 되기 때문이다. 혹시 매체 등에서 청소년의 임신이나 중절 수술 등 부정적인 내용의 보도를 접하게 된다면 "저 애들은 스스로를 아끼고 사랑하지 못했구나. 피임에 관해 잘 몰라서 저런 일이 생겼어. 정말 안타깝다!"와 같은 말을 아이에게 해주고 피임법 등 관련 상식을 상세하게 알려주면 더욱 훌륭한 성교육이 될 것이다.